lau verlag

René Kollo

DIE MORDE DES KLEINEN TANNHÄUSER

Kriminalroman

LAU-VERLAG
REINBEK

MIX
Papier aus verantwortungsvollen Quellen
FSC® C083411
FSC
www.fsc.org

1. Auflage Juni 2011

Umschlaggestaltung: Jonas Schenk unter Verwendung eines Fotos
von plainpicture
Layout und Satz: Patrick Lau
Druck und Bindung: CPI – Clausen & Bosse, Leck
Printed in Germany 2011
ISBN 978-3-941400-32-0

www.lau-verlag.de

TEIL I

1

Sebastian wachte am nächsten Morgen um acht Uhr wieder auf. Und er wachte genauso auf, wie er eigentlich immer aufgewacht war. Verwundert und noch etwas verschlafen sah er sich in seinem Zimmer um. Alles war so, wie es gestern auch gewesen war. Alles stand noch da, wo es immer gestanden hatte.

»Eigenartig.

Eigenartig, dass ich nicht ein einziges Mal davon geträumt habe«, grübelte er mit halb geöffneten Augen.

»Nicht ein einziges Mal.«

Als er aus seinem Bett hochkam und unter die Dusche ging, tauchten die Geschehnisse des gestrigen Frühsommerabends wieder in seinem Gedächtnis auf.

Nur geträumt hatte er nicht davon.

Auch schon beim ersten Mal hatte er nicht davon geträumt. Nicht den allerkleinsten Moment.

Seltsam.

Nachdem er sich flüchtig gewaschen, die Haare gekämmt und die Zähne sorgfältig geputzt hatte, zog er seine Jeans an, schlüpfte in weiße Turnschuhe und streifte sich den dunkelblauen Rollkragenpullover über den blassen Oberkörper. Er kleidete sich in seinem Wohnschlafzimmer an, in dem er schon so lange ein zurückgezogenes Einzelgängerleben führte und das über Mutters eigentlicher Wohnung lag. Bereits vor Jahren hatte er sich eine

Dusche, einen kleinen Eisschrank und eine elektrische Kochplatte einbauen lassen, um sogar von seiner Mutter unabhängig zu sein.

In seiner Kindheit hatte er sich das Zimmer mit Sophie geteilt. Diese Zeit konnte er bis heute nicht verdrängen, und im Grunde war beides immer noch das Ziel seiner Begierde. Die frühe Zeit der Kindheit und Sophie.

Nachdenklich setzte er Wasser auf und machte sich einen Filterkaffee, den er hastig und wie getrieben in sich hinein schlürfte. Er mochte nur Filterkaffee, nicht diesen überall ausgeschenkten doppelten Espresso mit Milch, der schmeckte ihm überhaupt nicht. Der war mulschig.

Vorsichtig ging er dann die kleine Wendeltreppe hinunter, die in die Wohnung seiner Mutter führte. Im Fortgehen rief er der Mutter noch hastig zu: »Tschüss, Mama, bis nachher«, wobei ihm seine Stimme eigenartig belegt und trocken vorkam.

Ohne eine Antwort abzuwarten, wollte er hinauseilen, als er auf dem kleinen Teppich vor der Wohnungstür ausrutschte. Sebastian fluchte. Auf sein Fluchen hin schaute seine Mutter besorgt aus der Küche heraus und sah ihn auf dem Teppich liegen.

»Sebastian, ist das hier ein Hotel, oder was ist das hier eigentlich? Du rennst hier rein und raus wie ein Fremder«, rief sie ihm mit scharfer, etwas hysterischer Stimme zu. Ihre Stimme klang schärfer und höher als sonst. Diesen Ton hatte Sebastian seit langem nicht mehr von ihr gehört, und es überraschte ihn, wie aggressiv sie ihm heute Morgen gegenübertrat. Er fühlte sich gar nicht wohl in seiner Haut, denn er mochte es überhaupt nicht, wenn sie böse wurde – und schon gar nicht heute, schon gar nicht heute Morgen.

Inzwischen war Frau Herting mit einem Geschirrhandtuch verärgert aus der Küche geeilt, während Sebastian sich mühsam wieder aufrappelte.

»Weißt du eigentlich, dass ich immer noch deine Mutter bin?«, schimpfte sie und schaute ihm dabei offen ins Gesicht, »dass ich auch Gefühle habe und nicht den ganzen Tag hier alleine herumsitzen will? Mal ganz abgesehen davon, dass ich mich auch um dich ängstige, wenn du immer nur unterwegs bist. Kannst du denn nicht einmal zu mir kommen und mich in die Arme nehmen? Mein Gott, so schlimm kann das doch auch nicht sein, die eigene Mutter mal kräftig zu umarmen und zu drücken!«

Sie hatte seinen Arm ergriffen und zog ihn nun von der Wohnungstür zurück ins Wohnzimmer. Dabei strich sie ihm liebevoll über seine blonden Haare.

»Ach Sebastian, ach Sebastian, ein Sohn kann doch seiner Mutter wenigstens einmal im Jahr einen Kuss geben. Ich weiß, du magst das nicht, aber ist das denn so schwer? Ich tue doch alles für dich: wasche deine Wäsche, räume dein Zimmer auf, und mit dem schweren Staubsauger die kleine Treppe rauf und runter, das ist auch nicht so einfach. Das tue ich ja alles gern für dich. Aber ein kleines Dankeschön ab und zu, ist das wirklich so schwer?

Dein Bruder hat mit seiner Kirche und seiner Familie so viel zu tun, dass er auch nicht oft vorbeikommen kann. Ja, leider«, fügte sie resigniert hinzu. »Ich würde ihn so gern einmal wiedersehen.«

Traurig wendete sie sich von ihm ab.

»Dazu setzt man nun Kinder in die Welt und zieht sie groß, damit sie einen später nicht einmal eines Blickes würdigen. Ach, manchmal bin ich richtig enttäuscht«, fuhr sie fort und setzte sich müde in ihren Sessel.

»Ja, Mama ..., ja, ja ..., du hast ja völlig recht«, unterbrach sie Sebastian beschwichtigend, und zumindest so, wie er das sagte, klang es schuldbewusst. »Ich denke eben oft gar nicht daran und nehme das alles als selbstverständlich hin.«

Er kam zwei Schritte auf sie zu.

»Das ist natürlich nicht richtig von mir, Mama, ich weiß. Aber ich tue es ja nicht aus bösem Willen«, und er trat jetzt ganz nahe an sie heran und gab ihr einen kleinen scheuen Kuss auf die Wange.

»Manchmal habe ich es eben sehr eilig, so wie jetzt, und dann habe ich nur mein Ziel vor Augen, weißt du. Bitte entschuldige. Ich liebe dich doch. Das ist doch klar. Und natürlich weißt du es auch. Morgen Abend, ich verspreche es dir, da nehme ich mir so richtig Zeit für uns. Ich hol' dann ein schönes Fläschchen Rotwein herunter, und wir reden endlich mal wieder ausführlich. Ich versprech's dir«, fügte er nochmal mit einem verkrampften Lächeln hinzu.

»Nun guck nicht so traurig, ich weiß, das ist schon lange überfällig. Aber jetzt erst einmal tschüss, Mammilein. Ich hab's nämlich wirklich sehr eilig«, und er gab ihr noch einen flüchtigen Kuss auf die Wange.

Schnell verließ er die Wohnung und eilte, nervös die Autoschlüssel suchend, dem Ausgang entgegen.

Im Auto atmete er erst einmal tief durch. Mit solchen mütterlichen Problemen hatte er überhaupt nicht gerechnet. Schon gar nicht heute Vormittag, wo sein Kopf doch voll war von wildesten Gedanken.

Er war wie getrieben und musste einfach noch einmal dorthin fahren. Sein ganzer Körper war wie im Fieber. Sogar die Gefahr, nur einen Tag nach der Tat in der Nähe des Geschehens beobachtet zu werden, hatte für ihn einen besonderen Reiz. Blöd und gelangweilt dahin zu leben, verabscheute er sowieso.

Sebastian kicherte zynisch in sich hinein.

»Diese ganzen Scheißspießer. Sind so gut erzogen, dass sie brav wie Marionetten alles machen, was ihnen vom Staat vorgeschrieben wird.

Hirnlose Masse.«

Doch jetzt, als er über die Landstraße Richtung Hörselberg fuhr, achtete er penibel darauf, dass er mit seinem Auto die angezeigte Geschwindigkeitsbeschränkung von 60 Stundenkilometern einhielt. Auf keinen Fall wollte er unnötig auffallen. Dass sie ihn durch so einen Fahrfehler entdecken würden … nein, dazu war er zu clever. Wahrscheinlich würde die Polizei heute Vormittag auf dem Hörselberg noch in voller Besetzung herumwimmeln. »Na, sollen sie doch. Ich bin schließlich kein Idiot«, sagte er sich, während er an den braun gepflügten Feldern vorbeifuhr, die schon das erste zarte Grün der aufgehenden Saat zeigten.

Die Stelle, die er ansteuerte, lag ungefähr zwei Kilometer Luftlinie entfernt vom Hörselberg. Aber wiederum war sie nicht so weit weg, dass er dort drüben auf dem Berg nicht alles erkennen konnte, was vor sich ging. Er wollte genüsslich beobachten, wie sie, nach Indizien suchend, auf dem Berg herumwieselten und den Tatort vergeblich wieder und wieder durchkämmten, damit ihnen auch nicht das kleinste Detail entging.

Es gab aber nichts zu finden für sie.

»Nein«, lächelte er, »rein gar nichts«.

Er hatte immer noch sein bösartiges Grinsen, während er weiterhin gewissenhaft auf sein Fahrtempo achtete.

Vor Tagen, als er diesen Dämon, der ihn immer wieder aus den Lenden anfiel, herannahen fühlte und den Plan in seinem Kopf hin und her wälzte, da hatte er sich diesen Platz ausgesucht. Denn für ihn gab es überhaupt keine Alternative mehr. Auf dem blutigen Schlachtfeld des Hurenbergs der Venus, da musste es geschehen.

Und um den Anblick des Hörselbergs nach dem Mord noch einmal unbeobachtet genießen zu können, war die Stelle, zu der er jetzt fuhr, einfach ideal: ein mittlerer Hügel, genau gegenüber.

Während der Fahrt rasten die Bäume an ihm vorbei, und das ganze Geschehen von gestern ging noch einmal durch seinen Kopf.

Das arme kleine Ding. So vertrauensvoll war sie mit ihm mitgegangen.

Merkwürdig.

Dabei kannten sie sich doch überhaupt nicht.

Er konnte nicht einmal beschreiben, was sie so anziehend machte. Ihre kräftigen, kastanienbraunen Haare waren ihm sofort aufgefallen. Hübsche, gesunde Mädchenhaare. Überhaupt strahlte sie etwas Nymphenhaftes, Verführerisches aus. War es ihre Jugend? Ja, sicher … aber es war auch dieses niemals zu enträtselnde Geheimnis. Das unergründliche Geheimnis zwischen den Geschlechtern.

Dieses für ihn unbewusste, seit dem ekelhaften Blutfleck auf dem Bettlaken gleichzeitig abstoßende, aber wiederum auch magnetisch anziehende Geheimnis.

Seit Jahren hatte er gegen diesen paralysierenden Dämon angekämpft, aber seit geraumer Zeit konnte er sich einfach nicht mehr wehren. Es trieb ihn immer weiter in sein Chaos hinein, das war ihm klar, aber er konnte nichts mehr dagegen tun.

Ja, ja, der Blutfleck, das war zwar schon lange her, sehr, sehr lange her, aber die Erinnerung daran, die ließ ihn nicht mehr los.

Verunsichert schaute er zu ihr hinüber, wobei ihm unwillkürlich der *Siegfried* einfiel, den sie erst vor kurzem in der Uni durchgenommen hatten. Der Siegfried in Wagners Oper wusste ja auch nicht, was er aus dem Geheimnis Weib machen sollte. Genauso fühlte er sich in diesem Moment. Es war einfach nur das Unbekannte, das ihm ein mulmiges Gefühl in seinem Magen erzeugte.

»›*Das ist kein Mann …*‹ singt Siegfried ängstlich, als er Brünhilde zum ersten Mal sieht, und versteckt sich hinter einem Felsen.« So erklärte es ihnen der Professor. »Vor anderen Männern oder vor Tieren hat er keine Angst, aber vor Frauen! Sie besitzen etwas Rätselvolles, Unbekanntes, vor dem sich der Siegfried fürchtet wie ein kleiner Junge.« Diese Furcht hatte Sebastian gestern auch gespürt.

»Kein Drachen, so überwältigend und schrecklich anzusehen er auch immer sein mochte, konnte den Siegfried erschrecken, aber ein Weib! Etwas völlig Unbekanntes, nie Berührtes.« Die hohe, etwas belustigt klingende Stimme des Professors hatte er noch im Ohr.

Als Sebastian das Mädchen näher betrachtete, fand er, dass sie trotz ihrer wunderbaren Jugend eigentlich schon etwas Erwachsenes hatte. Eine Kindfrau.

Die Venus, immer wieder das Hurenweib.

Und als sie beide in entgegengesetzter Richtung die Straße weitergingen und sich dann doch neugierig und interessiert zueinander umdrehten, wobei sie ihm mit ihrem herausforderndem Blick direkt in die Augen sah, da schien sein ganzer Körper zu vibrieren.

Bei dem Gedanken, später mit dem Mädchen körperlich vereint zu sein, war ihm nicht wohl zumute, denn eigentlich hasste er diese Körperlichkeit. So Haut an Haut, das war ihm äußerst unangenehm. Aber er hasste es noch mehr, wenn er nicht mehr Herr seiner Sinne war und die Situation nicht mehr beherrschte.

Und er fasste, sich beruhigend, mit der Hand an die Lederscheide in seiner Hosentasche, in der das Messer steckte, das er sich erst vor kurzem gekauft hatte und das ihm ja schon einmal so wundervolle Dienste geleistet hatte.

2

Sie saßen beide am Küchentisch. Zusammengesunken und mit weißer Haut.

Vor einer viertel Stunde hatte Dienstgruppenleiter Kruse ihnen die schreckliche Nachricht gebracht.

Wie ein Schlag hatte es sie getroffen, und apathisch hatten sie ihre bleichen Hände in den Schoß gelegt und schauten fast verwundert ins Leere.

Sie konnten im Moment an nichts denken, an gar nichts.

Mit stumpfen Augen sahen sie auf das Foto, das auf dem Küchentisch stand.

Wieso, wer sagt das, tot?

Lisa tot?

Solch ein Unsinn.

Nein?

Kein Unsinn.

Tot!

Die Frau, so um die fünfzig Jahre alt, schluchzte plötzlich auf. Lange weinte sie und starrte immer wieder auf das Bild, dann zur Tür hin und wieder auf den Polizisten.

»Lischen, mein kleines Lischen«, flüsterte sie unter Tränen, »komm doch nur wieder zur Tür herein, wie immer, nur einfach zur Tür herein. Na, komm doch schon, mein kleines Baby«, schluchzte sie, und das zerknüllte Taschentuch war völlig durchnässt von ihren Tränen.

Der Mann saß stumm daneben und starrte fassungslos auf den Fußboden.

»Nun bleib doch nicht solange fort«, wimmerte sie leise.

Kruse verabschiedete sich so schnell und diskret wie möglich. Das mit der Identifizierung und mit den Papieren, das habe ja noch Zeit, flüsterte er fast.

Was konnte er denn schon tun?

Ihm ging es ja selbst sauschlecht.

In eine so ausweglose Situation zu kommen und den verzweifelten Eltern einfach nicht helfen zu können, das tat ihm weh. Was konnte er schon sagen? Es gab nichts, was die Eltern hätte trösten können. Ihm selbst waren die Augen feucht geworden.

Auf der Straße fummelte er in seinen Taschen herum. Wo hatte er denn bloß wieder die verfluchten Zigaretten hin gesteckt? Er kramte ein Papiertaschentuch heraus und rieb sich damit über die Augen.

Er hatte Lisa gekannt. Ja, er war ihr oft begegnet. In so einer Stadt kennt man sich.

Es war nicht nur ihre mädchenhafte Schönheit, die ihm über all die Jahre aufgefallen war. Ja, ein sehr hübsches Mädchen, das war sie wirklich. Es war auch ihre starke Persönlichkeit, die ihn schon immer beeindruckt hatte. Sehr offen und klar war sie ihm vorgekommen, vielleicht sogar ein wenig zu übermütig und zu fröhlich, wenn sie ihm mal lachend etwas über die Straße zurief.

»Wie solche jungen Dinger eben so sind«, dachte er.

»Sehr selbstbewusst.«

Aber er lächelte jetzt, als er über die Straße ging. Natürlich war es nur ihre jugendliche Unsicherheit, die sie damit überdecken wollte. Ein bisschen zu frech und ein bisschen zu forsch und einen Tick zu sicher.

Er hatte seine Zigaretten inzwischen gefunden und zündete sich mit leicht zitternden Händen eine an.

»Der, der sie mal bekommt … aber es bekommt sie ja keiner mehr, … nein, … es bekommt sie ja keiner mehr.« Er kam sich vor wie eine Heulsuse, biss sich auf seine Lippen und kämpfte dagegen an. Bloß nicht noch in der Öffentlichkeit, er, als Polizist. »Verdammt noch mal, es war nun einmal so, wie es war. So etwas passiert ja öfter in dieser lausigen Welt.«

Einen tiefen Zug von seiner Zigarette inhalierend, fühlte er sich langsam besser. Von einem ähnlichen Mordfall hatte er doch erst vor kurzem gehört. Natürlich. Das Verbrechen hatte er nur am Rande wahrgenommen, da es nicht in seinem Zuständigkeitsbereich geschehen war. Aber nach allem, was er gehört hatte, war es auch so eine furchtbar blutige sexuelle Tat gewesen. Vielleicht derselbe Täter?

3

Es war selbst für ihn unverständlich, aber seit dem Erlebnis mit dem ekelhaften Blutfleck in seiner Kindheit hasste Sebastian jedes körperliche Zusammenkommen. So ganz eng, Haut an Haut, das war für ihn belastend und unangenehm. Sogar seine Mutter zu umarmen, war ihm eigentlich unangenehm.

Als das Mädchen ihn gestern fast herausfordernd angesehen hatte, war ihm noch einmal der Blutfleck in den Sinn gekommen.

Trotz der scheußlichen Erinnerung schlich sich Sophie doch immer wieder in seine Gedanken hinein, und er sehnte sich schon seit vielen Jahren nach ähnlich jungen Mädchen. Sophie war damals, als sie sich kennen gelernt hatten, neun oder zehn Jahre alt gewesen, genauso alt wie er, und später dann, als sie etwas älter geworden waren, hatte ihn dieser unschuldige, junge Körper der soviel berauschende Wärme ausstrahlte, verfolgt, wo immer er auch herumlief.

Jetzt, mit 25, mochte er nur den kurzen, tödlichen Blutrausch. Diesen plötzlichen, gewaltsamen Körperkontakt, den er nun schon einmal so wunderbar erlebt hatte. Der erregte und befreite ihn: Da war er der Sieger.

Das Mädchen lächelte ihn an, und als er nun ihren Blick in sich aufsaugte, staute sich sein Blut, und sein Kopf schien ihm aufgedunsen, als sei er vollgepumpt mit dicken fetten Wolken, die das Denken vernebelten. Sein Blut ächzte sich mühsam durch seine Adern, als wolle es seinen Kreislauf von innen her in kleinste Stücke zerreißen.

Sie solle doch mit ihm auf den Berg kommen, brachte er etwas krächzend heraus, und sie war, das hatte ihn eigentlich völlig überrascht, auch gleich damit einverstanden gewesen.

Sie gingen zu seinem Auto, das er vorsichtshalber vor einem Supermarkt am Stadtrand geparkt hatte, und fuhren, ohne ein weiteres Wort zu wechseln, zum Hörselberg.

Mit ihren 15 Jahren, so alt schätzte er sie, hatte sie sich für den Abend wohl noch einiges vorgenommen. Denn obwohl es jetzt erst fünf Uhr nachmittags war, roch sie sehr stark nach einem Parfüm, das ihm gar nicht gefiel oder eigentlich sogar zuwider war. Für ihn war die ganze Chemie in solchen Gerüchen. Es roch scharf wie Blech, kalt und modern. Nicht wie die schönen, alten, weichen, goldenen Gerüche, die er liebte.

Unten am Berg parkte er. Beim Hochwandern erzählte er ihr mit rauer, ausgetrockneter Stimme die Geschichte von der Liebesgöttin Venus, die hier oben im Hörselberg hause.

»Mit allen Göttern der antiken Vergangenheit wartet sie im Hörselberg nur darauf, dass der eine einzige christliche Gott endlich wieder verschwindet. Denn dann können die Götter der griechisch-römischen Antike wieder in ihre alten Rechte eingesetzt werden.«

Eine verrückte Geschichte.

Aber sie zog ihn immer wieder an, ließ ihn einfach nicht mehr los. So absurd und irrsinnig sie auch war.

»Die Götter feiern im Hörselberg, also direkt hier unter uns, direkt da, wo wir jetzt gerade stehen, wilde Orgien«, erzählte er ihr aufgeregt, »Orgien fürchterlichster Art: mit Blutrausch, Verstümmelungen, abgeschlagenen Gliedern und Tod. Sexuelle Exzesse mit Katarakten aus Blut, die sich wie Wasserfälle ergießen, Eros und Thanatos«, fuhr er etwas verworren fort, »wüstester Sex und Tod.«

Das hemmungslose, betäubende Ausleben ihres sexuellen Triebes in Verbindung mit der grenzenlosen Wut über ihre jetzige Unwichtigkeit, das sei ihr einziges Spiel, die einzige Beschäftigung, die ihnen Abwechslung biete.

»Direkt hier unter uns.« Und er wies noch einmal aufgeregt nach unten auf den moosüberwucherten Boden.

»Und zugleich feiern sie dabei die Liebesgöttin Venus, die sie alle zutiefst verehren, ganz dionysisch. Alle sind sie ihrem Eros tödlich verfallen.«

Hastig und atemlos redete er weiter. Dass der Tannhäuser der Einzige war, der von der Venus und dem Hörselberg nach so vielen Jahren einfach genug hatte und sie wieder verlassen wollte. Er wollte nach all den sexuellen Erschöpfungen wieder hoch hinauf in die Welt, in die Sonne, wollte den blauen Himmel und die grünen Wiesen sehen, und er wollte wieder Menschen umarmen.

Hysterisch habe die Venus dem fliehenden Tannhäuser hinterher gerufen, und mit ausgetrockneter Kehle versuchte Sebastian jetzt wie die Venus zu singen: »*… hin zu den kalten Menschen flieh', vor deren blödem trüben Wahn der Freude Götter wir entfloh'n, tief in der Erde wärmenden Schoß!*« Und noch einmal zeigte Sebastian auf den Boden, auf den verführerisch wärmenden Schoß der Venus.

»Aber bei den Göttern ist das eben so eingerichtet«, redete er jetzt immer schneller und aufgeregter weiter, »dass sie sich ständig erneuern können. Sie werden immer wieder neu geboren. Auch wenn sie sich im sexuellen Mordrausch wie die Raubtiere gegenseitig verstümmeln und zerreißen, so sind sie doch nach ganz kurzer Zeit wieder da. Götter können nicht sterben.«

Das Mädchen sagte die ganze Zeit nichts, kein einziges Wort. Sie ging neben ihm auf dem kleinen Trampelpfad immer höher und höher den Berg hinauf. Sie hätte nicht erklären können, warum sie das tat, aber etwas an ihm zog sie magnetisch an. Es war nicht so sehr das, was er gerade erzählte. Nein, er hatte etwas Besonderes an sich, wenn sie ihn ansah und ihn so sprechen hörte. Ein Gefühl zwischen Mitleid und Abenteuerlust ergriff sie. Es gab etwas an ihm, das ihr bedauernswert erschien, aber sie auch faszinierte, sie fand ihn verrückt und spannend. Auf jeden Fall war er anders als alle anderen jungen Männer, die ihr bisher begegnet waren.

Völlig vernarrt schien er in diese Göttergeschichte zu sein, die doch nur eine von vielen alten Geschichten aus einer Fabelwelt war. Wie ein mittelalterlicher Märchenerzähler kam er ihr vor, ein Märchenerzähler, der ein geträumtes schauerliches Märchen erschreckend realistisch, aber auch sehr poetisch darbietet. Er hatte etwas Überspanntes, aber gerade dadurch machte er sie neugierig.

Bei all der Langeweile, die man unten in der Stadt sonst den ganzen Tag erlebte, erschien ihr die heutige Begegnung wie ein Glücksfall.

Sicher, ziemlich verrückt war er schon, gestand sie sich ein. Aber wiederum auch nicht so verrückt, dass sie irgendwie beunruhigt gewesen wäre.

Nachdem sie den Trampelpfad verlassen hatten und durch Gestrüpp und Sträucher ungefähr auf der Hälfte des Hörselberges angekommen waren, hatte er sich heiß geredet.

Heiß und trocken.

Die Zunge klebte an seinem Gaumen. Er brachte keinen klaren Ton mehr heraus, denn er hatte einfach keinen Speichel übrig, den er noch herunterschlucken konnte.

Aber er spürte auch schon nichts mehr. Er konnte seine Handlungen schon seit langem nicht mehr kontrollieren.

Wie im Rausch fiel er plötzlich über sie her, riss ihr die Unterhose herunter, riss ihr die Beine auseinander und drang in sie ein.

Sie hatte nicht die geringste Chance.

Aber irgend etwas ganz Eigenartiges schien da vor sich zu gehen, während er es tat. Es kam ihm so vor, als wolle sie sich gar nicht wehren, als zittere sie selber vor Wollust, als ob die Sehnsucht nach dem noch unbekannten Sex sie so sehr erregte, dass ihr ganzer Körper bebte.

Zu seiner Verwunderung war sie eins mit ihm geworden. Eins geworden mit seiner blutigen Geschichte und mit seinem Körper.

Als er den Höhepunkt erreicht hatte, schrie er laut und befreit auf wie ein Tier, und mit dem Schrei stieß er das Messer tief in ihren Körper hinein.

Eros und Thanatos gemeinsam, das hatte er einmal gelesen, bereiteten den schönsten Tod. Beim Koitus dieses Jammertal zu verlassen, das sei das höchste Glück, das man in diesem Leben überhaupt erreichen könne. Und in einem wütenden, brutalen Hin und Her der beiden Körper stieß er immer wieder zu, bis er endlich völlig ermattet neben ihr auf dem von Moos durchzogenen Gras lag. So blieb er, völlig erschöpft, noch eine volle Stunde liegen.

Als er endlich aufstand und die Tote ansah, hatte sie die Spur eines Lächelns auf den Lippen. Oder schien ihm das nur so?

»Millionen wurden und werden auf dieser Welt umgebracht«, dachte er zynisch, als er auf das Mädchen hinunterblickte. Also was lag schon daran. Was war denn schon so ein Bündel Fleisch? Eben noch Beinebreiteros, und jetzt?

Er lächelte verkrampft. Alles tat ihm weh, und seine Kehle brannte vor Trockenheit.

Apathisch starrte er auf den Boden, wo sie wie ein kleiner Engel zwischen Moos und felsigen Gesteinsbrocken vor ihm lag.

Eine schwarzrote Blutlache sickerte in das Gras.

All das erschien ihm plötzlich wie eine Operninszenierung. »Um sie herum müsste es einen gelbweißen Kranz von hundert brennenden und flackernden Kerzen geben«, fuhr es ihm durch seinen wirren Kopf. »Und ein großes Orchester müsste dazu dionysisch aufspielen«, und er summte leise das *Tannhäuser*-Vorspiel.

Nur: Das hier war keine Oper, und plötzlich holte ihn die Realität wieder ein. Das hier war blutiger Ernst.

Er wunderte sich, als er sie weiter betrachtete, immer mehr über das, was da geschehen war. Er war verkrampft und verschwitzt, und zum wiederholten Male strich er seine wirren, nassen Haare aus dem Gesicht.

Langsam wachte er wie aus einem furchtbaren Traum wieder auf, sah ringsherum den Hörselberg und sah auf die Leiche am Boden.

Wie schön und entspannt sie da lag.

Er wollte nicht, dass sie hier lange liegen bliebe. Sofort wenn er den Berg wieder verlassen hätte, würde er die Polizei aus einer öffentlichen Telefonzelle benachrichtigen, damit man sie so schnell wie möglich fände.

Darüber war er sich völlig im Klaren.

Als er mit diesem Gedanken von der Toten wieder hochschaute, ging sein Blick ins grüne, frühlingshaft erblühte, aber auch schon dämmernde Tal, in dem die schreienden Vögel sich jagten.

Dann schaute er noch einmal auf die Tote.

Das alles ging ihn jetzt schon nichts mehr an.

Es war geschehen … das war's.

Er nahm das Messer, säuberte es mit dem Taschentuch und schob es wieder in die Lederscheide zurück.

Ganz weich war es in seinem Inneren. Er fühlte sich befreit und unendlich müde.

Und wie ein kleiner Junge schlenderte er mit den Händen in den Hosentaschen den Berg wieder hinunter, das *Tannhäuser*-Vorspiel immer noch leise vor sich hin summend.

Abrupt blieb er plötzlich stehen, schaute ins Tal hinunter und schrie grell und laut auf:

»Sophie! … Sophie! … Sophie!«

Wie ein waidwundes Tier, das seine ganze Traurigkeit herausheult.

»Sophie! … Sophie!«

Als er zuhause angekommen war, legte er sich sofort ins Bett. Und als er ohne jeden Skrupel einschlief, war die Melodie immer noch in seinem Kopf.

Und Sophie.

4

Wie ein Lauffeuer verbreitete sich das Gerücht durch die Stadt.

»Gestern wurde ein ermordetes Mädchen aufgefunden.«

»Ein Mädchen von hier?«

»Ja …«

»Brutal mit einem Messer ermordet.«

»Gibt es einen Verdächtigen?«

Es war jetzt neun Uhr morgens, Hauptkommissar Wellmann hatte seinen Mantel ausgezogen und schaute sich die Hauspost auf seinem Schreibtisch an.

»Irgendwie ging es mir gestern Abend nicht gut. Ich wollte mal früh ins Bett und hatte Handy und Telefon abgestellt«, sagte Wellmann zu den Polizisten im Großraumbüro.

»Hat man denn schon einen Verdächtigen?«, fragte er in die Runde.

»Nein. Einen Verdächtigen gibt es noch nicht.«

»Na Mensch, das wäre ja auch purer Zufall, wenn man den jetzt schon hätte. Der Täter muss von woanders her sein«, erklärte Dienstgruppenleiter Kruse, der auch eben erst auf der Dienststelle eingetroffen war. »Von hier kann er kaum kommen, da bin ich mir eigentlich ziemlich sicher. Ich kann mir wirklich keinen unserer Mitbürger vorstellen, der so etwas unfassbar Grauenhaftes tun würde.«

»Ja, richtig, wir haben hier noch nie so etwas Schreckliches gehabt«, nickte ein Kollege Kruse zu.

»Und das ermordete Mädchen?«, fragte Wellmann.

»Ja, die ist von hier. Die kleine Lisa, Sie kennen sie doch auch, die kleine Lisa Caletti.«

Der Hauptkommissar wurde blass im Gesicht.

»Sie war doch mit Ihren Töchtern befreundet, oder?«, erkundigte sich Kruse.

»Ja, ja. Ja …, sie war ein braves Mädchen«, sagte Wellmann wie paralysiert.

»Die kleine Lisa Caletti ist ermordet worden?«, murmelte er dann vor sich hin. Die Nachricht war ihm auf sein Zwerchfell geschlagen. Er schaute zu Kruse auf.

»Mein Gott, ist das furchtbar. Ich glaube, sie war gerade erst 15. Erst vor kurzem hatte sie Geburtstag. Vor ein paar Tagen. Meine beiden Mädchen haben mit ihr noch gefeiert. Unfassbar.«

Wellmann schaute tief betroffen auf seinen Schreibtisch. Er konnte im Moment überhaupt nicht denken und war wie betäubt. So eine grauenhafte Nachricht.

»Na, und wie schrecklich ist das erst für die Eltern«, meinte Kruse, »da fühlt man so richtig mit. Ich kenne sie ja seit Jahren und habe ihnen heute Morgen die Todesnachricht überbracht. Man hat mich gestern Abend noch informiert. Um halb neun sind die Calettis normalerweise in ihrem Geschäft, das weiß ich, deshalb bin ich heute schon sehr früh zu ihnen gegangen. Ich wollte es ihnen zuhause sagen, und dass sie es von mir erfahren und nicht durch irgendwelche Gerüchte. Aber ein Scheißjob ist das, macht einen selber fix und fertig.«

Dienstgruppenleiter Kruse war Anfang vierzig und nach Wellmann der zweite Mann auf der Dienststelle.

Die anderen mochten ihn, weil er ein guter Polizist und ein hilfsbereiter Kollege war. Auch die Leute in der Stadt mochten ihn. Nur eine wirklich schlechte Angewohnheit hatte er, und die fand er selber schon seit langem zum Kotzen. So anderthalb bis zwei Packungen am Tag, die paffte er schon weg. Und er paffte den Rauch nicht nur so vor sich hin, nein, er sog ihn höchst genüsslich hinunter bis in die tiefsten Lungenspitzen.

Verdammt. Wie oft hatte er schon versucht, sich dieses ungesunde und noch dazu teure Laster abzugewöhnen. Ein Bekannter hatte ihm vor kurzem geraten, sich wegen der Raucherei akupunktieren zu lassen. Das sollte angeblich helfen. »Schaden kann's auf keinen Fall. Mach das doch mal«, drang er auf Kruse ein. Und da er nun von all den guten Ratschlägen süchtig geworden war, seine Sucht endlich zu besiegen, ging er, als er den täglichen Dienst beendet hatte, wirklich zu einer Ärztin und ließ eine Akupunktur über sich ergehen. Er glaubte überhaupt nicht an so einen Hokuspokus, wie er immer sagte, und bisher blieb die Behandlung auch ohne jeden Erfolg.

»Ist doch sowieso alles Blödsinn«, redete er mit sich selber, als er sich gerade wieder eine ansteckte.

Hauptkommissar Wellmann hatte Kruse für die Zigarettenpausen einen kleinen Extra-Raum zugeteilt, eigentlich nur eine Abstellkammer mit einem Fenster nach draußen. Das Mobiliar bestand aus einem runden Tisch, einem Aschenbecher und einem Stuhl. Bei geschlossener Zimmertür und geöffnetem Fenster konnte er so hin und wieder eine qualmen. Das war zwar gegen die Vorschriften, aber da seine Kollegen ihn mochten und es keinen störte, drückten sie ein Auge zu. Arbeiten musste er natürlich wie alle anderen im Großraumbüro.

»Morgen rauche ich meine letzte Zigarette«, pflegte Kruse oft triumphierend zu rufen, bevor er die Tür zu seiner Kammer schloss. Seine Kollegen lächelten ihm dann mitleidsvoll hinterher.

»Ja, ja, morgen, morgen, nur nicht heute, Spinner.«

Seit Jahren kannten sie ja seine Sprüche.

Wellmann, mit seinem großen, walrossartigen Schnauzer und seinen buschigen, noch dunklen Augenbrauen wurde oft von älteren Leuten mit dem Philosophen Nietzsche verglichen. Er starrte jetzt auf die Mitteilungen, die sich auf seinem Schreibtisch häuften.

Natürlich fühlte sich Wellmann durch diesen Nietzsche-Vergleich immer sehr geehrt. Aber er wiegelte das dann doch gleich mit einer wegwerfenden Handbewegung ganz jovial wieder ab. »Das war doch ein großes Genie, und ich bin doch nur ein kleiner Hauptkommissar. Eigentlich müssten die Leute mich doch eher mit dem Handballer Heiner Brand vergleichen, der hat doch auch so einen Walrossschnauzer.«

Immerhin war er durch diesen Vergleich auf den Nietzsche neugierig geworden. Und wenn es seine Zeit einmal zuließ, dann las er etwas von ihm. Er hatte sich schon vor längerer Zeit das Buch *Menschliches – Allzumenschliches* von ihm gekauft.

Es gefiel ihm.

Er fand die Sprache einfach wunderbar.

Granit.

Sprachliche Felsbrocken.

Vielleicht verstand er nicht alles. Oder nein, gestand er sich selber ein, er verstand nur manches von dem, was dieser Nietzsche geschrieben hatte, das war ihm schon klar.

Zuhause, wenn er abends gemütlich in seinem Sessel saß und Fernsehen guckte, dann rauchte er auch gerne mal ein Pfeifchen. Er war nicht so ein starker Raucher wie der Kruse, aber ab und an mal ein Pfeifchen, das gönnte er sich schon. Das roch so schön nach Vanille. Sogar seine Frau mochte das.

Und wenn er sich eine Pfeife ansteckte, dann sagte sie immer dazu: »Schatz, machst du jetzt wieder Vanillepudding?« Beide lachten dann aus vollem Herzen, obwohl sie diesen kleinen Scherz schon seit langem kannten.

»Zwölfmal hat er zugestochen, ein Triebtäter?«, fragte er fassungslos, indem er sich an Kruse wandte.

»Unglaublich. Drecksau.«

Er stand auf und ging zum Fenster.

»Vielleicht wird das ja mein letzter Fall«, murmelte er vor sich hin. Dann drehte er sich wieder zu seinen Kollegen.

»Der wollte sicher irgendwie krankhaft Dampf ablassen. Zwölfmal zuzustoßen, das ist ja reiner Wahnsinn. Eine Tatwaffe hat man noch nicht gefunden?«

»Nein«, antwortete Kruse.

»Na ja, ich ahne schon. Das wird noch sehr viele Probleme geben.« Davon war der Hauptkommissar nun mittlerweile fest überzeugt.

»Beim *Tatort* dauert die Aufklärung solcher Fälle immer anderthalb Stunden«, brummelte er, während er nachdenklich zu seinem Platz am Fenster zurückkehrte.

»Ja, ja, im Fernsehen. Da geht's ja auch immer schnell«, und er nahm, während er auf die Passanten schaute, seine Hände aus den Hosentaschen und verschränkte die Arme vor der Brust. »Bei uns wird's wohl einige Wochen länger dauern. Wenn überhaupt …«

5

Am nächsten Tag fuhr Sebastian erneut zum Tatort. Die Geschichte mit der Hurenvenus im Hörselberg ließ ihn einfach nicht los. Er musste den Berg noch einmal sehen, sich vorstellen, was die Blutvenus gerade tat, das erregte ihn.

Und diese grausige Göttergeschichte.

Götter, die in sexueller Trance bis zum bitteren Ende gehen, ihre Opfer im Wahnsinn für die Liebesgöttin umbringen und zerstückeln, so wie er es jetzt ja auch für die Venus getan hatte.

Eros und Thanatos, Liebe und Mord, Sex und Tod, Besitzen und Zerstören, das gehörte wohl alles irgendwie zusammen. War das nicht irrsinnig? Oder war er verrückt?

»Nein, was für ein Unsinn, verrückt, ich! Die Götter gibt es doch. Kann man überall nachlesen. Und den Hörselberg, den gibt es auch. Der liegt jetzt schließlich groß und grüngrau verregnet direkt vor mir.«

Wie gebannt schaute er zum Berg hinüber.

»Also was sollte daran irrsinnig sein?« Er grinste ironisch.

»Vielleicht ist es ja kindisch, was ich mir da zusammenreime. Mag ja sein. Aber dann sind der Tannhäuser und alle Götter auch kindisch. Und der Tannhäuser war doch mit dabei. Hat doch alles gesehen und hautnah miterlebt.

Was für ein tolles Leben der hatte!

Wunderbar, einfach wunderbar, in den weichen Armen der Venus beschützt zu werden. Kein Gott durfte ihm zu nahe kommen. Bis zur Erschöpfung haben sie sich geliebt, und wenn sie beide zu viel davon hatten, dann hat er sie erfreut und seine schönsten Lieder zur Harfe gesungen. Ach, könnt' ich doch nur ein Mal in den Berg hinunter. Nur ein einziges Mal!«

Dabei fielen ihm einige Sätze aus dem *Tannhäuser* ein, und er fing wieder an zu singen: »*… die Glut, die du mir in das Herz gegossen, als Flamme lod're hell sie dir allein, ja, gegen alle Welt will unverdrossen fortan ich nun dein kühner Streiter sein! …* Jaaaaa«, und er hob die Arme wie zum Gebet, »ja, dein kühner Streiter will ich sein!«

Plötzlich kroch es wieder empor. Die Venus überfiel ihn, und er konnte an nichts anderes mehr denken. Er hatte wieder dieses dumpfe, alles überlagernde Gefühl. Vor Mattigkeit musste er sich ins Gras setzen. Sicher zehn Minuten brauchte er, um sich von dem inneren Krampf zu erholen. Er rieb sich die Augen.

Da lag er.

Der ungeheuerliche, furchtbare Berg, der ihm so viel Schmerz, aber auch so viel unbeschreibliche Lust bereitete.

»Verrückt. Ja, vielleicht. Aber dann wären die Götter auch verrückt, und das zu denken wäre doch wohl die reinste Blasphemie. Wenn die Götter also nicht verrückt sind, dann bin ich es auch nicht. Und dann ist das, was sie und ich tun, völlig legal.« Er stand wieder auf und klopfte sich Sand und Gras von der Hose.

»So einfach ist das Ganze. So einfach wie das Einmaleins. Wer will mich also verurteilen? Das, was ich getan habe, ist doch nichts anderes als das, was mir die Götter schon seit Jahrtausenden vorgelebt haben.

Moral? Ein Begriff von Menschen.

Und Gott oder Götter, gibt es da überhaupt einen großen Unterschied?

Für meinen heiligen Bruder und für die Götter im Berg sicherlich, aber für mich?

Einen einzigen Gott nur soll es geben? Und zwar schon seit Pharao Echnaton die Sonne zum einzigen Gott erklärt und damit die ganze Religion Ägyptens durcheinander gewirbelt hat. Der hat den Monotheismus doch überhaupt erst erfunden. Aber dass nur der eine christliche Gott die Welt erschaffen hat, ja, ja, wie oft musste ich mir das im Religionsunterricht anhören.«

Sebastian kicherte bösartig vor sich hin. Tief atmete er die sauerstoffhaltige Luft ein.

Im Übrigen hatte Gott natürlich auch die kleine Lisa erschaffen. Im Autoradio hatte er den Namen des Mädchens zum ersten Mal gehört: Lisa. Ein hübscher Name, der ihn irgendwie berührte.

»Na, welcher Gott auch immer, nun ist sie bei ihm. Sie ist eben etwas früher zu ihm gekommen. Was macht das schon aus in all der Ewigkeit.«

Nachdenklich blickte er auf den Boden und ging weiter den sandigen Feldweg entlang. Als er wieder zum Hörselberg hinüberschauen wollte, sah er vor sich eine winzig kleine, weiß getünchte Kapelle, die ihm schon aufgefallen war, als er zum ersten Mal hier vorbei gekommen war. Neugierig ging er zum Eingang und warf einen Blick hinein. Nur eine einzige Holzbank stand dort in dem kleinen weißen Raum zum Gebet.

»Was würde wohl mein großer, heiliger Bruder zu meinen Morden sagen?«, war sein erster Gedanke, als er den Altar mit dem Kreuz darüber betrachtete. Evangelischer

Pfarrer mit drei Kindern. »Oh, mein Gott!«, rief er und betonte dabei theatralisch jedes einzelne Wort. »Mister Wonderful! Immer erhaben menschlich. Hat den Humanismus flaschenweise getrunken.«

Inzwischen war er wieder aus der Kapelle heraus getreten. Sein Blick ging nach oben zu dem mit schwarzem Schiefer belegten niedrigen Kirchturm, der durch den leichten Nieselregen silbrig glänzte.

Aber er beachtete den Glanz nicht weiter, sondern ging zum Feldweg zurück. Er konnte ohnehin an nichts anderes als an Eros, Thanatos und die Venus denken.

»Es ist wohl der Trieb, der den Menschen steuert«, grübelte er vor sich hin, während er beim Gehen seine Schritte beobachtete.

»Der Trieb muss es sein.

Auch beim Tannhäuser war es ja der Trieb, der ihn in diese wunderbare und verruchte Grotte verschlagen hatte. Das unendliche Verlangen nach dem unendlichen Koitus, das treibt sie alle an. Wenn sogar die Götter dem Trieb verfallen sind, wie sollen wir kleinen, unwissenden Menschlein dagegen ankommen?

Totaler Größenwahn wäre das.«

Und sowieso. Er glaubte nicht an diesen ganzen Kirchen-Hokuspokus. An diese Einschränkung des Lebens, wie er es immer nannte. Dem wollte er sich nicht beugen. Er wollte frei sein. Frei wie die Tiere in der Natur. Der Siegfried fiel ihm jetzt wieder ein, der wollte auch so leben. Frei wie ein Vogel, der ungezwungen über Felder und Wälder seine Flugbahn zieht.

Sebastian war inzwischen hinter einen Busch gegangen und schaute nachdenklich zum Berg hinüber. Die Polizei würde vielleicht die Gegend mit Ferngläsern observieren.

Aber auf die große Entfernung konnte von ihm nicht viel zu erkennen sein. Dazu bräuchten sie schon anderes Gerät.

Er beobachtete die Polizisten, die für ihn durch die blendende Sonne, die plötzlich wieder durchgebrochen war, nur flirrend und schemenhaft zu erkennen waren. Er hielt, um besser sehen zu können, die Hand über die Augen und konnte so die Konturen der Beamten ausmachen, die da herumwimmelten.

Was sie auf dem Boden des Hörselberges immer noch fieberhaft suchten, das war ihm völlig klar. Sebastian lächelte abfällig. Die Tatwaffe ...

Da konnten sie aber lange suchen. Wie eine Trophäe hatte er sie zu Hause versteckt. Es war nun schon das zweite Mal, dass er göttergleich geschlachtet hatte. Und er hatte noch viel vor.

Solange er lebte, hätte er vor seinem Willen und Trieb sowieso keine Ruhe mehr. Das war ihm völlig klar.

»Man kann es drehen und wenden, wie man will«, redete er jetzt ganz ungeniert und laut. »Es wird wieder passieren. Ja!«

Und da ihm der Wind heftig entgegenwehte, schrie er es fast zum Hörselberg hinüber: »... es wird wieder passieren, ... wieder passieren!«

Zügig ging er dann zum Auto zurück. Noch ein Blick auf den Berg, ein unsicheres Lächeln, als er jetzt schon wieder an Sophie dachte.

Danach fuhr er den holprigen, sandigen Feldweg hinunter bis zur asphaltierten Straße, die ihn butterweich wieder nach Hause führte.

6

»Sag mal, Kruse, deinen Besuch bei den Calettis, hast du den schon verarbeitet?«, fragte Wellmann mitfühlend den hereinkommenden Dienststellenleiter.

»Ach, ich weiß nicht, ich bin nicht geübt in sowas, wissen Sie …, ich habe bisher noch nie hin gemusst zu sowas. Ist mir sehr nahegegangen.«

Kruse hängte seinen feucht geregneten Mantel etwas unordentlich auf den Kleiderhaken und kämmte sich seine Haare zurück.

»Ich hätt's auch nicht gern gemacht, das sag ich dir«, antwortete Wellmann, während er zu ihm hinüberkam und ihm einen kleinen, freundschaftlichen Klaps auf die Schulter gab. »Wir haben bisher auch weiterhin keine Spur von dem Mörder, ist das richtig?«

»Ja«, sagte Kruse, »das ist richtig. Fußspuren, von denen man einen Gipsabdruck hätte machen können, gab es nicht. Der Boden ist trotz des leichten Nieselregens nicht weich genug und noch dazu mit Moos und Wurzeln überzogen.«

»Keine Tatwaffe?« fragte Wellmann.

»Nein«, sagte Kruse.

»Wir haben also ein richtiges Rätsel aufzuklären«, grummelte Wellmann und blickte vor sich hin.

»Wie macht man denn das?«, fragte Kruse, während er lächelnd seiner Sucht nachgeben wollte und schon wieder eine Zigarette aus der Schachtel fummelte, »wie klärt man denn ein Rätsel auf?«

Wellmann lehnte sich in seinem Sessel zurück und gab missmutig zurück: »Ich weiß es doch auch nicht. Dieses dreckige Arschloch scheint mir ziemlich gewitzt zu sein.«

Wellmann blätterte zurückgelehnt noch einmal intensiv in den Akten mit den vielen Tatortfotos und sagte fast unhörbar: »Na warte, Bürschchen, wir werden dich schon schaffen. Du machst den Fehler, dass du's furchtbarerweise noch mal versuchst. Das wird so sein. Du Drecksau hast es ja schon einmal geschafft. Und wenn wir den Mord vom Nachbarort dazurechnen, dann sogar schon zweimal. Aber beim nächsten Mal wirst du irgendetwas übersehen, irgendeine Kleinigkeit. Dann haben wir dich, und dann Gnade dir Gott.«

Wellmann musste ständig an seine beiden Mädchen und die kleine Lisa denken, das ging ihm einfach nicht mehr aus dem Kopf, und mit seinem sonoren Bariton wurde er jetzt lauter: »Du kannst von Glück sagen, wenn ich dich mieses Subjekt nicht gleich selber umbringe.«

»Na, aber, aber, Hauptkommissar«, redete Kruse dazwischen. »Natürlich geht uns das allen unter die Haut, aber … Ich muss allerdings doch sagen«, und Kruse ging lächelnd auf Wellmann zu, »dieser einmalige Sprachgebrauch wird mir fehlen, wenn Sie nicht mehr bei uns sind, lieber Herr Wellmann. Was machen wir dann nur, ich glaube, dann wird's sehr langweilig bei uns.«

»Ach, hör doch auf«, fiel Wellmann ihm ins Wort. »Was glaubst du denn eigentlich, wie einem Vater bei solchen Morden zumute ist? Da findet man keine netten Worte. Du bist noch kein Vater, Kruse, also kannst du da auch gar nicht mitreden. Und bei deiner Scheiß-Qualmerei nimmt dich doch sowieso keine. Was muss das bloß für ein Mensch sein?«, sprach Wellmann jetzt wieder mehr zu sich selber. »Nein, das kann überhaupt kein Mensch sein. Das ist so eine vermaledeite Drecksau die sich nicht beherrschen kann. Keine Skrupel, keine Moral ... Ist sicher nicht ganz dumm, das Bürschchen, sind sie ja meistens nicht, solche Täter.«

Er wendete sich wieder zu Kruse. »Die Psychiater, die dir lieber mal das Rauchen abgewöhnen sollten, sagen sogar, dass es hochintelligente Mörder unter den Triebtätern gibt.«

»Herr Hauptkommissar«, und Kruse drehte sich mit gespielt sarkastischem Lächeln zu ihm um, »verstehen wir das schon als einen Hinweis? Es ist doch wohl allen klar, dass wir noch keine Spur von ihm haben, egal ob er dumm oder intelligent ist?«

»Ach ...«, Wellmann schaute über seine Lesebrille zu ihm auf, »sehr komisch ..., natürlich nicht, du Idi!«, polterte er jetzt. »Keine Fakten, also auch kein Mörder, das weiß ich auch, du Oberschlaumeier. Du bist vielleicht ein ...«

Dann starrte Wellmann wieder die Papiere auf seinem Schreibtisch an und trank einen Schluck von seinem frischen Kaffee, den Kruse ihm während dieser kleinen Konversation gebracht hatte.

»Danke.«

Wellmann wusste nicht, was er lieber trank, Kaffee oder O-Saft. Sodbrennen bekam er von beidem. Er nahm einfach das, was ihm seine Kollegen netterweise hinstellten.

Die Beamten auf der Wache mochten Wellmann. Er hatte sie die ganzen Jahre lang etwas ruppig – das war eben so seine Art – aber doch fair und väterlich behandelt. Und deshalb umsorgten sie ihn jetzt, in seinem letzten Berufsjahr, und taten, wie sie glaubten, alles für seine Gesundheit. Und er freute sich darüber, auch wenn er gerade wieder Kautabletten gegen Sodbrennen aus seinen Taschen hervorkramen musste.

»Manchmal hätte ich auch gerne einen anderen Beruf gehabt«, sagte Wellmann.

»Meinen beiden Mädchen habe ich übrigens verboten, allein auf die Straße zu gehen. Sie sind 15 und 17 Jahre alt, na, du kennst sie ja. Mädchen in diesem Alter im Haus zu halten, das ist nicht ganz einfach, wie du dir denken kannst. Die wollen ja immer raus und was erleben.«

»Wenn ich vielleicht mal ein paar Stunden babysitten soll?«, fragte Kruse mit hochgestellter Fistelstimme und ging dabei lächelnd in seine Kammer zurück, um endlich eine weitere Zigarette zu rauchen.

»Ha, ha, ha, du bist ja heute überaus witzig«, rief Wellmann ihm hinterher, »hast ja 'nen tollen Tag heute. Frag so was Pädophiles nicht noch einmal, sonst bist du auch verdächtig!« schnaubte er noch und blickte von Kruse wieder auf seinen Schreibtisch, wo er ein Foto der erstochenen Lisa liegen hatte.

»Mein Gott, ich kann es immer noch nicht fassen. So eine Scheiße, er wird es wieder tun, das sagt mir mein Gefühl. Die arme kleine Lisa. Sie kam ja fast jeden Tag zu meinen beiden Mädchen. Sie waren richtig eng befreundet. Furchtbar! Ein hoffnungsvolles, junges Leben bestialisch beendet. Ausgelöscht für immer.

Haben wir denn nicht wenigstens irgendeinen kleinen Anhaltspunkt gefunden?«, rief Wellmann jetzt wieder mit voller Stimme zu Kruses Abstellraum hinüber.

»Bisher nicht«, hörte man Kruse genauso laut durch den blauen Dunst zurückrufen.

»Wir warten noch auf den Obduktionsbericht.«

»Habt ihr alles umgegraben, jeden Strauch, jeden Stock, jeden kleinen und jeden großen Stein untersucht?«

»Alles«, war Kruses knappe Antwort.

Wellmann stand wütend auf, so dass sein Stuhl mit einem Krachen auf die Seite kippte. Lief mit auf dem Rücken verschränkten Armen hin und her und knallte im Vorbeigehen die leicht angelehnte Tür zu Kruses Kammer heftig zu.

»Schließ wenigstens die Tür, wenn du hier schon rauchen darfst«, brüllte er gereizt und ging dann wieder zurück zu seinem Schreibtisch.

»Er wird's wieder tun, er wird's wieder tun. Und wir sitzen hier untätig herum. Was für eine übergroße Scheiße!«

7

In seinem äußerst ordentlich eingerichteten Zimmer hörte Sebastian Herting in jeder freien Minute Musik.

»Ein Leben ohne Musik sei ein Irrtum, wer hat das noch gesagt? Na, egal.«

Musik war für ihn einfach alles.

Beruflich war er im Opernchor engagiert, und daneben studierte er auch noch Musik. Zeitlich war beides für ihn nicht immer gut zu vereinbaren, aber er hatte es doch bisher geschafft, wenn auch mit manchen Schwierigkeiten.

Im Moment hatten sie in der Oper täglich Proben zu der neuen *Tannhäuser*-Produktion, die in drei Wochen herauskommen sollte.

Wie liebte er diese wunderbaren Chorszenen!

Die Wagner'schen Chöre waren für ihn etwas ganz Besonderes. Sie klangen einfach polyphoner als andere Chöre in anderen Opern, das war ihm schon immer aufgefallen. Sie hatten so etwas wunderbar Schwermütiges.

Nietzsche nannte es wohl die späten Töne des Herbstes, ja, so klangen sie. Verblüht, rotbraun und todessüchtig.

Einer seiner Freunde arbeitete in einer Musikalienhandlung. Na ja, was hieß schon Freunde. Eigentlich hatte er ja gar keine Freunde. Aber so kam er preiswert an die neuesten Klassikaufnahmen heran.

Entspannt lag er auf seinem Bett und hörte das Vorspiel zum *Tannhäuser*. Natürlich die Pariser Fassung, die sie gerade im Opernhaus einstudierten. Die erotische, die katholischere, die schwelgerische. Zum Glück hatte die Intendanz nicht diese langweilige, abgespeckte, evangelische Fassung genommen. Die hatte Wagner noch in Dresden geschrieben, bevor er sie dann in Paris in eine erotischere und der Venus und dem blutig sexuellen Hörselberg angemessenere änderte. Es war eine Aufnahme aus den siebziger Jahren, die er gerade hörte. Eine gute Aufnahme, wie er fand. Besser als die, die sie heute produzierten.

Seine Gedanken drehten sich bei der Rauschhaftigkeit dieser Musik mehr und mehr um die Venus, um die einzige Frau, die ihm überhaupt etwas bedeutete. Und er versank immer tiefer und tiefer in ein dumpfes, anschwellendes Gefühl. Die Klänge und seine wiederkehrenden Gedanken an die Venus, das Hurenweib, wie er sie nannte, erregten ihn maßlos, und er bemerkte, wie er größer wurde …

Mit geschlossenen Augen war er wieder im hurenden und mordenden Venusberg, dem er mit all seinen Sinnen verfallen war. Seine HiFi-Anlage war voll aufgedreht, und es hörte sich so laut an, als würde er direkt im Opernhaus sitzen.

»Zuviel, zuviel, oh dass ich nun erwachte …«

Sebastian begann zu träumen. Solche Träume, da war er sicher, hatte noch kein Regisseur auf die Bühne gebracht. Seine Augen hatte er schon seit Minuten geschlossen, und alles um ihn herum flimmerte abwechselnd blutrot-golden und dann wieder silbern. Immer tiefer tauchte er hinab in das Reich seiner erotischen Fantasien. Kaskaden von Blut hörte er in der Musik des Vorspiels rauschen. Sie berührte ihn wie noch nie etwas zuvor. Er sah den abgerissenen Kopf des Orpheus vor sich, der im wütenden sexuellen Morden in einem Blutschwall vom Rumpf getrennt worden war. Und Eros und Thanatos, immer wieder Eros und Thanatos und natürlich die Venus.

Er hatte bisher kein besonderes Glück mit Frauen gehabt. Dabei war er doch gar kein schlecht aussehender Bursche. Er rannte ins Badezimmer und betrachtete sein Spiegelbild. Im Gegenteil, dachte er und strich sich durch die blonden Haare. Aber irgendwie klappte es nicht. Es war immer eine unerklärliche, unsichtbare Mauer zwischen Frauen und ihm. Er war eben nicht so ein grandioser Draufgänger, dachte er sich. War viel zu introvertiert, zu eingeschlossen in sich selber. Frauen, so schien es ihm, liebten mehr das Direkte, Problemlose, manche liebten auch das etwas Brutale.

Er lächelte versonnen. »Wenn die wüssten …«

Aber das Problem lag wohl bei ihm, das war ihm klar. Er wollte ja eigentlich gar nichts von Frauen, er sehnte sich zurück in seine Kindheit, zurück zu Sophie.

Hatte seine Zurückhaltung vielleicht auch mit dem Blutfleck auf dem Bettlaken zu tun? Das war auch eine blutige Geschichte. Aber eine unangenehme, blutige Geschichte. Er schob den Gedanken sofort wieder beiseite.

Irgendwie war er sogar ein bisschen stolz darauf, ein Problem zu sein. »Nicht so ein blöder Massenmensch, nicht so ein Herdenvieh, … aber das verstehen die Frauen ja sowieso nicht. Wie konnten sie wohl auch? Was verstehen sie denn überhaupt?«, dachte er und lächelte bitter.

Stolz und arrogant liefen sie durch die Straßen und schauten ihn nicht einmal an, … nicht einmal an. Seine Gedanken überschlugen sich und er wurde zornig.

»… schauen mich nicht einmal an …«

Ein Hassgefühl kam in ihm auf. Ein Hassgefühl auf alle Frauen.

Kein Blick … kein Entgegenkommen … Warum sollte er ihnen also entgegenkommen? »Schlampen sind sie alle, alle. ›*Dir, Göttin der Liebe, soll mein Lied ertönen.*‹«

Er fühlte, wie die Klangwogen durch seinen ganzen Körper fluteten. Er liebte diesen Outlaw Tannhäuser. Diesen unverklemmten, erotischen Draufgänger.

»Ich kann das nicht, ich kann nicht so direkt drauflos gehen. Ich bin wahrscheinlich doch zu verklemmt.«

Er genoss die Musik.

»Nach Freude, ach, nach herrlichem Genießen
verlangt mein Herz, es dürstete mein Sinn,
das, was nur Göttern einstens du erwiesen,
gab deine Gunst mir Sterblichem dahin.«

Ja, das war etwas völlig anderes. Diese Frau, die da besungen wurde, die war ihm nicht fremd, bei ihr fühlte er sich wohl. Ihr schenkte er sein Vertrauen. Sie war auch nicht aus Fleisch und Blut. Sie roch nicht. Nein, sie war viel, viel mehr. Sie war Hure und Heilige. Von ihr bekam er etwas Unvergleichliches. Sie schenkte ihm die Abgründe des Dionysischen.

» … des Durstes brennen muss ich kühlen
getrost leg ich die Lippen an
in vollen Zügen trink ich Wonnen …«, sang der Tannhäuser gerade.

Sebastians eben noch verkrampfter Körper entspannte sich jetzt. Er sah die Venus vor sich, so, wie er sie in seiner Fantasie immer gesehen hatte. Sie schenkte ihm warm und weich, was ihm keine andere Frau so vollendet schenken konnte. Als er an sie und an den blutigen Hörselberg dachte, erregte ihn das so unwiderstehlich, dass sich seine Hand mit einem Mal nach nach unten verlor und er Kaskaden von lebensspendendem Rausch von sich gab.

8

Eduard Mantschik, ein Philologe und Germanist, war geschieden und hatte eine Tochter, als er Gisela Herting kennen lernte. Sie waren sich über viele Wochen näher gekommen, bevor sie beschlossen, aus ihren zwei Familien eine zu bilden. Der neue Vater brachte seine kleine Tochter Sophie mit und Frau Herting ihre zwei Söhne. Geheiratet hatten sie nicht. Sie lebten sozusagen in wilder Ehe zusammen, ganz ohne jeden Stempel, wie sie immer lächelnd betonten.

Die Kinder interessierte das allerdings herzlich wenig. Eduard Mantschik war jetzt sozusagen Sebastians Stiefvater, er nannte ihn einfach Papa.

Sein leiblicher Vater war fünf Jahre zuvor bei einem Autounfall tödlich verunglückt. Jedenfalls hatte seine Mutter das früher einmal so erzählt. Sebastians älterer Bruder Heinrich allerdings behauptete, dass das mit dem Tode des Vaters so nicht stimme. Er sei damals einfach abgehauen. Aber was sollte Sebastian mit dieser Information anfangen? Es war eben so, wie es war: Sein Vater, an den er sich ohnehin nur vage erinnern konnte, war nicht mehr da; und Heinrich vermied jedes weitere Gespräch darüber. Als er seinen neuen Vater kennen lernte, war Sebastian gerade neun und Heinrich bereits 20 Jahre alt.

Gern erinnerte er sich deshalb später an die unbeschwerte Zeit mit der neuen Familie.

Die kleine Sophie, die ihm sehr gefiel, war genauso alt wie er und deshalb eine bessere Spielkameradin als sein älterer Bruder. Vorher hatte die Familie ja nur aus den beiden Jungen und der Mutter bestanden. Jetzt war aber plötzlich eine Schwester dazu gekommen. Das unterbrach die alltägliche Routine und brachte viel Aufregung und quirliges Leben in die Familie hinein. Abends kochte Mutter immer etwas Leckeres, und wenn die Eltern ihn und Sophie dann nach dem Abendessen ins Bett schicken wollten, quengelten die Kinder minutenlang herum. Natürlich reagierten die Eltern auf die Quengelei mit liebevoller Strenge, und der Vater zog zum Spaß die Augenbrauen finster zusammen. »Jetzt aber sofort die Treppe rauf und ab ins Bett«, hieß es dann.

Es war für sie alle ein Spiel, eine allabendliche kleine Theateraufführung. Denn insgeheim freuten sich die Kinder geradezu diebisch darauf, endlich allein zu sein.

Sie beide, ganz allein.

Nachdem sie ihre kleine Komödie beendet hatten, gaben sie den Eltern endlich einen Gutenachtkuss, rannten schnell die enge Wendeltreppe hinauf und verschwanden in ihrer Grotte. So nannten sie ihr Schlafzimmer. Wenn die Tür zu war, und sie beide allein waren, dann begann der Abend erst einmal mit einer kindlichen Kissenschlacht. Natürlich blieb der Krach den Eltern nicht verborgen, aber sie ließen die Kinder gewähren. Die lagen danach verschwitzt vom Herumtoben zusammen in einem Bett, obwohl sie eigentlich zwei Betten zum Schlafen hatten. Aber zusammen in nur einem Bett zu liegen, das war für sie viel abenteuerlicher und es hatte auch so etwas ganz Eigenartiges. Es war viel interessanter als das, was der ganze vergangene Tag ihnen hatte bieten können.

Zu Sophies Begeisterung fing Sebastian fast immer damit an, sie zu kitzeln, weil er ihren kleinen, weichen und warmen Körper in seinen Händen fühlen wollte.

Sie kicherte sich fast tot dabei, und es gefiel ihr sehr. Aber unter ihrem Kichern lag auch etwas Unbewusstes, schattenhaft Unsicheres. Da das in ihrem kleinen Kopf nur eine ferne Ahnung war, wollte sie auch nur von ihm gekitzelt werden.

Er wollte vielleicht mehr.

Wenn er den sich vor gekitzelter Lust hin- und her windenden warmen Körper in seinen Händen fühlte, dann drängte er sich ganz nah an sie heran und versuchte sie zu küssen, so, wie kleine Jungs scheinbar unschuldig schmusend das tun.

Sie ließ es geschehen, wenn auch nur auf die Backe, die sie ihm hinhielt. Auf den Mund geküsst zu werden, das fand sie einfach ekelhaft.

Wenn sie dann schlief, oder wenn sie raffiniert auch nur so tat, als ob sie schliefe, dann roch er an ihren Haaren und an ihrer Haut. Das roch nach ungewaschener Natur, nach Bäumen, Büschen, Schweiß, Wind und Wetter. Das gefiel ihm.

Wenn dann seine Hand nach kurzer Zeit unsicher unter der Bettdecke nach ihr tastete, dann flüchtete sie schmollend hinüber in ihr eigenes Bett. Jedenfalls tat sie immer so, als ob sie schmollte.

Sebastian kannte das schon. Er wusste, sie würde gleich wieder zurückkommen. Und es dauerte auch gar nicht lange, dann trieb sie die Sehnsucht nach dem noch völlig Unbekannten wieder hinüber in sein Bett. Sie kuschelten sich eng aneinander, und so lagen sie da. Ganz ruhig und zufrieden. Bis sie dann etwas später Hand in Hand und von dem ausgetobten Abenteuer schwitzig und ermüdet, einschliefen.

Glücklich, zufrieden und unschuldig.

So oder so ähnlich verging doch eigentlich jeder Abend.

Wenige Wochen war es her, da hatte der Vater sie beide einmal auf die Wartburg mitgenommen. Der Eindruck war für sie überwältigend, nur das, was der Vater da alles erzählte, das wurde für sie doch etwas zu langweilig. Von der Heiligen Elisabeth erzählte er immerzu, und dass sie ein ganz apollinisches Wesen gewesen sei.

»Wer war denn die heilige Elisabeth, und was ist apollinisch?«, fragte Sebastian daraufhin seinen Vater, der ja doch immerhin Professor war.

»Also weißt du, lieber Sebastian, Apollo war bei den alten Griechen der Gott des Lichts und des Frühlings, der Reinheit, der sittlichen Mäßigung und auch des Gesanges.«

Der Vater freute sich, wenn er den Kindern etwas so Schönes erzählen konnte, und er fand es auch für ihre humanistische Erziehung von größter Wichtigkeit.

Sebastian schaute Sophie an, was der Vater aber nicht sehen konnte, denn er war inzwischen schon weitergegangen. Sie kicherten einander leise und verstohlen zu.

Dann nahm Sebastian die kleine Hand der Sophie in seine Hand, und sie folgten beide dem Vater und dem, was er für sie so unverständlich erzählte. »Die reine Elisabeth, wie langweilig«, dachte er sich, während sie weiter gingen.

»Sophie, die ist nicht langweilig. Sie ist ja auch keine Heilige. Aber dafür ist sie aus sehr viel Fleisch und Blut.« Er wendete seinen Kopf wieder zu ihr und sah sie liebevoll an.

Der Vater, der auf die Burg geschaut hatte und sich jetzt umdrehte, unterbrach ihre geheimen Zeichen und bat sie, sich doch mit ihm zusammen dort auf die Steinbank zu setzen.

»Kommt Kinder, ich will euch das mal alles etwas genauer erklären«, fing er an. »Also, hört mir mal gut zu. Es gab einen Philosophen, der hieß Friedrich Nietzsche, und der hat eine These aufgestellt. Die These von dem Dionysischen und dem Apollinischen. Ihr könnt euch das vereinfacht vielleicht so vorstellen: Das ist wie Kalt und Warm, wie Hölle und Himmel oder wie Teufel und Gott. Versteht ihr das?

Es ist eben einfach das Gute und das Schlechte. Also alles das, was in jedem Menschen ein Leben lang schlummert. Na ja, sicher ist das noch etwas zu viel Philosophie für euer junges Alter, aber ihr seid doch schon sehr vernünftig, meine ich. Und wenn ihr später erwachsener seid, dann wird euch das vielleicht auch interessieren. Vielleicht ja sogar so sehr interessieren, wie es mich mein Leben lang beschäftigt hat.

Also, die Elisabeth von Thüringen, die eine ungarische Königstochter war und hier um 1200 auf dieser Wartburg gelebt hat, war so etwas Ähnliches wie die Mutter Theresa. Über Mutter Theresa habt ihr ja erst vor kurzem etwas im Fernsehen gesehen, nicht?

Mutter Theresa wollte den Menschen helfen, und genau dasselbe wollte die Heilige Elisabeth. Sie war voller Trauer, weil ihr Mann gerade in einem Kreuzzug gestorben war. Sie wollte ihre Trauer überwinden und für sich selber vergessen machen. Und so stürzte sie sich in die karitative Hilfe, um den armen Menschen Gutes zu tun. Den Menschen, die hungerten und die in irgendeinem verdreckten

Winkel völlig heruntergekommen dahinvegetierten. Gerade im Mittelalter gab es ja ungeheuer viele Menschen, die hilflos auf den Straßen lebten und dann meistens auch sehr früh starben.

Man hat sie dann von dieser Wartburg vertrieben. Da sie doch eigentlich eine hochgestellte adelige Persönlichkeit war, die aber nicht so leben wollte, wie der Adel es ihr vorschrieb, wurde sie ausgestoßen und musste die Wartburg verlassen. Viele Jahre lang hat sie sich dann erniedrigt und den armen Menschen bis zum eigenen körperlichen Verfall geholfen. Dafür wurde sie später von der katholischen Kirche sogar heiliggesprochen. Also mehr oder weniger von denen, die sie vorher von der Wartburg vertrieben hatten. C'est la vie.

Mit 24 Jahren starb sie schon an Erschöpfung. Traurig, nicht? Wenn ich eure begeisterten Gesichter anschaue«, sagte er lächelnd, »dann sehe ich, dass euch das alles wirklich wahnsinnig interessiert. Nun gut, ich will es kurz machen, aber hört mir trotzdem noch einen Moment zu. Der Richard Wagner hat dann später in seinem *Tannhäuser* diese beiden Prinzipien von Nietzsche zusammengeführt. Der Tannhäuser steht für das dionysische und die Elisabeth für das apollinische Prinzip. Tannhäuser kommt aus dem erotisch verruchten Sumpf des Venusberges. Das könnt ihr natürlich noch nicht verstehen«, meinte der Vater. »Und die Elisabeth vertritt in der Oper die sittliche Reinheit, die reine Liebe und das Apollinische überhaupt.«

Lächelnd schaute Sebastian auf Sophie, und er glaubte doch schon zu ahnen, was das Dionysische sein könnte.

»Die ganze Oper spielt in der Gegend hier«, sagte der Vater, der schon wieder einige Schritte weitergegangen war. »Der Hörselberg mit der Venus ist ja auch nicht so weit entfernt von der Wartburg. Was sagt uns das? Es sagt uns«, und der Vater drehte sich wieder zu ihnen um, »dass das Schlechte und das Gute immer nah beieinander liegen. Na ja, das reicht wohl für heute, denke ich. Wir wollen es auch nicht übertreiben. Lasst uns doch vielleicht noch in den großen Saal der Wartburg schauen, wo die großen Sängerkriege stattgefunden haben und dann fahren wir wieder nach Hause.«

Später, auf dem Heimweg – Sebastian und Sophie saßen hinten im Auto – zeigte der Vater auf einen Berg. »Da vorne, das ist der Hörselberg, könnt ihr ihn sehen? Die Geschichte vom Hörselberg erzähle ich euch vielleicht in ein paar Jahren.«

In Gedanken versunken, fuhr er weiter. Als der Berg dann außer Sicht geriet, sagte er so leise, dass die Kinder es auf den Rücksitzen kaum hören konnten: »Der Hörselberg, mein Gott, für Neunjährige ist das doch wohl noch etwas zu dionysisch.«

Jahre später, Sebastian war 13 Jahre alt, brach die Familie plötzlich wieder auseinander. Der Vater war von einem auf den anderen Tag mit Sophie spurlos verschwunden.

Einfach abgehauen.

Sie hatten nur ihre persönlichen Sachen mitgenommen. Die Mutter war völlig geschockt. Sie verstand die Welt nicht mehr. Schon zum zweiten Mal war ein Mann, mit dem sie zusammenlebte, von ihr weggegangen.

In jungen Jahren hatten zwei Fehlgeburten ihr Mutterglück getrübt. Erst viel später hatte sie zuerst Heinrich und dann Sebastian als Nachzügler geboren. Als Eduard Mantschik sie verließ, war sie mit ihren beiden Söhnen nun zum zweiten Mal auf sich allein gestellt. Denn schon ihr erster Mann – sie hatte bis heute keine Ahnung warum – war eines Tages verschwunden. Sie beruhigte sich in der Folgezeit immer damit, dass das wohl mit seiner Stasi-Tätigkeit zu tun hatte.

Jetzt saß sie zusammengesunken in ihrem Sessel, und es war ihr anzusehen, wie die Vergangenheit sie schmerzte. Sie machte sich große Sorgen, wie es weitergehen sollte.

Nach einigen Tagen hatte sich Eduard Mantschik dann aber telefonisch gemeldet und der Mutter versprochen, sie finanziell zu unterstützen. Tatsächlich schickte er ihr jeden Monat einen kleinen Scheck. Er wolle ihr weiterhin wenigstens die Hälfte der Miete bezahlen, schrieb er ihr dazu.

Die Mutter hatte noch einige Ersparnisse aus ihrer ersten Ehe, und wenn sie damit ganz vorsichtig umgehen würde, … na ja, mal sehen, aber die Jungens mussten neben ihrer Ausbildung kleine Jobs annehmen, damit sie über die Runden kamen.

Sebastian saß oft mit einem schlechten Gewissen abends im Wohnzimmer und zermarterte sich den Kopf. Konnte er vielleicht der Grund für Vaters und Sophies Auszug gewesen sein? Hatte Sophie irgendetwas erzählt?

Aber was hätte sie ihm denn erzählen können? Von dem Blutfleck konnte er doch gar nichts wissen. Das Laken hatten sie damals in eine Plastiktüte getan und am nächsten Tag in die Mülltonne geworfen.

»Oh, dieser ekelhafte Blutfleck!«

Aber was sollte der Vater denn gewusst haben, zwischen ihnen war doch alles nur ein Kinderspiel. Nein, er hätte sie doch nie wirklich … wie eine Heilige war sie für ihn … wie eine Heilige.

Aber warum war er nur mit ihr fortgegangen?

Lag es vielleicht doch an ihm? Er schüttelte den Kopf.

Oder an Mutter?

Und Sophie war einfach mit ihm mitgegangen, ohne ein Wort zu sagen, ohne Abschied, ohne ihn zu umarmen. Würde er sie jemals wiedersehen? Mit solchen Fragen quälte er sich fortwährend herum.

Heinrich war zwischenzeitlich ausgezogen. Er hatte sein Theologiestudium mit »sehr gut« bestanden und kam nur noch äußerst selten zu Besuch. »Für ihn ist es schließlich auch völlig egal, was hier geschieht«, dachte Sebastian frustriert. Er hatte niemals einen besonders brüderlichen Kontakt zu ihm gehabt. Es schien, als sei Heinrich immer schon für die gesamte Menschheit dagewesen und nicht nur für die Familie. »Unter der gesamten Menschheit macht er's nicht, mein tolles heiliges Brüderchen.«

Aber Vater und mit ihm Sophie blieben verschwunden, auch eine Adresse gab es nicht. Und Mutter wollte auch gar nicht die Adresse vom Mantschik herausbekommen. Da hatte sie ihren Stolz.

Wie sollte es jetzt weiter gehen, würde er Sophie irgendwann wieder sehen?

9

Nach seiner blutigen Tat waren erst zwei Tage vergangen. Ja, natürlich, er kannte das, der Mörder kehrt immer wieder an den Tatort zurück. Vielleicht war es ja tatsächlich so. Keiner von den Polizisten würde wohl jetzt noch da oben herumsuchen. Also stieg er in sein Auto und fuhr noch einmal zurück zum Hörselberg.

Nach einer Dreiviertelstunde Fahrt erreichte er wieder die kleine, weiße Kapelle. Aufmerksam und wie gebannt schaute er hinüber zu der graugrünen Erhebung.

Da lag er wieder, der wunderbar blutige Hurenberg.

Sebastian stellte die Rückenlehne seines Sitzes weit nach hinten, sodass er über das Armaturenbrett hinweg den Hörselberg gerade noch sehen konnte. Lange lag er so da, völlig entspannt. Er stellte sich vor, welche Götter der alten Sage da drüben wohl hausten. »Wie ging noch diese antike Geschichte?«

Nachdenklich fasste er sich an die Stirn und strich sich mit beiden Händen durch das immer wieder wild und ungezähmt herunterfallende Haar.

Da gab es in der Antike den Parnassos, den Berg, der nach der großen Flut, wohl einem Tsunami, übrig geblieben war, und Deukalion und seine Gattin Pyrrha, die einzigen Überlebenden. An deren Namen konnte er sich noch gut erinnern. Deukalion war der Sohn des Gottes Prometheus, und Hermes war ein Sohn des Zeus. Und der

Zeus hatte den Prometheus übel gemobbt und konnte nun endlich den Olymp selber regieren. Und um ihn endgültig loszuwerden, ließ Zeus den Prometheus später an den Kaukasus ketten, wo ihm ein Adler die Leber zerfressen musste. So was Gruseliges vergisst man nicht so schnell. Sebastian lächelte selbstvergessen.

Aber die Leber, Prometheus war ja schließlich ein Gott, erneuerte sich immer wieder. Da Götter nicht sterben können, musste er wohl immer noch am Kaukasus hängen, der Arme. Göttern konnten alle Gliedmaßen abgeschlagen oder alle Organe zerfressen werden, aber älter werden und sterben konnten sie nicht. Ewige Jugend.

Das erinnerte ihn an einen Roman, den er erst vor kurzem gelesen hatte, *Das Bildnis des Dorian Gray*, über einen schönen jungen Mann, der nie älter wird, während er all seine Freunde ins Verderben stürzt, weil er seine Seele dem Teufel verkauft hat.

»Mag ja sein, dass man seine Seele für die Schönheit und für die ewige Jugend verkaufen kann, dieser kleine Faust-Verschnitt«, sinnierte er, »aber der Körper macht dieses Spiel einfach nicht mit. Der Körper ist wie ein Apfel, er trocknet langsam aus und runzelt immer mehr dem Ende entgegen.« Er lächelte ironisch und summte leise »... forever young ...«

Auch der Sonnengott Helios und sein Sohn Phaeton mussten da drüben im Hörselberg hausen. In strahlendem weißgoldenen Licht, einem Sonnengott wohl angemessen, ließen sie den riesigen Innenraum des Berges hell erglänzen. Sebastian hatte selbst im Traum noch das Gefühl, seine Augen würden von so viel Licht geblendet.

Weil Phaeton aber kein Gott war, wurde er weder in der Götter- noch in der Menschenwelt richtig ernst genommen. Nur aus diesem einen Grunde hatte Phaeton sich von seinem göttlichen Vater die Erfüllung eines Wunsches erbeten. Er wollte nur ein einziges Mal dessen Sonnenwagen mit den vier prächtigen, goldenen Pferden kutschieren dürfen. Einfach nur, damit alle sehen konnten, dass er tatsächlich Helios' Sohn war. Helios warnte ihn sehr eindringlich, dass die Erfüllung dieser Bitte ganz fürchterliche Folgen haben könne. Ein Sterblicher, ein Mensch, könne diesen Wagen einfach nicht beherrschen. Stürzte der Wagen aus dem Himmel ab, würde ein grauenhaftes Unglück über die Welt kommen. Aber der Sohn ließ nicht locker, und der Vater gab dann endlich nach. Phaeton schwang sich also auf den sonnenglänzenden Wagen, verlor aber bald die Kontrolle über die vier feuersprühenden Pferde, und der strahlend leuchtende Sonnenwagen stürzte wie eine Fackel vom Himmel herunter und verbrannte die gesamte Erde. Seitdem soll es sogar die Mohren geben, erzählte man sich.

»Nach so einer fürchterlichen Katastrophe benennt man heutzutage auch noch ein Auto, das muss ja einfach schief gehen. So eine ungebildete Bande von Autobauern. Nach so einer Katastrophe.«

Oh Gott, die unglaublichsten Geschichten lebten da fort in diesem graugrünen, verregneten Hörselberg in Thüringen. Das schien ihm überhaupt das Verrückteste daran zu sein. Da hätten sie es in Griechenland doch ungleich schöner und wärmer gehabt und auch viel erotischer, mit all den Säulen.

»Ja, warum sind sie denn nicht einfach dort unten im sonnigen Süden geblieben? Wie sind sie von da überhaupt in den Hörselberg gekommen, in diesen unscheinbaren thüringischen Berg?«

Fragen über Fragen, die in seinem Wachtraum durcheinanderpurzelten.

Plötzlich fühlte er sich in seinem schläfrigen Unterbewusstsein völlig verschwitzt und schmierig, als ob er selber mit dem goldglänzenden Sonnenwagen in ein flammendes Inferno stürzen würde. Heiß war es ihm geworden. Atemlos und erschreckt wachte er wieder auf.

Die Frühsommersonne schien inzwischen grell durch die Frontscheibe und blendete ihn. Mit einer Handfläche schützte er sich vor der glühenden Helligkeit, wischte sich den Schweiß von der Stirn und klappte den Sonnenschutz nach unten. Abrupt drehte er dann den Sitz wieder hoch, er musste weg von hier!

10

Pfarrer Heinrich Herting beschäftigte sich nun schon eine volle Stunde mit seiner Sonntagspredigt, ohne damit im Geringsten weiter zu kommen. Er drehte seinen Kopf in Richtung Küche und rief seiner Frau über die Schulter zu, ob sie ihm nicht mal schnell eine Tasse Kaffee machen könne.

»Ja natürlich, mache ich gleich.«

»Lieb von dir«, antwortete der Pfarrer, der schon wieder bei seiner Predigt war. Vor ihm lag ein leeres Blatt Papier. Was sollte er den Kirchgängern nächsten Sonntag sagen?

Er hatte im Moment nicht die leiseste Idee.

Häufig waren es sozial abgerutschte und ältere Mitbürger, die noch in die Kirche kamen und dort Trost und Halt suchten. Ihnen beizustehen, war seine Aufgabe. Das war's ja auch schließlich, weshalb er überhaupt Pfarrer geworden war.

Natürlich müsste er sich aber auch viel klarer zu den wirklich aktuellen Themen äußern. Themen, die den Menschen tagtäglich unter den Nägeln brannten. Aber wenn er dazu klare Worte fand, wollte das eigentlich niemand hören, weder seine Gemeinde noch seine Vorgesetzten. Resigniert lehnte er sich in seinem Stuhl zurück, er war eben Pfarrer und kein Politiker.

Seine Gemeinde lag weit entfernt von dem Stadtteil, in dem sein Bruder und seine Mutter lebten, an die er plötzlich denken musste. Er sollte sie wieder einmal besuchen. Gott ja, Mutter wartete sicher schon lange darauf. Und sein Bruder? Ein bisschen wie die Geschichte von Kain und Abel. Er konnte mit seinem Bruder einfach nichts anfangen. Vielleicht war es ja der Altersunterschied. Bei Sebastian war ihm vieles zu radikal. Vieles, was er da manchmal von seinem Bruder zu hören bekam.

Zu radikal und zu einseitig, wobei der Sebastian doch eigentlich ganz weich war.

Wenn sie sich denn überhaupt einmal trafen, was immer seltener vorkam. Ein komischer Kerl, dieser Sebastian. Er hatte so etwas Verstecktes. Etwas, das er nicht beschreiben konnte, was ihm aber Angst einflößte, wenn er an ihn dachte.

In ihrer Jugendzeit, erinnerte sich Heinrich Herting jetzt, hatte Sebastian oft unkontrollierte und exzentrische Ausfälle. Als er 15 oder 16 war, hatte er ihm trotz des großen Altersunterschieds immer irgendwelche Mädchen unterschieben wollen, von denen er aber gar nichts wissen wollte. »Bist wohl schwul«, lächelte er ihn dann mit heruntergezogenen Mundwinkeln zynisch an, »oder weshalb willst du nicht? Nimm sie dir doch. Musst sie nur richtig bedienen, dann quäken sie nicht. Ist doch ganz einfach. Na, das nächste Mal, da nimmst du sie dir richtig zur Brust, ja. Pack sie, und ich verspreche dir, es macht einen riesigen Spaß.« Sebastian schien ein Mensch ohne jeden Skrupel zu sein.

Während schon der Kaffeegeruch seine Nase umschmeichelte, drehte er sich auf seinem Schreibtischstuhl herum, um seiner Frau bei der Arbeit zuzusehen. Gleichzeitig dachte er weiter über seinen Bruder statt über seine Predigt nach.

Eigentlich war er doch eher introvertiert. Warum also das ganze Theater? Warum wurde er ihm gegenüber immer unangenehm und aggressiv?

Als seine Frau ihm jetzt eine wunderbar duftende Tasse Filterkaffee an seinen Schreibtisch brachte, murmelte er zerstreut »danke, Petra«, während er weiterhin das unverändert weiße Blatt Papier betrachtete.

Bei seinem Bruder war in der Entwicklung irgendetwas schiefgelaufen, das wusste er. Einen irreparablen Schaden hatte er davongetragen. Aber warum? All die Ungeheuerlichkeiten, die jeder Mensch von Natur aus doch in sich hat, die gab es bei Sebastian natürlich auch. Aber er überdeckte sie nicht. Er versteckte sie nicht und ließ sie oft offen und unkontrolliert heraus.

Heinrich Herting nahm einen Schluck vom frischen Kaffee und tat noch ein Stück Zucker dazu. Konnte man dem Bruder helfen? Nein! Der ließ sich nicht helfen. Immer wenn er ihm beistehen wollte, lachte sein Bruder nur bitter auf. Aber gerade das Helfen war doch seine eigentliche pastorale Aufgabe. Nur bei Sebastian, bei seinem eigenen Bruder, kam er damit nicht weiter. Nicht zu begreifen.

»Man muss doch schließlich alles im Leben in eine goldene Mitte bringen«, grübelte er, während er noch etwas Milch und Zucker in seinen Kaffee tat. »Nur so wird das Zusammenleben doch einigermaßen erträglich. Das ist doch auch der tiefere Hintergrund der Kirche. Die Zusammenführung der Menschen. Wozu gibt es Gesetze? Doch wohl, um das Zusammenleben erträglicher zu machen. Und die Kirche ist schließlich auch ein Gesetz. Ja, die Kirche ein Gesetz, … das wäre vielleicht sogar ein Thema für meine nächste Predigt«, überlegte er und nahm noch einen Schluck Kaffee.

»Schatz, du machst den anregendsten Kaffee der Welt«, rief er in die Küche und schaute danach wieder auf sein Blatt Papier, für das er jetzt doch immerhin ein Thema gefunden hatte.

Beim Verfassen der letzten Predigt hatte er bereits einige Gedanken für den kommenden Sonntag festgehalten, diese Notizen aber in der Kirche liegen gelassen. »Petra, ich muss noch einmal schnell in die Kirche hinüber. Bin gleich wieder zurück.« Er trank die köstliche Tasse Kaffee leer, die, weil er vor lauter Nachdenken das Umrühren vergaß, am Ende zuckersüß wurde, und ging dann die Treppe hinunter auf die Straße.

Als er die dicke, mit Eisenverzierungen beschlagene Holztür aufmachen wollte und irritiert merkte, dass die Tür nicht abgeschlossen war, beschlich ihn sofort ein eigenartiges Gefühl.

Irgendetwas schien anders zu sein als sonst.

Langsam machte er die schwere Tür hinter sich zu und stand jetzt in der Sakristei, in die durch eines der kleineren Fenster ein dämmriges, diffuses Licht hereinflutete. Seine Sinne waren plötzlich hellwach. Er roch es fast, es war noch jemand hier.

Wenn der Küster in der Kirche war, dann brannte das Licht. Das war immer so. Der Küster schaltete das Licht auch gewissenhaft aus, wenn er fortging. Aber außer ihm selbst hatte nur der Küster einen Satz Schlüssel. Heinrich Herting bekam Angst. Erst vor kurzem hatte er von Kirchenräubern gehört, die es auf Antiquitäten abgesehen hatten. Er war nicht sehr tapfer in solchen Momenten, das wusste er, aber trotz der Angst, die er zu bekämpfen versuchte, ging er nun langsam, Schritt für Schritt, in den großen Kirchenraum hinein.

Das wenige Licht, das jetzt am Spätsommerabend noch durch die Fensterscheiben drang, beleuchtete den Raum nur spärlich. Herting spürte etwas Bedrohliches und versuchte, das Halbdunkel mit seinen Augen zu durchdringen. Er kam überhaupt nicht auf die Idee, das Licht einzuschalten. Dazu hätte er in die Sakristei zurückgehen müssen, weil sich dort die Lichtanlage der Kirche befand. Das Ungewisse und die Angst schalteten aber alle Rationalität in seinem Denken aus. Er handelte nur noch mechanisch.

»Ist hier jemand?«, rief er, erschrocken über seine laute Stimme, die in der Kirche nachhallte. Keine Antwort. Kein Geräusch war zu hören. Er fühlte, dass seine Fingerkuppen kalt geworden waren. Mit bekannten Situationen konnte er wie die meisten Menschen gut umgehen. War ihm etwas jedoch nicht geläufig oder konnte er etwas nicht einschätzen, bekam er es schnell mit der Angst zu tun. Hatte er nicht gerade jemanden atmen gehört …? Da hatte doch jemand Luft geholt …, das war doch deutlich zu hören gewesen.

Er blickte suchend in die Tiefe des Kirchenraums, als er von hinten flüsternd angesprochen wurde. Blutleer vor Angst, wirbelte er herum. Kleine, kalte Schweißperlen spritzten durch die Luft.

»Mein Gott, was machst du denn hier?«, stammelte er, als er seinen Bruder erkannte.

»Wie kommst du denn hier herein, du hast doch gar keinen Schlüssel?«

»Ich komme eben überall rein, liebstes Brüderchen, das weißt du doch.« Sebastian lächelte den Älteren böse an.

»Mein Gott, hast du mich erschreckt«, stammelte Heinrich.

Langsam ging Sebastian an ihm vorbei. »Sag doch nicht immer ›mein Gott‹. Was kann der denn dafür? Aber das liegt wohl an deinem Beruf, ihn für alles verantwortlich zu machen. Weißt du was, ich glaube sowieso, dass ich viel mehr Kontakt zu deinem lieben Gott habe als du«, grinste er jetzt frech. »Du wirst es kaum glauben, aber es zog mich magnetisch in die Kirche. Selbst auf die Gefahr hin, dass ich dich hier treffe. So heilig wie du kann ich natürlich nicht mehr werden, aber vielleicht bin ich für das Gute noch nicht ganz verloren, was meinst du? Sicher will es mich hinüberziehen, hinüber in deine spießige Welt in die ich auf keinen Fall hinein will.« Er lachte aufdringlich.

»Aber warum drängt es mich wohl sonst, in deine Kirche zu gehen? Wundert dich das nicht? Na, vielleicht ist bei mir ja doch noch nicht alles verloren.«

Heinrich, der langsam zum Altar zurückgegangen war und sich etwas gefangen hatte, drehte sich jetzt schnell um und erwiderte mit scharfer Stimme: »Was willst du?«

»Mein großes Brüderchen, ich habe da etwas ganz Schlimmes angestellt. Vielleicht interessiert es dich ja? Ich meine natürlich, nur rein beruflich. So ein Gespräch vom lieben Gott zu seinem Schäfchen. Du bist doch immer ganz glücklich, wenn du deine verirrten Schäfchen zu besseren Menschen machen kannst.«

»Siehst du, das habe ich nicht vergessen«, fuhr Sebastian fort, »probier's doch mal mit mir. Ich bin da ziemlich in die Scheiße gekommen, weißt du. Eigentlich eine ganz wunderbare, sexuell erregende Scheiße, aber eben doch eine große Scheiße.«

»Drück dich hier im Gotteshaus nicht so vulgär aus«, entgegnete Heinrich angewidert. »Ich glaube, ich sollte mich nicht mit dir einlassen, nein, das sollte ich nicht …«

Er dachte einen Moment nach und wischte sich zum wiederholten Male den Schweiß von der Stirn. »Also, um Himmels Willen, was willst du?«

»Schon wieder der Himmel, du kannst es einfach nicht lassen. Aber trotzdem, sehr gnädig von dir«, höhnte Sebastian. »Also, hör mir mal zu …«

11

»Willkommen im Land der Frühaufsteher, lieber Kruse. Allerdings«, Wellmann blickte auf seine Armbanduhr, »Sie sind eine halbe Stunde zu spät.«

»Nein, nein«, protestierte Kruse und zog sich seinen Mantel aus. »Das sehen Sie völlig falsch, Herr Hauptkommissar. Erstens komme ich nicht aus dem Land der Frühaufsteher, sondern aus Schleswig-Holstein, dem Land der Horizonte«, erklärte er, und dabei versuchte er umständlich, seinen Mantel über den Bügel zu hängen, »und zweitens war ich schon eine halbe Stunde im Labor. Sie sehen, auch Kieler Sprotten stehen pünktlich auf.«

»Gut, gut, Kruse, dann muss ich ja wohl alles zurücknehmen.«

Beide lachten.

»Sie überprüfen im Labor nochmal alles«, sagte Kruse. »Vielleicht finden sie doch was. Im Sperma müssten sie zumindest eine DNA analysieren können. Aber so schnell geht's bei denen nicht, die lassen sich schön Zeit. Eine Woche ist jetzt schon seit dem Mord vergangen, aber das kann noch dauern. Wir müssen abwarten. Die Streife hält uns auf dem Laufenden, falls ihnen in der Stadt etwas Ungewöhnliches auffällt.«

»Also«, Wellmann blickte Kruse an, »ich habe so ein Gefühl, dass er nicht von hier ist«, brummte der Hauptkommissar in seinen Walrossbart, »was meinst du?«

Kruse, der gerade zu seiner Suchtkammer wollte, hob seine Schultern und ließ sie gleich wieder fallen.

»Na, wir werden sehen«, sagte Wellmann.

»Ich bin sofort wieder an meinem Schreibtisch«, sagte Kruse, »aber eine kleine Morgenzigarette ...?«

»Ja, mach' dich mal schön kaputt.

Ich wünsche mir eigentlich, dass er nicht von hier ist«, rief Wellmann ihm hinterher. »Dieses Dreckstück!«

»Die kleine Lisa wird heute beerdigt«, gab Kruse hustend zurück. »Ich werde natürlich zur Beerdigung gehen.«

»Ja, ich weiß, furchtbar«, antwortete Wellmann, »einfach furchtbar.«

Kruse drückte seine Zigarette aus, kam zurück und setzte sich an den Schreibtisch des Hauptkommissars. »Die Eltern haben einen Psychologen zur Betreuung bekommen. Ob der was helfen kann, ich weiß nicht. In so einem Fall? Man kann's nur hoffen.«

»Ja, man kann's nur hoffen«, setzte Wellmann leise hinzu.

»Es sind ja sehr anständige Leute, die Calettis. Haben ein Geschäft mit Möbeln und Accessoires, mit allem, was man so zur Inneneinrichtung braucht. Der Caletti stammt aus Italien, sie kommt wohl aus der Gegend hier. Wir haben schon bei ihnen gekauft. Hat einen guten Geschmack, der Caletti. Hat wirklich schöne Sachen in seinem Geschäft. Sehr nette Leute. Na ja. Mein Gott, man kann es einfach nicht fassen.«

»Als ich bei Ihnen war, da sahen die zwei ganz furchtbar aus. Ganz versteinert und weiß wie die Wand«, berichtete Kruse. »Kein Wunder. War ja wohl ihr einziges Kind. Die Mutter meinte, dass sie nicht zur Beerdigung gehen kann, sie steht das nicht durch hat sie uns später gesagt, jetzt geht wohl nur der Vater.«

»Wenn mir das passiert wäre«, und Wellmann schaute betroffen nach unten, »ich glaube, ich könnte das auch nicht. Mein eigenes Kind so in die Erde … Dreckstück!«

Einige Stunden später kam Kruse nass geregnet in die Dienststelle. »Es war furchtbar«, rief er Wellmann zu und hängte seinen durchweichten Trenchcoat auf den Haken. »Die halbe Stadt war da. War wirklich schön …, ich meine, dass so viele Menschen gekommen sind. Ich bin nicht gerne hingegangen«, sagte Kruse, »aber einer von uns musste sich ja schließlich die Trauergesellschaft ansehen. Ist ja schon vorgekommen, dass der Täter sich unter die Trauergäste gemischt hat.

Wissen Sie, Herr Hauptkommissar, wenn so ein Sarg dann in die Erde heruntergelassen wird, und man weiß, wer da drin liegt, da fällt einem nichts mehr ein. Man ist wie betäubt und möchte sich nur noch ins Gras setzen und nie wieder aufstehen.«

»Ja, furchtbar«, antwortete Wellmann, »danke, dass du da hingegangen bist.

Was ist denn jetzt die Uhr?«, fragte er etwas geschäftlicher, um vom Thema abzulenken, das ihn genauso betroffen machte.

Kruse schaute auf seine Armbanduhr. »Auf meiner ist es jetzt sechs Uhr zehn.«

»Kannst du nicht mal im Labor anrufen wegen der DNA, die müssten doch inzwischen schon weiter sein«, meinte Wellmann nervös, »vielleicht können sie ja wenigstens sagen, wie lange es noch dauern wird. Ich habe hier noch so viel Papierkram zu erledigen.«

»Ich werd's versuchen«, Kruse nahm den Hörer ab. »Selbst wenn die sich beeilen, dauert es doch meistens einige Wochen. Ja, hier Dienststellenleiter Kruse, wollte mal nachfragen, ob Sie schon etwas über die …?

Nein?

Wann …? In einer Stunde etwa?

Danke.

In einer Stunde etwa«, sagte Kruse zu Wellmann und legte den Hörer wieder auf.

»Danke«, Wellmann ging zur Tür. »Ich muss mal eben wohin, na du weißt schon, bin gleich wieder zurück.«

Nach wenigen Minuten kam Wellmann wieder. »Ach, das ist wirklich wunderbar befreiend, wenn man mal so richtig dringend …, na du weißt schon.«

Das Telefon klingelte.

»Haben die immer noch nichts herausgefunden?«, fragte Wellmann etwas gereizt. Kruse schüttelt den Kopf. »Nun geh doch endlich mal ran, da will einer was von uns«, rief Wellmann jetzt verärgert, als das Telefon zum dritten Mal klingelte.

»Ja, hier Kruse … ach, das ist ja großartig. Natürlich verstehen wir das, alles dauert seine Zeit. Klasse, wie schnell ihr das bearbeitet habt«, Kruse zwinkerte Wellmann zu und legte den Telefonhörer auf.

»Sie haben eine DNA nachgewiesen in den Haaren, die wir im Moos sichergestellt haben. Auch im Sperma. Vielleicht sollten wir von allen Männern hier im Umkreis eine Speichelprobe veranlassen, vielleicht haben wir ihn dann«, schlug Kruse vor, während er nervös an seiner Zigarettenpackung herumspielte.

»Warum nicht«, Wellmann lehnte sich in seinen Sessel zurück, »aber das wäre zu schön, um wahr zu sein.

So leicht wird's nicht werden. Wie schon gesagt, dieser Scheißkerl ist nicht dumm.«

Kruse schaute den Hauptkommissar an und ging mit einem breiten Lächeln und einer unangezündeten Zigarette zwischen den Lippen in sein Raucherparadies.

»Das habe ich doch irgendwo schon mal gehört«, lächelte er und schloss die Tür zu seiner Kammer.

12

»Nun schaut euch doch nur mal diese herrliche Eiche an«, sagte Peter Wellmann. »Wie tief und voll die saftigen Zweige herunterhängen, wunderbar.«

Wellmann war ein engagierter Naturfreund und ging jedes Wochenende mit seinen zwei Mädchen und seiner Frau in die thüringische Natur hinaus, um ihnen Bäume, Farne, Blumen und natürlich auch alle Tiere, die sich ihnen zeigten, zu erklären.

Und heute war Sonntag. Heute war sein Hobbytag. Er kannte sich hier draußen in der Natur verdammt gut aus. Sicher war das ein Ausgleich zu seinem Beruf, den er ja doch meistens sitzend im Büro ausübte.

Die vielen Jahre als einfacher Polizist und dann als Kommissar hatte er ein erfülltes Beamtenleben gehabt. Er stand kurz vor seiner Pensionierung, und die war ihm jetzt fast unangenehm. Man konnte doch nicht so einfach weglaufen. So ein Gefühl hatte er jedenfalls, wenn er daran dachte, aufhören zu müssen. Nach über dreißig Jahren einfach Schluss machen wie ein Fahnenflüchtiger?

Seine Kinder waren inzwischen schon fast erwachsen, aber für Papa spielten sie das »Waldspiel«, wie sie es nannten, immer noch gerne mit.

»Sag mal, Papa, das Grünzeug da, das kann man doch nicht anfassen, ohne sich die Finger zu verbrennen?«, fragte Katharina. »Das darf man doch nicht, nicht wahr?«, fragte sie ganz betont unschuldig, »... sonst verbrennt man sich die Finger, stimmt das nicht?«

»Richtig, mein Katharinalein, das ist Brennnessel, und du kleines Aas willst mich wohl hier auf den Arm nehmen, was? Aber siehst du, es hat doch etwas genützt, dass wir über die vielen Jahre in der Natur unterwegs waren. Du hast dir doch manches gemerkt.« Er zwinkerte seiner Tochter zu und schaute noch einmal hoch in die Zweige der Eiche. »Ob das mit der toten Lisa Caletti nun mein letzter Fall wird?« Nachdenklich senkte er den Blick. »Die arme kleine Lisa. Mein Gott, wie furchtbar. Das hat meine beiden Mädchen mitten ins Herz getroffen, so befreundet wie sie waren. Und so etwas Furchtbares noch am Ende meiner Tage. Na ja, Gott sei Dank noch nicht am Ende meiner Tage«, lächelte er, »aber doch zumindest meiner Tage bei der Polizei.«

»Seht mal«, und er zeigte plötzlich aufgeregt nach oben. »Seht mal Kinder, da läuft ein Eichhörnchen, könnt ihr es sehen? Jetzt da, da auf dem Ast. Ist das nicht entzückend? Ach, die Natur ist einfach wunderbar. Wenn die Menschen doch auch so wären!«

Er ging ein paar Schritte und lehnte sich nachdenklich an einen Baum. »Wie kann man den Scheißkerl bloß fangen? So eine Bestie. Haben wir in unserer Stadt als Polizei überhaupt die Möglichkeit, so einen Mörder zur Strecke zu bringen? Vielleicht müssen wir uns aus Erfurt Verstärkung anfordern.«

»Sag mal, Papa«, Katharina war inzwischen ganz nahe an ihn herangetreten, »wie kann so etwas überhaupt passieren? Ich verstehe das immer noch nicht. Ich werde es wohl nie verstehen. Wenn ich nur irgendeinen Sinn darin finden könnte! Man kann doch nicht gerade noch leben und lachen, und mit einem Mal wird man in die Erde hinuntergelassen. Für immer.« Sie wiederholte es noch einmal mit erstickter Stimme: »Für immer. Was hat denn das Leben da überhaupt für einen Sinn?

Weißt du, Papa«, und sie hakte sich jetzt bei ihm ein, »bei der Beerdigung haben Laura und ich uns ganz fest umarmt, und wir hatten die Lisa in unserer Mitte. Ganz bestimmt, glaub' mir, wir hatten sie in unserer Mitte. Wir haben uns alle drei richtig doll gedrückt. Und kurz danach sehen wir dann, wie der Sarg in diese kalte und feuchte Erde hinuntergelassen wird.«

Katharina fing jetzt doch an zu weinen, und auch Laura, die inzwischen mit der Mutter hinzugetreten war, fing an zu weinen, als sie sah, wie aufgelöst ihre Schwester war. Die Eltern nahmen die Mädchen wortlos in ihre Mitte, sodass sie jetzt einen kleinen Kreis bildeten. Alle umarmten sich. Wie eine verschworene Gemeinschaft standen sie eng beisammen und waren wie in einer gotischen Kathedrale behütet von großen dunkelgrünblättrigen und bis in den Himmel heraufragenden Baumzweigen.

»Ach, ich weiß ja auch nicht, was ich dazu sagen soll«, sagte Wellmann dann. »Das Leben ist manchmal einfach grauenhaft. Nein …, was rede ich denn da für einen Blödsinn. Man redet manchmal einfach so unsinniges Zeug daher, ich weiß, aber ich finde keine großen Worte für so ein grauenvolles Verbrechen. Wie kann man es denn überhaupt erklären? Etwas erklären und fassen, was einfach unfassbar ist. Vielleicht, … wartet mal …, mir fällt da gerade etwas von meinem verehrten Doppelgänger Nietzsche ein«, und er lächelte die Mädchen an und zwinkerte ihnen mit einem Auge zu, womit er die Tränen seiner Töchter und die Tragik des Momentes etwas abschwächen wollte.

»Das habe ich mal vor Jahren freiwillig auswendig gelernt, weil es mir so gut gefallen hat. Es ist wirklich schön, finde ich. Ich kriege es hoffentlich noch zusammen.« Er schaute jetzt mit geschlossenen Augen hoch in die Bäume …

»Oh Mensch, gib Acht!« Nachdenklich öffnete er seine Augen. »… was spricht die tiefe Mitternacht? ‚Ich schlief, ich schlief, aus tiefem Traum bin ich erwacht. Die Welt ist tief und tiefer als der Tag gedacht. Tief ist ihr Weh. Lust – tiefer noch als Herzeleid. Weh spricht: vergeh. Doch alle Lust will Ewigkeit. Will tiefe, tiefe Ewigkeit.«

Er war von den Worten selber hingerissen und gab den Mädchen einen Kuss auf die Stirn.

»Vielleicht versteht ihr das noch nicht so richtig, aber es ist wunderschön.«

Und selber etwas bewegt, drehte er sich weg von den Mädchen und der Mutter. Es waren sicher zwei Minuten, in denen keiner etwas sagte. Dann drehte er sich wieder zu seinen Kindern um.

»Wir können ja leider in solchen Fällen nur reagieren, wisst ihr, verhindern können wir es nicht. In manchen menschlichen Gehirnen entsteht oft ein großes Chaos. Für uns ist das natürlich unsichtbar. Und deshalb können wir nach einer solchen Tat auch nur reagieren. In unserer Stadt passiert ja nicht so viel. Aber ich war ja davor auch schon in einer Großstadt als Polizist beschäftigt, und da habe ich doch so einiges erlebt. Das ist der unbefriedigendste Punkt in unserer Arbeit«, und er schaute die Mädchen jetzt wieder direkt an.

»Ich habe das oft schon so empfunden. Wir kommen meistens zu spät. Ich kann euch beiden nur eines versprechen, und das müsst ihr mir einfach glauben. Auch wenn es das Ganze nicht ungeschehen machen kann und euch die Freundin nicht wieder zurückbringt. Wir werden ihn finden. Ich weiß nicht, wie schnell wir es schaffen werden, aber wir werden ihn finden.«

Die Mädchen blickten betreten auf den Boden.

Die ganze Familie ging dann nach einigen stillen Minuten eingehakt und bedrückt über die Wiese zurück zu ihrem Auto. Die Mutter holte noch ein Taschentuch aus ihrem Mantel und gab es den Mädchen.

»Ach Peter, das hast du wirklich schön gesagt, das mit der Ewigkeit.«

Sie fuhren schweigend nach Hause.

Keiner sprach mehr ein Wort.

13

Es wurde jeden Abend in den Nachrichten groß aufgemacht darüber berichtet. Die Medien hatten endlich wieder eine Schlagzeile, einen richtigen Hit. Einen saftigen Quotenknüller in dem ansonsten gähnend langweiligen Frühsommerloch. Sebastian hatte sich morgens am Zeitungsstand alle Zeitungen gekauft, die man bekommen konnte. Jetzt war es Montag Abend, und er saß gemütlich bei einem Glas Rotwein vor seinem Fernseher. Seine Beine hatte er lang ausgestreckt, und hin und wieder fingerte er eine Haselnuss aus einer gefüllten Glasschale, die neben ihm auf dem Tisch stand. Genüsslich zerkaute er eine Nuss nach der anderen und ließ jeweils einen Schluck Rotwein darüber laufen. Die Polizei wusste von gar nichts. Und die Journaille wusste noch weniger. Er lachte laut auf. Im Moment fand er das Leben einfach wunderbar.

»Keiner kennt mich, keiner weiß, wer ich bin. Also kann ich ganz beruhigt in die Zukunft schauen. Niemand wird mich mit den Morden in Verbindung bringen. Mich werden sie nicht bekommen, nie … nie, nie!«

Gellend laut, zynisch und selbstsicher musste er erneut auflachen. Währenddessen trank er fast ein ganzes Glas Rotwein aus. Ein halbes kippte er noch hinterher und schlug sich dann lustvoll und kräftig auf seine Schenkel. Er hatte so laut und hysterisch gelacht, dass seine Mutter plötzlich anklopfte. Schnell öffnete er die Tür.

»Nein, Mama, es war nur ein Witz im Fernsehen«, beruhigte er sie, »ein wirklich komischer Witz, es ist nichts Mama, gar nichts. Geh nur wieder nach unten, und vielen Dank, dass du dich gesorgt hast. Mama, ich komme nachher runter, und dann trinken wir ein Fläschchen und reden miteinander. Ist dir das recht nachher?«

»Ja, ja, ja …, ist mir alles recht«, antwortete die Mutter müde, »dann komm mal!« Langsam und schwerfällig stieg sie die Treppe wieder hinunter.

Erleichtert ließ Sebastian sich auf sein Sofa fallen und schaltete den Fernseher aus. Seine Gedanken kreisten erneut um die Götter und den Hörselberg. Er hatte sich noch ein Buch über die Sagen des Altertums gekauft und wollte mehr darüber in Erfahrung bringen. Interessiert las er, welche Bewandtnis es mit dem Wunderberg und seinen Göttern auf sich hatte.

Von Dionysos las er, dem jüngsten Sohn des Zeus, den dieser mit der irdischen Semele gezeugt haben soll. Sebastian schaute nachdenklich an seine Zimmerdecke.

»Götterweiber waren wohl doch nicht so sexy und erotisch. Die irdischen haben den Göttern anscheinend mehr gefallen und sicher einen tollen Striptease hingelegt. Das durften die göttlichen natürlich nicht. Da war Contenance angesagt, die mussten sich anständig benehmen. Mit wie vielen Mädchen der Zeus es wohl getrieben hat, Mensch, Alter! Dionysos war auch ein Gott, also musste der jetzt auch im Hörselberg hausen.

Dann war da der alte, blinde Seher Tiresias, der mochte ihn ganz und gar nicht, den Dionysos, den Gott der Fruchtbarkeit und des Weines. Er war ihm wohl viel zu fruchtbar, zu verrucht, verhurt und verlottert, so ähnlich wie der Tannhäuser«, lächelte Sebastian. »Als die Thebaner den Dionysos begrüßen wollten, warnte Tiresias sie: *›Welch ein Wahnsinn hat euch betört, ihr drachenentsprossenen Thebaner, dass euch, die kein Schlachtschwert, keine Trompete jemals geschreckt hat, jetzt ein weichlicher Zug von berauschten Toren und Weibern besiegt? Wollt ihr es dulden, dass ein wehrloses Knäblein Theben erobere, ein Weichling mit balsamtriefendem Haar, auf dem ein Kranz aus Weinlaub sitzt, in Purpur und Gold anstatt in Stahl gekleidet, der kein Ross tummeln kann?‹«*

Nachdenklich legte Sebastian das Buch zur Seite. »Den würde ich gerne mal kennen lernen«, sagte er halblaut und schenkte sich ein neues Glas Rotwein ein. »Auf dich, mein lieber, mir doch so vertrauter Dionysos!« Er trank einen großen Schluck und verschränkte die Arme hinter seinen Kopf. »*... ein weichlicher Zug von berauschten Toren*«, las er noch einmal, »*ein Weichling mit balsamtriefendem Haar ..., in Purpur und Gold gekleidet ...*« Sicher waren die Mädchen damals völlig hysterisch und verrückt nach ihm gewesen, so wie heute die Zwölfjährigen nach den Teeniestars. »Bakchos hieß er ja eigentlich, der Dionysos, und daraus wurde dann später bei uns der Bacchus. So kennen wir ihn, mit dem Weinlaubkranz auf dem Kopf.«

Sebastian las weiter: »*Aber die wahnsinnige Bakchospriesterin, schäumend und mit aufgesperrten Augen, sah nicht ihren Sohn in Pentheus, sondern glaubte, einen Berglöwen in ihm zu erblicken, fasste ihn an der Schulter und riss ihm den rechten Arm vom Leibe. Die Schwestern verstümmelten den linken. Die ganze wütende Rotte stürmte auf ihn ein. Jede ergriff ein Glied des Zerrissenen, Agave selbst umklammerte das entrissene Haupt mit blutigen Fingern und trug es als ein Löwenhaupt auf einen Thyrsosstab gesteckt durch die Wälder des Kithairon.*«

Genau das war es doch, das dionysische Geschlachte.

Mit geschlossenen Augen sah er, wie ihn die Blutvenus herausfordernd anlächelte und wie sie ihn immer tiefer und willenloser in seine blutig rotgoldenen Träume entführte.

14

Der Psychiater und Psychoanalytiker Andreas Büchler las die frisch geschriebenen Seiten noch einmal durch. Manches davon gefiel ihm so, wie es war. Anderes wollte er später noch korrigieren.

Er stand von seinem Schreibtisch auf und reckte sich. Seine Frau hatte ihm kurz zuvor am Telefon gesagt, dass sie gleich käme. Was Andrea wohl zu der Entwicklung seines Psychokrimis sagen würde? Er war gespannt auf ihre kritischen Anmerkungen.

Andrea war im Städtischen Opernchor engagiert, daneben studierte sie noch Theaterwissenschaften. Sie kannte sich also mit Morden und Psychosen bestens aus. »Wenn auch mehr bei Verdi und Wagner«, dachte er lächelnd.

Er hörte, wie die Wohnungstür aufgeschlossen wurde und Andrea außer Atem hereingestürzt kam. »Ach mein Engel, wie geht es dir denn?«, rief sie ihm entgegen, während sie ihren Mantel auszog. »Bei mir war's ganz schön heftig heute. Hast du wichtige Kunden gehabt? Schlimme Fälle?«

»Es ging so, mein Schatz.« Andreas Büchler umarmte seine Frau und gab ihr einen Kuss. »Ich hatte drei Patienten und habe dann noch ein wenig an meinem Buch geschrieben. Das ist für mich im Moment der weitaus interessanteste Fall. Wenn du mich hier so lange alleine herum sitzen lässt, dann bist du eigentlich schuld an meinen düsteren Gedanken. Ich musste gerade an die gestrigen Proben in der Oper denken. Dabei ging mir der ganze Opernbetrieb durch den Kopf, und wie man die Kultur nur so zu Grunde richten kann. Ist eine Demokratie denn nur ein Wirtschaftsfreiraum, in dem jeder machen kann was er will?

Ist es das?«

»Ach, mein Engelchen«, schmeichelte Andrea, »du hast mal wieder deine fünf Minuten gehabt, nicht wahr? Mach dir das Leben doch nicht immer so schwer. Nimm's halt etwas leichter«, sie schaute ihn mitleidig an.

»Na, du bist gut, du machst es dir leicht, meine Liebe, aber so einfach ist das nicht.« Er setzte sich an den Tisch. »Da kommt dann immer das Wort von der sogenannten Freiheit der Kultur. So ein Quatsch. Nichts ist frei auf dieser Welt. Alles unterliegt einer Kontrolle. Einer Kontrolle der Qualität, sonst gäbe es keinen Beethoven und keinen Mozart. Alles andere sind Ausreden, Ausreden aus Unvermögen.«

Andrea gab ihm einen Kuss und lachte jetzt aus vollem Herzen. »Man kann doch den Zeitgeist nicht verändern. Das ist doch völlig unrealistisch.«

»Da hast du wohl Recht«, antwortete Andreas, »jede Zeit hat ihren speziellen Geschmack, ich weiß. Aber Geschmack ist das eine, Wissen das andere. Beim Fußball, du kennst mein Lieblingsargument, da entscheiden ausschließlich Leute, die jahrelang in der obersten Liga gespielt haben. Nur Fachleute dürfen da entscheiden. Ganz egal, ob es die Trainer sind oder der Vorstand. Das ist wohl der Unterschied zwischen freier Marktwirtschaft und staatlich subventionierten Häusern. Wenn es um eigenes Geld geht wie im Fußball, dann beschäftigt man Profis.

Bei Steuergeldern, da machen sie, was sie wollen, da geht es nicht nach Qualifikation, da geht es nur nach wichtig tun und guten Kontakten.«

»Aber mein Engelchen«, zwinkerte sie ihm kokett zu, »mit mir hast du doch den besten Kontakt der Welt, das ist doch das einzige, was für uns wirklich wichtig ist. Nun komm schon, nun lächle doch mal wieder.«

»Ja, ja, schon gut«, brummelte er, ging zum Kühlschrank und holte sich eine Flasche Bier.

»Und dann hört man den ganzen Tag das Wort Demokratie, mein Gott, ja. Wenn ich mich jeden Tag durchs Fernsehen lächle, dann hab ich doch irgendwann kein Gesicht mehr. Darin liegt der Vertrauensschwund. Wenn man früher die Indianer fotografierte, dann haben sie sich die Hand vors Gesicht gehalten. Sie hatten Angst, dass man ihnen ihre Seele wegnimmt. Unsere Seele, das ist Beethoven, Mozart, Schubert und Schumann, Wagner, na, und viele, viele mehr.« Wütend haute er mit der flachen Hand auf den Tisch. »Das haben wir für die nächsten Generationen verdammt noch mal zu erhalten. Das ist doch eine Verpflichtung.«

»Aber Engelchen, nicht so laut, und lass unseren schönen Tisch noch heil.«

Andrea Büchler, eine schlanke brünette Frau von 38 Jahren die, wie sie zu sagen pflegte, in ihrem früheren Leben einmal Juristin gewesen war, konnte ohne Oper nicht leben, und wenn es schon so war, dann musste man sich entscheiden. Und so hatte sie ihren Beruf als Anwältin aufgegeben. Das war ihre Art, mit den Dingen umzugehen. Obwohl sie nie eine Gesangsausbildung genossen hatte, wurde sie in den Opernchor aufgenommen. Das war eine absolute Ausnahme, und sie war sich dessen bewusst, auch wenn sie immer wieder betonte, dass sie doch eine richtige Glockenstimme habe.

Andreas hatte das gleiche Hobby und sang, wenn es seine Zeit erlaubte, auch im Opernchor mit, allerdings nur im Zusatzchor. Die Oper war für beide ein wichtiger und bedeutender Teil ihres Lebens.

Für ihn als Psychiater brachte die Beschäftigung mit den Opernszenarien immer wieder neue Erkenntnisse. Er lernte in den Realitäten des täglichen Lebens wie auch in den Träumen der Oper viel über menschliches Verhalten, und er erkannte die opernhafte Ambivalenz von Traum und Wirklichkeit. Nur in der Oper werden Träume wahr. Deshalb liebte er die Oper.

Sie schaute ihm zu, wie er aufgeregt durch das Zimmer lief.

»Aber da muss eben der Staat ran«, redete er jetzt weiter. »Der darf sich nicht mit einer sozial verlogenen Menschlichkeit herausreden, die bei jeder Talkshow Applaus verspricht. Es handele sich ja schließlich um Steuergelder, sagen sie völlig verlogen. Dann kommt das größte Zauberwort für tägliche Talkshows, sozusagen der Fliegenfänger: Es ist sozial unverträglich.

Boing! Das ist der Satz, mit dem man immer Applaus bekommt. Ekelhaft!

Die Politiker haben wohl vergessen, dass es nicht nur darum geht, die Theatersäle zu füllen und mit immer neuen Inszenierungen auf schnellen Erfolg zu zielen, sondern dass wir das, was unsere Vorfahren einmal kreativ und genial geschaffen haben, also unsere Kultur, dass wir die, verflucht noch mal, pflegen und erhalten müssen.«

Andrea stellte sich jetzt hinter ihn, stützte ihre Arme auf seinen Rücken und fing an, ihn zu massieren.

»Du hast ja recht. Das dich dieses Thema aber immer so mitnimmt, das macht mir fast schon Sorgen. Selbstverständlich sollte die Oper kein Betrieb sein wie ein Kaufhaus, das weiß ich doch auch. Die Oper muss keine Rendite bringen, das ist klar. Jedenfalls für uns beide. Die Rendite, die die Kultur bringen soll, ist die Bildung: ›*der Menschheit Würde ist in eure Hand gegeben, sie sinkt mit euch, mit euch wird sie sich heben ...*‹ ja, ja, der gute alte Schiller fällt deiner lieben Frau da ein. Der hat diesen wunderbaren Satz gesagt, den wir heute eigentlich für alles bräuchten. Nur schade, dass ihn kein Politiker mehr kennt.«

Andreas schüttelte seinen Kopf wie ein angeschlagener Boxer, während seine Frau eine neue Flasche Bier aus dem Kühlschrank holte und sich zu ihm setzte. »Fütterung der Raubtiere«, flüsterte sie in sein Ohr und goss sein Glas voll.

Plötzlich musste er lachen, sodass sein kleiner Bauchansatz leicht wippte. »Dass du mich beruhigen willst, ist lieb von dir.«

»Bist du nun zufrieden und hörst endlich auf, den Miesepeter zu spielen?«, fragte Andrea. Er stand auf, gab ihr einen kleinen Kuss und umarmte sie. »Ja, ja, lassen wir das. Kommt ja sowieso nichts dabei raus.«

Andrea küsste ihn leicht auf die Wange: »Ich lege mich einen Moment aufs Bett, der Vormittag in der Uni war für mich doch sehr anstrengend. Und du auch«, sagte sie noch lächelnd, bevor sie dann im Schlafzimmer verschwand.

Zufrieden blickte er ihr hinterher und schaute auf seinen Bildschirm. Der Titel seines Buches stand ihm auf einmal klar vor Augen. *Die Morde des kleinen Tannhäuser*. Natürlich, die *Tannhäuser*-Oper war es, sie lieferte ihm die musikalische Untermalung für seine gruseligen Einfälle.

15

In der Hauptwache von Eisenach war nach dem Mord die Hölle los. Sie wurde überflutet von Zeugen und von deren widersprüchlichsten Aussagen. Alle wollten sie den Täter gesehen haben:

»Er ist groß und schlank mit blonden Haaren.«

»Nein, er war etwas pummelig und hatte dunkle Haare, ich habe ihn doch vom Hörselberg herunterkommen sehen, sicher war es ein Türke.«

»Das ist doch völliger Unsinn, er sah eher aus wie einer von hier aus der Gegend. Ich habe ihn doch durch Hörsel laufen sehen.«

»Wieso«, fragte einer der Polizisten, »wie sah er denn aus?«

»Na ja, ich glaube er war wohl blond. Aber viel mehr kann ich Ihnen da auch nicht sagen. Er ging ja nur an mir vorbei, und es war ja auch schon fast dunkel.«

»Na, überhaupt, wir haben hier viel zu viele Ausländer in Deutschland, da muss doch endlich mal was passieren. Die nehmen unseren Leuten die ganzen Jobs weg, und dann bringen sie auch noch kleine Mädchen um, also wenn da nicht endlich mal was unternommen wird …«

Die Polizisten mussten sich das alles geduldig anhören und protokollieren. Es konnte ja etwas Wichtiges dabei sein. Eine winzige kleine Spur, und dann? Dass wirklich jemand den Täter gesehen hatte, war ziemlich unwahrscheinlich. »Sie haben eben am Hörselberg einen Italiener festgenommen«, rief Kruse in das Durcheinander und legte sein Handy auf den Tisch. »Hatte ein Messer dabei und lief genau da rum, wo die kleine Caletti ermordet wurde. Er wird gerade verhört. Die Presse hat schon Wind davon bekommen. Was die morgen schreiben, kann ich mir schon vorstellen. ›Mörder der kleinen Lisa gefasst‹, das wird wohl noch die harmloseste Headline sein.«

Hauptkommissar Wellmann, der zwischenzeitlich auch eingetroffen war, rief durch den Raum: »Sie schicken uns einen Profiler aus Leipzig. Vielleicht findet der ja was.«

»Ein Profiler aus Leipzig? Haben wir denn keinen hier in Thüringen?«

»Doch, haben wir«, erklärte Wellmann, »aber der aus Leipzig hat schon mal einen ähnlichen Fall bearbeitet und ist uns aus Erfurt empfohlen worden. Er gehört ab sofort zum Team.«

»Wie macht denn so ein Profiler das eigentlich?«, fragte Kruse dem das gar nicht zu gefallen schien.

»Er versetzt sich in die Psyche des Täters«, antwortete Wellmann, »das hast du doch sicher schon mal gehört. Setz dich doch mal. Also, wenn ein Künstler ein Kunstwerk schafft, dann hat er im Hintergrund seines Gehirns eine Idee. Eine Idee, die ihn bis zur Fertigstellung seines Kunstwerkes nicht mehr loslässt. Siehst du, und diesen gedanklichen Hintergrund muss der Profiler bei unserem Täter finden«, lächelte Wellmann Kruse genüsslich an.

»Na, dann muss er ja erst mal ein Gehirn finden«, sagte Kruse, »das ist ja heutzutage gar nicht so einfach, ich meine, ein gut funktionierendes.«

»Unterlassen Sie als Beamter solche defätistischen Bemerkungen, aber richtig, du hast es begriffen«, fiel er dann wieder in den ihm wesentlich geläufigeren jovialen Ton zurück, »du bist ja ein ganz Schlauer. Das Kunstwerk haben wir ja nun leider schon, das ist die arme kleine Lisa. Aber der Profiler kann durch den Hintergrund des Mordes den Kreis der Menschen, die dafür in Frage kommen, immer mehr einengen. Der Rest ist dann natürlich auch Zufall.«

»Da wird einem ja ganz schön schwummrig«, meinte Kruse, »wie intellektuell die das heutzutage angehen. Na ja, in Leipzig, da sind sie ja auch was Besseres. Wann soll der Wunderknabe denn eintreffen?«

»Morgen früh«, antwortete Wellmann.

»Dann können wir ja die Hände ganz beruhigt in den Schoß legen«, gab Kruse zurück, während er sich eine Zigarette herauskramte und zur Kammer ging. Und ohne sich umzudrehen, brummelte er: »Der wird's schon machen. Sind ja so unglaublich intelligent, diese Profiler.«

Das Gespräch mit seinem Bruder hatte Heinrich Herting in eine tiefe Krise gestürzt. Er hatte seitdem Herzbeschwerden.

Es war ihm in der Jugendzeit aufgefallen, dass Sebastian sich manchmal etwas wunderlich benahm. War da doch etwas gewesen zwischen der kleinen Sophie und seinem Bruder? Natürlich musste da etwas gewesen sein. Die lagen doch nicht einfach nur so im Bett herum. Jeden Abend. Da musste irgendetwas passiert sein!

Als er mal eine Bemerkung dazu fallen gelassen hatte, meinten die Eltern nur, das sei Kinderkram. Wenn die sich mal nicht getäuscht hatten. »Aber was soll denn nun geschehen?«, fragte er sich niedergeschlagen. Konnte er ihn einfach bei der Polizei anzeigen, der Bruder den eigenen Bruder? Das wäre ja alttestamentarisch. Müde und zerschlagen tat er das, was er nicht nur in Krisenfällen, sondern jeden Tag zu tun pflegte. Er machte erst einmal einen langen und ausgiebigen Spaziergang.

Die Nachbarin der Hertings, die auf demselben Stockwerk gegenüber wohnte, war eine richtig nette und sehr ruhig für sich dahin lebende ältere Frau. Sie kannte Gisela und Sebastian schon seit vielen Jahren. Sie kannten sich nachbarschaftlich gut, und sie mochten sich auch. Aber dieser ewige *Tannhäuser*-Krach von nebenan, der machte sie auf die Dauer doch mürbe. Konnte der Junge denn nicht mal ein bisschen Ruhe geben? Ihr Schlafzimmer grenzte an sein Wohnzimmer, das eigentlich ein geräumiges Schlafzimmer war. Sebastian hatte es aber schon lange zu seinem Wohnschlafzimmer gemacht. Und jetzt spielte er schon seit Tagen diese *Tannhäuser*-Aufnahme. Und in einer Lautstärke! … »Mein Gott, … hat das denn überhaupt niemals ein Ende?« Auch wenn sie nach unten in ihr Wohnzimmer ging – die Musik verfolgte sie immer noch laut genug. Sie wollte sich nicht bei Frau Herting beschweren, nein. Aber wenn es so weiterging …

»Ist ja doch eigentlich ein sehr netter Junge«, dachte sie beschwichtigend. »Immer höflich, immer zuvorkommend.« Er hatte ihr manche schwere Einkaufstasche in die Wohnung hochgetragen. Eigentlich ein netter Kerl, der Sebastian, aber immer dieser *Tannhäuser*, das war doch völlig verrückt. Sie mochte Wagner und natürlich auch seinen *Tannhäuser*, aber doch nicht jeden Tag, und nicht in dieser ohrenbetäubenden Lautstärke. Und dann auch noch von morgens bis abends. Und das Vorspiel, immer und immer wieder das Vorspiel. Irgendwann würde sie doch etwas unternehmen müssen, dachte sie. »Das hält ja kein Mensch aus. Schließlich bezahle ich ja auch Miete und nicht nur die Hertings, … und die ist vor kurzem auch noch erhöht worden. Nichts, absolut nichts konnte ich dagegen unternehmen, … gar nichts! Ist man als älterer Mensch denn immer nur der Unterlegene?«, ging es ihr durch den Kopf.

»Muss man auf dieser Welt alles stoisch ertragen?«

Und jetzt schon wieder, … sie hielt sich die Ohren zu.

… schon wieder diese Bläserakkorde.

16

Die Putzfrau kam einmal die Woche morgens gegen neun Uhr, um Lucianos Wohnung zu putzen. Drei Stunden dauerte das. Luciano hatte ihr vertrauensvoll einen Wohnungsschlüssel gegeben, damit sie auch putzen kommen konnte, wenn er nicht zu Hause war. Das war schon seit anderthalb Jahren so, und da er keine teuren Sachen in seiner Wohnung hatte, war das für ihn nie ein Problem gewesen.

Als sie heute putzen kam und an der Wohnungstür erst einmal klingelte – das tat sie aus Höflichkeit immer – wunderte sie sich, dass die Wohnungstür nur angelehnt war.Sie steckte ihren Schlüssel wieder in ihre Tasche. »Das ist aber sehr unvorsichtig von ihm«, dachte sie. »Was da alles passieren kann. Gar nicht auszudenken. Ist er vielleicht schon weggegangen?«

»Luciano«, rief sie in die Wohnung hinein, »Luciano, bist du da? Ich bin's, die Anna. Luciano, hörst du mich?«

Als sie keine Antwort bekam, öffnete sie die Wohnungstür etwas weiter, ging hinein und schloss dann die Tür wieder von innen.

»Na, dann wird er wohl schon gegangen sein«, dachte sie sich. »Eigenartig ist es schon. Er muss es wohl sehr eilig gehabt haben und hat einfach vergessen, die Tür richtig zuzumachen. Wenn ich wieder putzen komme, muss ich ihm aber sagen, dass die Tür offenstand, und dass er das nächste Mal die Tür besser zu machen soll. Und stinken tut es hier, das ist ja fürchterlich. Mein Gott, diese jungen Leute. Dass die in so einem Gestank überhaupt leben können. Sie haben wohl einfach noch kein Gefühl für sowas. Man kann doch das Fenster etwas offen lassen, wenn man geht, damit Luft reinkommt. Mein Gott … was für ein impertinenter Gestank!«

Sie holte sich aus der kleinen Kammer neben der Küche Staubsauger und Putzlappen und legte sich alles zurecht, um mit ihrer Arbeit zu beginnen.

»Was für ein süßlicher Geruch das ist … äußerst unangenehm.« Sie öffnete die Wohnzimmerfenster, soweit es nur ging. »Hier muss erst mal richtig Luft rein, das ist ja nicht auszuhalten. Am besten, ich mach' auch gleich das Fenster im Schlafzimmer weit auf.«

Und als sie in das Schlafzimmer ging und dabei auf das Bett sah, wurde ihr Körper steif wie Beton, und alle Muskeln zogen sich zusammen. Sie bekam einen Nervenschock und fing an zu schreien. Sie schrie laut und hysterisch, und in ihrem Schreien lag so etwas wie Todesangst. Sie schrie und schrie und schrie, völlig benommen und hemmungslos. »Hilfe!«, schrie sie nicht oder etwas Ähnliches, nein, sie schrie immer nur. Laut, schrill und kreischend. Einige Hausbewohner kamen, von dem Geschrei aufgeschreckt, die Treppe heruntergelaufen und klingelten.

Mit schneeweißem Gesicht, die zitternden Hände vor dem Mund, wankte sie zur Wohnungstür, öffnete sie gerade noch und fiel dann fast ohnmächtig in sich zusammen. Sie lag mit dem Rücken auf dem Boden.

Zwei, drei Hausbewohner stützten sofort ihren Oberkörper etwas hoch. Ein anderer holte ein Glas Wasser. Ein Mann hielt sich die Nase zu und schaute prüfend durch das Wohnzimmer, in dem er aber nichts Auffälliges entdecken konnte, und ging dann hinüber ins Schlafzimmer. Er konnte, als er zurückgetaumelt kam, nur mit Mühe die Küche erreichen und erbrach sich über der Küchenspüle.

»Es ist einfach furchtbar«, krächzte er, als er wieder etwas reden konnte. »Holt sofort die Polizei! So etwas ekelhaft Perverses kann man sich noch nicht einmal ausdenken, geschweige denn mit ansehen. Das werde ich mein Leben lang nicht vergessen … nicht vergessen …«, wiederholte er noch einmal, über der Küchenspüle hängend.

»So ein Anblick bleibt ein Leben lang im Kopf.«

Alle anderen blieben erstarrt und angstvoll an der Tür stehen und hielten sich die Hände oder einen Schal vor den Mund und die Nase.

Ein Bewohner holte sein Handy aus seiner Jackentasche und rief dann endlich die Polizei an, und zwei Beamte kamen auch nach wenigen Minuten in den ersten Stock hochgelaufen.

»Was ist denn hier los?«, wollte ein Beamter wissen, »was ist denn das für ein Gestank?« Der Mann, der immer noch über dem Küchenwaschbecken hing, zeigte mit dem Finger wortlos zu dem Zimmer mit dem Toten. Die zwei Polizisten verschwanden daraufhin ins Schlafzimmer. Mehrere Minuten hörten die Leute an der Tür keinen Ton mehr. Alle schauten sich betroffen an. Dann sah man plötzlich, wie sich die Polizisten an dem Türrahmen festhielten und schwer atmend ins Wohnzimmer starrten. In ihren Augen spiegelte sich blankes Entsetzen. Um nicht zu erbrechen, hielten sie sich beide die Hände vor den Mund. Der eine Polizist deutete mit der Hand fassungslos auf das Bett im Schlafzimmer und blickte noch einmal zurück.

Nackend ans Bett gefesselt, die Kehle brutal bis zum Knochen des Rückgrats durchgeschnitten, wodurch der Kopf, nur noch vom Knochen gehalten, schief auf die Seite gefallen war. Das Genital war mit einem Schnitt abgetrennt und zusammen mit den abgeschnittenen Hoden auf dem nackten Bauch des Opfers verteilt worden. Blut war überall auf dem Bett verteilt und zu kleinen Lachen auf den Fußboden getropft. Auf der Stirn hatte er ein eingeritztes »L«.

Die Beamten waren von der Situation und dem Gestank bleich geworden und rangen sichtbar um Beherrschung.

»Der liegt hier schon seit drei Tagen herum, so wie es stinkt«, sagte der eine Beamte.

Sein Kollege setzte sich erst einmal auf einen Stuhl im Wohnzimmer. Er konnte nicht mehr stehen.

»Weißt du, wer das ist?«, fragte der Polizist würgend und hielt sich den Mund immer noch zu, um sich nicht zu übergeben.

»Das ist der, den wir auf dem Hörselberg festgenommen haben. Weißt du, der italienische Kellner. Vor so ungefähr einer Woche war das wohl. Er ist ja nach zwei Tagen wieder entlassen worden, weil er nachweislich damit nichts zu tun hatte, aber die Presse hat das alles fürchterlich aufgebauscht. Für die Zeitungsschreiber war er schon der Mörder der kleinen Lisa. Unverantwortlich, was die manchmal schreiben. Also komm, dann ruf doch endlich die Mordkommission an«, sagte der Beamte. »Die sollen sich doch gefälligst darum kümmern.«

Der eine Polizist, der noch an der Tür stand, drehte sich noch einmal um und schaute auf die Leiche. »Mein Gott, ist das ekelhaft. Das sieht ja wie ein Ritualmord aus. Ein

Fememord, oder die berühmte italienische Vendetta. Das könnte doch der Vater der kleinen Lisa gewesen sein.«

Polizist Halmer setzte sich mitfühlend zu seinem Kollegen an den Wohnzimmertisch. »Muss ja nicht sein, aber ist doch immerhin möglich. Ist der nicht auch Italiener wie der Tote hier im Schlafzimmer?

»Ja, er ist sogar Sizilianer«, sagte sein Kollege Richter. »Ich weiß das aus den Akten, wir hatten das nach dem Mord an der Lisa auf dem Tisch. Beide sind Sizilianer.«

»Na, dann wundert mich nichts mehr. Und der Vater hat doch wohl mit dem perversen und brutalen Mord an seiner einzigen Tochter mehr als nur ein Motiv für so einen Rachemord.«

»Vielleicht hast du ja recht.« Der Kollege schaute ihn ernst an. »Aber wenn es der Caletti war, dann kannst du Gift darauf nehmen, das er ein wasserdichtes Alibi hat. Seine Frau wird ihm das schon bestätigen. Den werden wir niemals überführen können. Und du kannst auch Gift darauf nehmen, dass wir hier keinerlei Spuren finden werden. Ihm wird nichts nachzuweisen sein. Mein Gott, stinkt das hier ekelhaft. Hast du mal ein Kaugummi, vielleicht hilft das etwas?«

Sein Kollege schob ihm ein Kaugummi, das er in der Jackentasche hatte, über den Tisch und nahm sich selbst auch eins. Sie hielten sich, während sie sprachen, immer noch die Hand vor die Nase und vor den Mund, aber das Kaugummi machte es etwas erträglicher.

Die anderen Hausbewohner, die sich an der Eingangstür versammelt hatten, waren verschreckt und mit umgedrehten Magen wieder in ihre Wohnungen verschwunden.

Polizist Halmer guckte seinen Kollegen an. »Man kann gar nicht soviel fressen, wie man kotzen möchte. Irgendjemand hat das mal gesagt. Ich weiß nicht, wer, aber es stimmt genau. Wirklich zum Kotzen was wir hier vorgeführt bekommen. Und weißt du, was? Ich darf das ja eigentlich gar nicht laut sagen. Aber ganz unter uns: Wenn es der Vater getan hat, verstehen würde ich das schon. Für einen Vater, der auf so bestialische Art seines einzigen Kindes beraubt wird, … na ja, da könnte man diesen Rachemord schon verstehen, oder nicht? Nicht so grauenhaft blutig wie hier, aber das ist wohl sizilianisch. Natürlich, andererseits muss man auch davon ausgehen, dass er unschuldig war, denn er ist ja von uns aus der Untersuchungshaft entlassen worden, weil er ein handfestes Alibi hatte.«

»Vielleicht wusste der Caletti ja gar nichts von seiner Unschuld«, antwortete Halmer. »Vielleicht hat er gar keine Zeitung mehr gelesen. Er hat wohl nur noch seine Blutrache im Kopf gehabt und die Trauer über seine ermordete Tochter. Wie auch immer, darüber müssen wir uns im Moment ja keine Gedanken machen. Der da drin ist mausetot. Den Rest müssen die Kollegen von der Mordkommission herausbekommen.«

Von Zeit zu Zeit kam das immer wieder.

Es überfiel ihn.

Er hatte Angst.

Sebastian war dann in einer körperlichen Erregtheit, die ihn so belastete, dass er nicht mehr richtig nachdenken konnte. Sein ganzer Körper fühlte sich einfach schrecklich an. Alles an ihm schien verkrampft zu sein und tat ihm weh. Er hätte laut schreien können.

Schnell und gebückt schlich er aus der Wohnung. Nur nicht auch noch Mutter begegnen, aber die rumorte in der

Küche herum. Er ging so schnell, wie er konnte, die Treppen hinunter, quälte sich in sein Auto hinein und fuhr wie in Trance los. Er sah die Straße nicht und die anderen Autos nur verschwommen, und er fuhr auch noch bei Rot über eine Ampel.

Wohin?

Was wollte er?

Irgend etwas müsste passieren und wenn er jetzt sterben sollte, dann wäre es ihm auch recht. Dann wäre die ganze Scheiße doch endlich vorbei. Dass sein Bruder seine Geschichte seit einigen Tagen kannte, das war ihm völlig egal. Sollte er doch damit machen, was er wollte. Dieser heilige Menschenfreund. »Es ist geradezu ekelhaft, wie gut manche Menschen sein können«, stöhnte er, und alles tat ihm dabei weh.

Wie konnte er das bloß wieder loswerden?

Er wusste es, es pochte in seinem Kopf: »… wieder tun … wieder tun …«

Aber er wusste noch nicht, wie er es dieses Mal anstellen sollte. Würde er wieder so ein Mädchen finden? So ein junges Ding wie die Lisa? Jung musste sie sein, rein wie ein Engel und unschuldig. Eine kleine Nymphe. Aber so ein junges, unschuldiges und unverbrauchtes Ding, wo sollte er sie finden? Er fuhr mit seinem Auto immer weiter in ein verschwommenes diffuses Licht hinein. Es dämmerte und war ein wenig regnerisch geworden, und dadurch sah die Welt zwischen Tag und Nacht verschwommen und unklar aus. Die ganze Welt um ihn herum war durch die Frontscheibe seines Autos nur noch verschmiert und schemenhaft zu erkennen. Auf seiner Uhr konnte er lesen, dass es jetzt kurz vor sieben war. Was trieb ihn da so? Trieb und trieb … immer weiter und weiter …

Dass, was da mit einem Mal vor ihm auftauchte, war keine kleine Stadt, eher ein größeres Dorf. Er wusste nicht, warum, aber er ließ seinen Wagen in einer der ersten Querstraßen stehen und stieg langsam und gequält aus.

Er hatte auf einem ganz legalen Parkplatz geparkt. Darauf hatte er noch geachtet. So würde sein Auto am wenigsten auffallen. Nach dem Aussteigen zündete er sich mit zitternden Händen eine Zigarette an und setzte sich erst einmal auf eine Bank, die zwischen der Straße und einer Wiese stand. Er atmete einige Male tief durch. Mit großen Zügen saugte er den Tabak in sich hinein, und er wurde dabei auch ganz langsam etwas ruhiger. Rauchen tat er eigentlich nur in solchen Situationen. Aber jetzt brauchte er dringend eine Zigarette.

Während er den Rauch durch die Lungen blies, sah er aus den Augenwinkeln, wie zwei, drei Leute ziemlich eilig auf der Straße unterwegs waren. Und er sah auch, dass da ein junges Mädchen von links die kleine Straße entlang geschlendert kam. An der Leine hatte sie einen herumspringenden braunen Dackel. Der Hund kläffte Sebastian an, als sie in seine Nähe kamen, und das Mädchen zog ihn, ein wenig ängstlich, an der Leine wieder zurück.

»Ach, entschuldigen Sie, er ist sonst immer sehr brav, das kenne ich bei ihm gar nicht, so ein Gebelle.«

Sebastian wagte nicht, ihr ins Gesicht zu sehen und blickte auf die Straße.

»Das macht doch nichts, das kann ja mal passieren«, presste er mit einem misslungenem Lächeln heraus.

»Geht es Ihnen nicht gut?«, fragte sie. »Sie sehen ja furchtbar blass aus. Kann ich Ihnen vielleicht irgendwie helfen?« Sie schaute ihn etwas näher an. »Brauchen Sie vielleicht etwas zu trinken? Ein Stückchen weiter die Straße rauf, da gibt es eine kleine Imbissbude, da könnte ich Ihnen schnell etwas zu trinken holen.«

Er hob den Kopf: »Würden Sie das tun? Das wäre aber ganz lieb von Ihnen«, stöhnte er durch den herausfließenden Rauch seiner Zigarette.

»Ja, warten Sie ein paar Minuten, dann bin ich mit etwas Trinkbarem wieder zurück. Ach ja«, sie drehte sich noch einmal um, »was trinken Sie denn am liebsten?«

»Wenn Sie mir eine Cola mitbringen könnten, ich gebe Ihnen das Geld sofort zurück.«

»Ja natürlich, ich bin auch gleich wieder da.«

Sie lief mit ihrem Hund weiter die Straße hinauf. Ihr kurzer, roter Rock fiel bei jedem ihrer Hüpfer nach oben. Er konnte seinen Blick nicht abwenden. Er schaute ihr nach und zündete sich mit zitternden Händen eine neue Zigarette an. Sie war 15, vielleicht aber auch schon 16 Jahre alt.

»Mein Gott, wenn sie jetzt wirklich zurückkommt? Ich könnte einfach gehen«, dachte er »... einfach aufstehen und schnell weggehen. Dann wäre ich nicht mehr da, und ihr würde nichts geschehen. Nicht das Geringste.«

Er sah in die Richtung, in der sie verschwunden war.

Dann schüttelte er den Kopf. »Mist, ... völliger Blödsinn, ... ist natürlich alles völliger Quatsch, was ich da denke. Alles eine beschissene Selbsttäuschung«, schimpfte er mit sich selber. »Ich würde immer eine andere finden, vielleicht noch in diesem Dorf, und dann ..., es wäre doch nur aufgeschoben.«

Sein Mund war jetzt völlig ausgetrocknet, und er freute sich wie ein Kind auf eine Erfrischung. Nach zehn Minuten, die ihm endlos erschienen, stieg Wut in ihm hoch. »Warum dauert das denn nur so endlos lange, wo bleibt sie denn nur? Scherzt wohl auch noch mit dem Besitzer herum, … sind alle gleich, sind doch alle gleich.«

Plötzlich hörte er von weiter her das Bellen des Hundes und sah sie mit fliegendem Röckchen auf ihn zulaufen. Ein rotkarierter, kurzer Rock, das war alles, worauf er starrte.

»Da, die Cola«, sagte sie etwas aus der Puste, aber lachend, zu ihm.

Er konnte nur auf ihre jungen Beine starren. »Mein Gott, was für eine schöne junge Haut sie hat. Weich, jung, braungebrannt und glatt wie Elfenbein. Wie muss da nur der ganze Körper …?«

Inzwischen war es immer dunkler geworden, und der Hund zog jaulend an seiner Leine. »Wissen Sie«, sagte sie, indem sie von der Bank aufstand, »der Hund muss mal ganz schnell auf die kleine Wiese, wir haben da hinten ganz am Ende eine Stelle, da kann ich ihn von der Leine loslassen. Aber keine Angst – Sie sehen ja ganz furchtbar aus – ich bin auch gleich wieder zurück.«

Sebastian trank von der Cola und nahm einige tiefe Züge von seiner Zigarette. »Ein bisschen die Füße vertreten, das tut mir auch gut« rief er ihr nach, »einen Moment noch, ich komme gleich hinterher.«

Sein Herz schlug ihm bis in den Kopf. Sie lief schon, laut lachend und mit dem Hund spielend, bis zur Mitte der Wiese. Sehen konnte er nichts mehr von ihr, so dunkel war es inzwischen schon geworden. Er stand auf, trat mit dem Fuß die glimmende Zigarette aus und ging schnell hinter ihr her.

»Hör mal, Kruse, hast du's auch gehört, da ist schon wieder so ein grausiger Mord passiert. Wieder so eine Zerstückelung im Bauchbereich. Dieser Schei …«

Wellmann schluckte den Rest herunter, »na, was er auch immer ist, er hört nicht auf damit. Das war gar nicht so weit weg von uns. Du kennst das kleine Dorf, ungefähr 20 Kilometer von hier. Ist der Profiler denn schon gekommen?«

»Ich habe noch nichts von ihm gesehen«, rief Kruse hustend herüber.

»Wenn er da ist, dann soll er sofort in mein Büro kommen«, sagte der Hauptkommissar.

»Werd's ihm sagen, Chef.«

»Übrigens, seid ihr in dieser sizilianischen Sache weitergekommen?«, wollte Wellmann wissen.

»Der Vater hat ein Alibi« antwortete Kruse, »er bestreitet, irgendetwas mit dem Mord zu tun zu haben. Ist eigentlich ein wirklich netter Kerl. Seine Frau hat ausgesagt, dass ihr Mann die ganzen Tage mit ihr zusammengewesen ist. Das sie das sagen wird, das hatten wir uns ja schon vorher gedacht.«

»Na gut«, antwortete Wellmann, »versucht euer Glück, aber wir werden in dem Fall wohl nicht sehr weit kommen. Kümmern wir uns hauptsächlich erst einmal um die Mädchenmorde.«

Wellmann ging den langen Gang entlang in sein Büro. Bis zur Ankunft des Profilers vergingen noch zwei Stunden. Dann kam ein sehr unauffälliger Mann mittleren Alters in die Wache hinein. Kruse, der ihn etwas abschätzend musterte, ging ihm entgegen.

»Das ist aber gut, dass Sie endlich da sind, Sie werden von unserem Chef schon sehnsüchtig erwartet. Ich bringe Sie mal schnell rüber in sein Büro«, sagte er zu ihm, nachdem sie sich kurz bekanntgemacht hatten.

Sie gingen durch einen schmalen Korridor, bis sie an einem großen Zimmer auf der rechten Seite ankamen.

Über den Tag saß Wellmann meistens an seinem Schreibtisch im Großraumbüro der Wache. Sein eigenes Zimmer benutzte er eigentlich nur, wenn er wichtigen Besuch erwartete.

»Chef, hier ist der Profiler.«

Wellmann stand lächelnd auf und streckte dem Profiler seine Hand entgegen.

»Ach, das ist aber schön Herr Müller, dass Sie uns die Ehre geben«, lachte er den Profiler in dröhnendem Bariton an. »Müller ist doch richtig, ja? Oder habe ich da einen Lapskaus gemacht?«

»Nein, nein, Herr Wellmann das ist völlig richtig so, Müller wie Meier«, und er nahm seinen Hut ab und hatte darunter ein Glatze. Sie lachten sich gegenseitig zu.

»Na ja, Nomen est Omen, sagt man doch immer, … aber was ist denn dann bei Müller das Omen?«, lachte Wellmann über seinen eigenen Witz.

»Na, also verlieren wir keine Zeit, es ist schon wieder so ein Mord geschehen, und es sieht ganz nach demselben Täter aus.«

»Ja, Herr Wellmann, ich habe auch davon gehört, als ich herfuhr. Man hat mir per Handy davon berichtet, schöne Schweinerei«, meinte der Profiler.

»Schweinerei ist gut«, Wellmann schaute den Profiler an. »Diese Drecksau hat jetzt wahrscheinlich schon drei junge Mädchen auf dem Gewissen. Pardon, er hat ja gar kein Gewissen. Wahrscheinlich ist der erste Mord ja auch von ihm begangen worden. Dann sind's tatsächlich schon drei Morde. Also, lieber Herr Müller, wie wollen wir denn jetzt vorgehen?«

»Wunder kann ich Ihnen auch nicht versprechen«, antwortete der Profiler. »Aber geben Sie mir doch mal alle

Unterlagen mit, die Sie bis jetzt haben. Ich habe ein Zimmer in einem Hotel gemietet, hier ganz in der Nähe. Da werde ich's mir erst einmal gemütlich machen. Das, was ich mache, das ist ja eine Arbeit, die doch mehr in der Stille passiert, wissen Sie. Ich muss hinter sein Geheimnis kommen. Man muss ein wenig Psychologe sein, um das zu erspüren. Sie kennen doch noch das Lied: ‚Jede Frau hat ein süßes Geheimnis'. Sehen Sie, lieber Herr Hauptkommissar, nicht nur jede Frau hat ein süßes Geheimnis, jeder Mensch hat sein Geheimnis. Man muss nur dahinterkommen.«

»Ja, ja, Herr Profiler, ach Quatsch, ich sage doch lieber Herr Müller, ja ? Ich habe das, was Sie da so machen, schon dem Kruse erklärt. Er ist ja ein helles Bürschchen. Ich glaube, er hat's begriffen. Natürlich bekommen Sie gleich alles geliefert. Alle Unterlagen, die wir bis jetzt zusammenhaben, und ich wünsche Ihnen damit viel Glück. Finden Sie diese Drecksau. Es liegt mir ganz persönlich etwas daran.«

TEIL II

Ein Déjà-vu

17

Als promovierter Psychiater wollte Andreas Büchler in seinem Roman an die intellektuelle Grenze seiner eigenen Berufsmaterie gehen.

Mord aus sexueller Lust. Das schien ihm das zutiefst Widerlichste und Abgründigste zu sein. Sicher das Abgründigste, was es in der Psyche eines Menschen überhaupt gibt. Kann es mit einem Menschen denn noch tiefer abwärts gehen? Wohl kaum. Nichts konnte so selbstzerstörerisch sein wie das. Für ihn war der sexuelle Mord eine egozentrische Form der Sexualität. Die schlimmste Form menschlicher Verirrungen. Eigene sexuelle Befreiung durch den vorsätzlich und absichtlich verursachten Tod eines anderen Menschen. Allein zum eigenen Lustgewinn. Dieser perverse Größenwahn, der sich da artikuliert. Psychose! Wie kann ein Mensch nur so weit herunterkommen, so amoralisch und unmenschlich werden? Oder ist vielleicht der normale Mensch der Unnormale, und der Unnormale der Normale? Er kannte solche Überlegungen aus verschiedenen Büchern.

»Der Mörder Raskolnikow bei Dostojewski zum Beispiel: Dieser junge Mann entscheidet über Leben und Tod. Man könnte ihn möglicherweise sogar entschuldigen, er mordet ja nicht aus sexuellen Gründen, sondern weil er durch seinen sozialen Abstieg soweit heruntergekommen ist, dass er aus schierem Hunger einen Raubmord begeht.

Aber sicher wird sein Körper in dem Moment des Mordes, eben gerade in dem Moment, wo die Axt den Schädel und das Gehirn der armen alten Frau in zwei blutige Hälften spaltet, sexuell erregt gewesen sein.«

Er schaute aus seinem Wohnzimmerfenster. Schauerlich, was in der Psychiatrie so vorkam. Aber das war's ja gerade, was ihn zu diesem Studium getrieben hatte: Der menschliche Abgrund. Das Verborgene.

Vielleicht wollte er mit dem, was er schrieb, auch etwas Verborgenes, tief in ihm Verschüttetes hervorholen?

Schon oft waren ihm solche ungeheuerlichen Gedanken gekommen. Etwas hervorholen, was abgründig auch in ihm schlummerte? Wollte er durch sein Schreiben einen Abgrund ausleuchten, den er bei sich selbst erahnte? So ein Quatsch. Doch in seinem Kopf bohrte es weiter und weiter. Warum interessierte ihn das alles so stark? Schrieb er das alles fast wie eine Beichte nieder? Hatte er vieles einfach verdrängt, von dem was er hier niederschrieb? Konnte es sein, dass das von ihm Unterdrückte und Verschüttete sozusagen versuchte, über sein Buch ans Tageslicht zu gelangen? Etwas, das in seiner psychischen Entwicklung vielleicht verkehrt gelaufen war? Warum kam er immer wieder auf ein solches Thema? Sex und Tod, Eros und Thanatos.

Er versuchte, sich zu erinnern. In seiner Studentenzeit hatte er sämtlichen sexuellen Bedürfnissen sofort nachgegeben und keine Tabus gekannt. Und es hatte ihm Spaß gemacht. Allerdings nur für eine gewisse Zeit. Danach war er wie ausgebrannt, hatte kein sexuelles Verlangen mehr. Fühlte sich wie Tannhäuser, bevor er die Welt wieder neu entdeckt.

Büchler stand auf und legte die CD der *Tannhäuser*-Oper auf. Im Hintergrund hörte er jetzt die Rauschhaftigkeit der Musik, die ihn immer wieder aufs Neue begeisterte. Es kam ihm wieder zu Bewusstsein, dass viele seiner damaligen Freunde ständig Drogen nahmen. Er selbst hatte das strikt abgelehnt. Aus Angst?

Er war sich nie wirklich sicher, ob er danach nicht doch süchtig geworden wäre wie die anderen. Wer weiß, wenn er erst einmal damit angefangen hätte … Aber er war schließlich ein kontrollierter Mensch. Eines hatte er damals über sich gelernt, er war labil, ja, eigentlich ein Weichei. Okay. Trotzdem oder gerade deshalb war er wohl, bis auf die Jahre der Ausschweifung, immer sehr kontrolliert durchs Leben gegangen. Besser so, Finger weg von allem, was süchtig machen konnte!

Überhaupt! War es beim Sex nicht genauso? Hatte er den jemals so richtig ausgelebt?

Mit seiner Frau, ja, da war sozusagen alles in Ordnung, und auch die Studentenzeit war befreiend und wunderbar gewesen. Aber so einen richtig betäubenden Sex, von dem er manchmal gelesen hatte? So ein völliges Sich-Fallenlassen. Wie ein körperloses Schwimmen in Rausch und Raum, sich einfach wie ausgeatmet fließen zu lassen?

Während diese Gedanken ihn peinigten, lief er ins Badezimmer und spritzte sein Gesicht mit kaltem Wasser ab, bis sein Kopf wieder klar wurde.

Was war ihm denn da für ein blödsinniges Zeug untergekommen? Er war ein guter Psychiater, und das andere war ein Buch, das er gerade schrieb. Zwei völlig verschiedene Dinge. Laut und eindringlich redete er auf sein Spiegelbild ein. Dann trocknete er sich das Gesicht ab und ging zurück an seinen Schreibtisch.

Es wäre ja geradezu lächerlich, wenn man beides nicht voneinander trennen könnte, geradezu trennen müsste!

Was für zerstörerische Gedanken machten sich in ihm breit! Er kam sich schon vor wie ein Psychiater, der einen Psychologen braucht. Er wollte nicht länger in sich hineinhören. Verbot sich, diese Gedanken weiter zu verfolgen.

Am nächsten Tag hatte er den Vormittag frei genommen, um endlich mit seinem Buch weiterzukommen. Beim Schreiben bemerkte er, dass seine Frau heimkam.

Wie immer stürzte sie theatralisch in sein Arbeitszimmer, gab ihm einen kleinen, schnellen Kuss auf die Wange und ließ sich dann mit einem erleichterten Seufzer in einen der bequemen Sessel fallen.

»Mein Gott, das war wieder ein Tag! Was uns dieser Regisseur Tegelmann da bloß erzählt, vollkommener Unsinn.«

Er schaute sie abwesend an: »Na, dann erzähl doch mal, mein Liebling, was habt ihr denn bei Tegelmann durchgenommen?« Dabei beobachtete er die rauschenden Bäume vor seinem Fenster, immer noch mit seiner Selbsterforschung beschäftigt.

»Den Apfelschuss im *Wilhelm Tell*, mein Engelchen, du weißt, wir diskutieren die Oper gerade. Ich glaube, er kennt die ganze Geschichte nicht so richtig. Was er erzählt, scheint mir ein völliger Blödsinn zu sein.«

Andreas hatte sich wieder etwas unter Kontrolle. »Nun beruhige dich mal wieder«, lächelte er sie an. »Wie sagen doch die jungen Leute so richtig, … chill mal'n bisschen ab.«

»Na, du bist vielleicht gut, mein Lieber, wie soll man denn bei so einem Idioten abchillen? Lief der Tag bei dir denn wenigstens gut? Bist du weitergekommen beim Schreiben? Gibt es schöne neue Grausamkeiten?«

Seinen Körper lockernd, stand er auf. »Ich glaube ja, es läuft ganz gut, aber, liebe Andrea, du weißt doch, wenn der Schiller dichtete, hatte er immer einen großen Verbrauch an Äpfeln und natürlich auch beim *Wilhelm Tell*. Wie du auch weißt, mussten es immer verfaulte sein. Sie sollten nur duften und ihn mit ihrem Fäulnisduft zu den tollsten Einfällen anregen. Gut, so tolle Stücke wie der Schiller kann ich nicht dichten. Aber vielleicht werden meine Einfälle besser, wenn ich mir jetzt einen wunderschönen knackigen und ganz gesunden roten Apfel hole und nicht nur daran rieche, sondern ihn mit Stumpf und Stiel einfach auffresse.« Dabei fuhr er sich mit der Zunge über seine Lippen. »Vielleicht nützt das ja was. Und während ich in die Küche gehe, liest du meine Geschichte weiter, ja? Apropos Grausamkeiten, viel Vergnügen!«

18

Hast du so böse Lust geteilt, dich an der Hölle Glut entflammt, hast du im Venusberg geweilt, so bist nun ewig du verdammt. Wie dieser Stab in meiner Hand nie mehr sich schmückt mit frischem Grün, kann aus der Hölle heißem Brand Erlösung nimmer dir erblüh'n.«

Sebastian hörte den Schluss der *Tannhäuser*-Oper. Volle Bläserakkorde untermalten düster die päpstliche Drohung. Tannhäuser hatte sich damals beim Papst in Rom die Erlösung von all seinen Sünden erhofft. So weit war seine eigene Geschichte ja genau wie die in der Oper.

Nur, wo würde er seine Erlösung finden? Seine Sünden waren ja doch unermesslich größer als die des Tannhäuser. Was hatte der Tannhäuser denn schon groß gesündigt? Ein bisschen Sex mit der Venushure, der von der Kirche und den Spießern verboten war. Das war alles, grübelte Sebastian.

»Aber ich habe gemordet. Dreimal habe ich nun schon gemordet. Wer würde mich von meinen Sünden befreien? Doch nicht etwa mein Brüderchen. Zu ihm bin ich nur gegangen, um zu sehen, wie er sich aus einer solchen Situation herausreden würde. Wird mein sehr heiliges Brüderchen mich, seinen eigenen Bruder, der Polizei ans Messer liefern? Auch das hätte einen gefährlichen Reiz. Na, und wenn schon, soll er … es interessiert mich nicht weiter.«

Er lag auf seinem Bett und starrte an die Decke. »Immerhin, er kennt ja nun meine Geschichte. Aber hier bei Muttern ist er bis jetzt noch nicht aufgetaucht.

Man müsste in ein Gespräch kommen, in ein wirkliches Gespräch ... in eine Beichte. Da müsste man sich dann alles so richtig von der Seele quatschen. Mal alles herauslassen. Aber nicht bei meinem Brüderchen, dem Heiligmann. Vielleicht bei einem Psychiater?

Früher ging man zur Beichte in die Kirche, dann kam der Sigmund Freud, und seitdem ist die Kirche passé. Ja, Brüderchen, so ist das eben. Sorry! Die Psychiater sind ausgebucht, und eure Kirchen sind total leer. Geht eben alles mal zu Ende. Alles hat seine Zeit.«

Vor kurzem war er einem begegnet, wie hieß der doch noch gleich? Andreas, daran konnte er sich noch erinnern, ja, aber der Nachname?

Er holte das Telefonbuch heraus, Ärzte ... Andreas, Psychiater, Büchler, Andreas Büchler. »Das ist er. Ach, sieh mal einer an, das war doch der, der mit meiner Opernkollegin Andrea verheiratet ist. Andreas Büchler, ja, genau.«

Er hatte den Psychiater und seine Frau einmal auf einer Premierenfeier kennengelernt. Sie hatten sich bei dem Fest sogar eine Zeitlang unterhalten. Dabei hatten die Büchlers ihm lachend erzählt, dass sie sich hauptsächlich zuerst durch ihre Namensähnlichkeit füreinander interessiert hätten. Andrea und Andreas. War das nicht komisch? Fast schon ein Fall für den Psychiater.

Sie lachten damals fröhlich und ungezwungen. Sebastian erinnerte sich gerne daran zurück. »Ja, der war damals eigentlich ganz nett. Schließlich muss ich ja auch einen finden, der mir sympathisch ist. Dem ich mich wirklich anvertrauen kann.« Sollte er es mit Büchler versuchen?

Etwas zögerlich nahm er den Telefonhörer ab und wählte Büchlers Telefonnummer. Nachdem es einige Male geklingelt hatte, hörte er eine dunkle, warme Männerstimme: »Ja, hier Büchler.«

»Sie werden sich sicher nicht mehr an mich erinnern, Herr Büchler«, Sebastian stockte ein wenig, »mein Name ist Sebastian Herting. Wir haben uns vor längerer Zeit einmal getroffen, vielleicht erinnern sie sich ja noch daran. Es war auf einer Premierenfeier in der Oper. Sie haben mir damals erzählt, dass Sie Ihre Frau kennenlernten, weil Sie beide fast denselben Vornamen haben. Wir haben sehr darüber gelacht.«

»Ja, ja, natürlich«, sagte Büchler, und nach einer kleinen Pause: »Ich kann mich noch dunkel daran erinnern, allerdings machen wir diesen Scherz öfter. Aber sagen Sie mal, können Sie mir Ihren Namen noch einmal nennen.«

»Natürlich, mein Name ist Sebastian Herting.«

»Sebastian Herting?«, fragte der Psychiater langsam und ungläubig, »das verstehe ich nun überhaupt nicht.«

Herting räusperte sich, »was verstehen sie überhaupt nicht, ist mit dem Namen Herting irgendetwas nicht in Ordnung?«

»Doch, doch, sicherlich«, Büchler wäre der Hörer fast aus der Hand gefallen. Fragen schossen durch seinen Kopf. »Ich schreibe gerade einen Psychokrimi, und der mörderische Täter in meinem Buch heißt Sebastian Herting, genau wie der Anrufer. Jetzt verstehe ich gar nichts mehr. So einen Zufall gibt es doch gar nicht … der Sebastian Herting aus meinem Buch? Nein, der kann es nicht sein, höchstens ein Namensvetter. Völlig verrückt, das Ganze.«

Nach einer längeren Pause fragte er Sebastian, der über das Schweigen des Psychiaters etwas verwundert war:

»Was kann ich denn für Sie tun, Herr Herting?«

»Nun, wenn Sie Zeit hätten, würde ich gerne mal bei Ihnen vorbeikommen. Am Telefon kann ich Ihnen das nicht erzählen.«

»Ja, selbstverständlich«, antwortete Büchler verwirrt.

»Ich sehe mal in meine Agenda. Wie wär's mit übermorgen um 16 Uhr?«

»Ja, sehr freundlich, aber es wäre mir lieber, wenn es schon morgen sein könnte«, drängte Herting.

»Warten Sie, ich schau mal eben. Gut, also morgen, dann müssten Sie aber schon um 10.30 Uhr hier sein.«

»Das ist mir auch viel lieber und sehr entgegenkommend von Ihnen. Ich habe nämlich etwas auf der Seele, das drängt ein bisschen. Also, dann bis morgen.«

»Bis morgen und vielen Dank für Ihren Anruf«, sagte Büchler.

Sebastian sank müde auf sein Bett zurück, und Büchler setzte sich überrascht und nachdenklich in seinen Sessel.

Nach einem seiner langen Spaziergänge der letzten Tage fasste Pfarrer Heinrich Herting endlich den Entschluss, mit seiner Frau Petra über die Begegnung mit seinem Bruder zu reden. Petra wartete schon und hatte seinen Lieblingseintopf, eine weiße Bohnensuppe mit Lammfleisch, Korianderkraut und einer großen gepellten Tomate gekocht. Sie hatte sich schon Sorgen gemacht. Als Tochter eines Pfarrers hatte sie ihren Heinrich vor Jahren bei der sozialen Kirchenarbeit kennen gelernt. Sie war in seinem Alter und hatte auch die gleichen theologischen Interessen. Jetzt, wo sie selbst drei Kinder aufzog, war sie allerdings nicht mehr so oft für die Kirche tätig, half aber immer noch, soweit es ihre Zeit zuließ.

Er setzte sich zu ihr an den Küchentisch. Ihm war schlecht, sein Magen hatte das alles nicht vertragen. Sein Gesicht war wie mit Mehl überzogen. Petra schaute ihn besorgt an.

»Soll ich einen Arzt rufen, du siehst ja fürchterlich aus. Komm, ich rufe mal Dr. Schneider an, der kommt sicherlich sofort vorbei.«

»Nein, liebe Petra«, er winkte ab, »einen Arzt brauche ich nicht. Ich habe ein Problem, da kann mir nur der liebe Gott helfen. Oder der gesunde Menschenverstand.«

»Also, mein lieber Herr Pfarrer«, so sprach sie ihn immer an, wenn sie ihn überhaupt nicht mehr verstand, »wovon redest du denn eigentlich?«

Er schaute sie unsicher an. »Ich werde dir etwas erzählen, liebe Petra, aber ich weiß nicht, ob ich dir erlauben werde, es an andere weiterzugeben.«

Er lehnte sich zurück und ordnete seine Gedanken. »Als ich vor einigen Tagen in die Kirche ging, um mir meine Schreibunterlagen zu holen, da überraschte mich mein Bruder.«

»Was? Wieso denn in der Kirche? Hattest du denn die Tür zur Sakristei nicht abgeschlossen?«

»Natürlich, das mache ich doch immer, das weißt du doch …«

»Ja, aber, er hat doch gar keinen Schlüssel«, fiel sie ihm ins Wort.

»Er braucht keinen, hat er mir gesagt, er kommt überall rein.«

Petra Herting sah ihren Mann fassungslos an.

»Die ganze Begegnung mit ihm schien mir bedrohlich zu sein«, sprach Herting ruhig weiter. »Sebastian erschien mir ja schon immer etwas gestört, aber das übertraf doch alles. Er zwang mich fast körperlich, seine Geschichte anzuhören. Nein, eigentlich war es seine Beichte.«

Heinrich stand auf und ging zum Fenster, um auf die Straße zu schauen.

»Bei allem, was er getan hat, muss er in einer fürchterlichen seelischen Verfassung sein«, sagte er leise. »Wenn ich die erschreckenden und unangenehmen Einzelheiten weglasse, liebe Petra, dann ist es schnell erzählt.«

Er blickte immer noch auf die Straße, denn bei dem, was er jetzt sagen musste, konnte er ihr nicht ins Gesicht schauen.

»Er hat drei Morde begangen. Drei Sexualmorde an drei sehr jungen Mädchen«, stieß er dann gepresst hervor.

Langsam drehte er sich um und setzte sich zurück an den Tisch. Schweigend saßen sie sich gegenüber und blickten verloren auf die viel zu bunt lackierte Küchentischdecke. Keiner wagte etwas zu sagen. Fast war es so, als hielten sie die Luft an. Ihre siebenjährige Tochter Anne-Marie kam plötzlich in die Küche gerannt, ging zum Kühlschrank und holte sich Milch und Cornflakes heraus. Dann setzte sie sich zu den Eltern. Es war in der Küche so still geworden, dass man nur das Knacken der Cornflakes hörte, als sie die Milch darüberschüttete. Die Eltern schauten währenddessen auf die Tischdecke. Sie wussten, was jetzt zu tun war. Jeder wartete auf ein Wort des anderen und darauf, dass Anne-Marie endlich wieder hinausging.

Als Heinrich und Petra Herting wieder allein waren, fing er ganz langsam und immer wieder tief Luft holend an, ihr die ganzen Umstände der Taten zu erzählen. Soweit wie er sich noch daran erinnern konnte, denn irgendwann während der langen Mordgeschichten hatte er seinem Bruder einfach nicht mehr zugehört und war in seine eigene Welt geflüchtet.

Seine Frau saß ihm fassungslos gegenüber. Sie starrte auf seinen Mund. So etwas hatte sie noch nie gehört, nicht einmal für möglich gehalten. So eine Tragödie gab es jetzt in ihrer eigenen Familie. Wie würde die Gemeinde darauf reagieren, das war das erste, was ihr durch den Kopf ging. Vor allem die Kinder! Sie würden es doch alle erfahren. Schrecklich, nein, wie schrecklich! Sicherlich müssten sie sofort umziehen. In eine andere Stadt, eine andere Kirche, wenn überhaupt. Die Kinder müssten neu eingeschult werden. Nein, wie furchtbar war das alles. In ihre Gedanken versunken, saßen sie noch eine Weile schweigend da. Nur die Achtuhrschläge der Kirchturmuhr und die Kirchenglocken unterbrachen die Stille.

»Ich kann nicht so einfach zur Polizei gehen«, sagte Heinrich schließlich, »er ist doch mein Bruder. Ihn einfach ans Messer liefern? Ich kann das nicht. Nein, das kann ich nicht. Ich habe mir das lange überlegt.«

Wieder saßen sie sprachlos da, und die Kirchenglocken dröhnten in ihren Köpfen, lauter, als sie wohl jemals zu hören waren.

»Aber es wäre das Vernünftigste«, sagte sie dann leise, als die Kirchenglocken endlich wieder verstummt waren. »Komm, lass uns zusammen zur Polizei gehen«, und sie legte ihre warme Hand auf seine verkrampften Finger. »Wir können es sowieso nicht ändern. Wir müssen auch daran denken, dass andere vor ihm geschützt werden. Dass nicht noch mehr passiert!«

Es dauerte noch einige Minuten, dann zogen sie schweigend ihre Mäntel an. Anne-Marie und ihren Geschwistern sagten sie, dass sie sehr bald wieder zurück sein würden. Dann machte er die Wohnungstür zu, ohne aber abzuschließen.

Der Profiler hatte alle Unterlagen über die Mordfälle mit ins Hotel genommen. Drei Morde, kein Verdächtiger. Keine Mordwaffe. Eine DNA vom Sperma und von den Haaren lag vor, aber was sollte er damit anfangen? Die DNA-Datenbank hatte er noch einmal überprüft. Da gab es keine Übereinstimmungen. Er saß in seinem Hotelzimmer und ließ die Gedanken durch seinen Kopf wandern. Das Alter des Mörders schätzte er so zwischen 25 und 45 Jahre. Die Morde waren dilettantisch ausgeführt. Ältere Personen gingen da gezielter und professioneller vor, stachen zwei-, dreimal zu, und zwar direkt ins Herz. Jüngere waren meistens emotionaler.

Fußabdrücke waren keine gefunden worden. Der Untergrund auf dem Berg war nicht feucht genug. Einige Haare wurden sichergestellt. Er hatte sich also wahrscheinlich ganz entspannt in das Gras gelegt. So grauenhaft der Mord auch immer gewesen war, völlig entspannt. Er musste sich dort oben also sehr sicher gefühlt haben. Das sprach auch für einen jüngeren Täter.

Ähnliche Fälle hatte er noch einmal im Internet recherchiert, aber die Täter waren alle inhaftiert. Von denen lief also keiner herum. Das brachte ihn nicht weiter.

Grübelnd blickte er auf den Innenhof des Hotels, wo eine streunende Katze sich in der Sonne räkelte. In der Ferne meinte er, die Konturen des Hörselberges wahrzunehmen. Oder war er das gar nicht? Den Hörselberg konnte man von hier aus wohl noch gar nicht erkennen, der war doch viel weiter weg?

Müller schaute plötzlich mit zusammengekniffenen Augen nachdenklich zu den im Dunst liegenden Bergen hinüber. Ein Freund hatte ihm einmal eine Schauergeschichte vom Hörselberg erzählt. Eine gruselige Geschichte mit viel Blut und Mord. Der vorletzte Mord war auf dem Hörselberg geschehen, gab es da eine Verbindung?

Konnte dies vielleicht ein Ansatzpunkt für die Aufklärung der Morde sein?

Eine ferne Ahnung setzte sich in seinem Kopf fest. Da er bis jetzt keine andere Spur hatte, war das zumindest ein Anfang. Mal sehen, wohin die Fährte ihn führte.

Also, der Hörselberg und die alte Göttergeschichte. Gar nicht so abwegig. Müller wollte mit dem Kommissar darüber reden und hören, was der dazu sagte.

19

Nach einer unruhigen Nacht wartete Sebastian nur darauf, dass die Uhrzeiger sich endlich weiter drehten. Wie lange musste er denn noch warten? Sekunden erschienen ihm wie endlose Minuten. Um zehn Uhr stieg er nervös in seinen alten, roten VW Polo und fuhr zu der Adresse, die er sich auf einem Zettel notiert hatte. Er war erregt und viel zu schnell gefahren. Schon nach 15 Minuten parkte er vor dem Haus von Andreas Büchler. Er hatte vorsichtshalber mit einer halben Stunde Fahrzeit gerechnet. Also wartete er noch zehn Minuten, hörte Radio und trommelte mit den Fingern auf der Schaltung herum. Dann stieg er aus und klingelte. Als es an der Haustür summte, sagte er seinen Namen in die Gegensprechanlage und ging die Treppen nach oben. Büchler öffnete ihm die Wohnungstür.

»Ach ja, hallo, jetzt erkenne ich Sie wieder. Ich hab's nicht so mit Namen, wissen Sie. Für meinen Beruf eigentlich ein furchtbares Handicap, aber so ist es nun mal. Aber Ihr Name, Sebastian Herting …, so ein unglaublicher Zufall, ich verstehe das immer noch nicht …«, murmelte er, und dann sagte er schnell: »Aber kommen Sie doch herein und machen Sie es sich bequem. Da ist ein schöner, tiefer Sessel, in den Sie sich fallen lassen können. Unser Mülleimer sozusagen. Ach, Verzeihung, natürlich die Fundgrube für den Psychiater«, er versuchte ein Lächeln.

Sebastian setzte sich angespannt in den tiefen Sessel. »Mein Gott, da kommt man ja nie wieder raus.«

»Ja«, sagte Büchler. »Das ist ja gerade der Sinn und Zweck der ganzen Sache. Schließlich verdiene ich mehr Geld, wenn die Leute nicht so schnell wieder aufstehen und gehen«, lächelte er. »So, jetzt schalten Sie mal völlig ab und erzählen mir ganz in Ruhe, was Sie bewegt.«

Nach einer Stunde des Schreckens verabschiedete er seinen Patienten. Als die Wohnungstür ins Schloss fiel, taumelte Büchler beinahe und ließ sich, fieberhaft erregt, in den Sessel fallen, in dem zuvor noch Sebastian Herting gesessen hatte. Zusammengesunken und grau im Gesicht saß er wie versteinert da. Was er gehört hatte, reichte für ein ganzes Psychiaterleben. Wie ein einsames, verstörtes Kind kauerte er in seinem großen Sessel und wusste nicht weiter.

»Da steht auf einmal meine Romangeschichte lebendig vor mir. Mit allen grauenhaften, blutigen, von mir ausgedachten Morden, die jetzt Realität geworden sind. Alles steht plötzlich lebendig vor mir. Auch der Name Sebastian Herting, von mir doch eigentlich nur ausgedacht, ist Realität geworden. Ist eine tatsächliche Person. Ein Mensch mit einer richtigen Adresse. Bin ich vielleicht auf seinen Namen gekommen, weil er mir damals auf der Party aufgefallen ist? Hat das Unterbewusstsein mir da einen Streich gespielt? Was geschieht jetzt? Zur Polizei kann ich nicht gehen. Nein, das geht nicht. Gleich zu Anfang der Sitzung waren wir uns darüber einig, dass ich als sein Psychiater nach dem Ende der Sitzung auf gar keinen Fall zur Polizei gehen werde, ganz egal, was er mir erzählen würde. ›Aber, das ist doch ganz selbstverständlich‹, hatte ich meinem Patienten noch beteuert, ›was Sie mir erzählen, unterliegt der ärztlichen Schweigepflicht. Das ist wie ein Vertrag zwischen Arzt und Patient. Diesen Vertrag darf der behandelnde Arzt nicht brechen. So etwas spricht sich schnell herum und würde meiner beruflichen Entwicklung wahrlich nicht gut tun. So wenig wie ein Pfarrer das Beichtgeheimnis verletzten darf, so wenig darf das ein Arzt. In diesem Fall bin ich als Psychiater Ihr behandelnder Arzt.‹«

Völlig durcheinander, verharrte Büchler in seinem Mülleimer. Er fühlte, wie ihn die ganze Geschichte, die er eben gehört hatte, tief belastete und entsetzte, aber er musste sich gleichzeitig auch eingestehen, dass ihn bisher noch nichts in seinem Leben so fasziniert hatte. Alles, was der Patient erzählt hatte, war ja permanent in seinem Kopf gewesen. War schon immer da gewesen, wie er sich eingestehen musste. Er hatte doch jede mörderische Einzelheit in seinem Roman selbst so beschrieben. Dass dieser ganze Wahnsinn jetzt auch wirklich passiert war, das war einfach nicht zu glauben. Als Schriftsteller hatte er das alles geschrieben, ein Buch eben. So grauenhaft realistisch, wie er das alles vor wenigen Minuten gehört hatte, war für ihn die Sache vorerst nicht nachvollziehbar.

Träumte er?

Herting war ein Patient, nichts weiter. Ein Kranker, der zu ihm kam und eine Behandlung brauchte, versuchte Büchler sich zu beruhigen. Aber je intensiver er sich das alles einhämmerte, desto unsicherer wurde er mit jeder Minute. Was sein Patient ihm da von der jugendlichen Haut dieser jungen Mädchen vorgeschwärmt hatte, von dem kindlichen, unschuldigen, mädchenhaften Reiz, den die Welt noch nicht verdorben hatte. Da hatte er doch plötzlich gespürt, dass das sexuelle Verlangen, das er in seinem Roman beschrieben hatte, auch tief in ihm schlummerte.

»War es so?«, fragte er sich verzweifelt, »wer ist denn hier der Patient, und wer der Psychiater?«

Ein Klingeln an der Wohnungstür brachte ihn wieder in die Wirklichkeit zurück. Wie in Trance lief er über den Flur, um zu öffnen.

»Ach Engelchen, ich habe blöderweise meine Schlüssel vergessen, bitte entschuldige vielmals. Ich passe das nächste Mal besser auf.«

Andrea ging ins Wohnzimmer, das solide und gemütlich eingerichtet war. Wie sie lachend zu sagen pflegte: »Alles nicht teuer, dafür aber geschmacklos.«

Büchler stand am Fenster und schaute hinaus. Er wollte jetzt auf gar keinen Fall über seinen Patienten oder über sein Buch reden. Obwohl es ihn im Moment nicht interessierte, fragte er beiläufig, was sie denn in der Uni heute durchgenommen hätten.

»Der Tell-Apfel ist nun endgültig völlig durchlöchert, mein Engelchen, und deshalb sind wir jetzt beim *Tannhäuser* gelandet. Den magst du doch auch so sehr, hörst ihn doch ständig. Ich hoffe nur, dass Herr Professor Tegelmann darüber besser Bescheid weiß als über den Tell.«

Andreas blickte seine Frau fragend an: »*Tannhäuser* sagst du? Was für ein Zufall.«

»Was meinst du, mein kleiner Psychiater, sprich doch nicht immer so leise, ich habe nicht verstanden was du gerade gesagt hast?«

»Nein, nein, es ist nur ein komischer Zufall«, sagte er jetzt etwas lauter.

»Komisch ist gut«, lächelt sie, »der *Tannhäuser* ist alles andere als komisch. Dieses ganze Hin und Her zwischen

Eros und Thanatos.« Er starrte sie verwundert an, während sie zum Fenster ging und die Vorhänge zuzog. Dann setzte sie sich entschlossen auf seinen Schoß. »Mein Gott, das ist mir alles viel zu viel Thanatos, da ist mir der Eros doch viel lieber, meinst du nicht auch, mein Liebling?«

»Ja, ja«, antwortete er abwesend.

Sie sah ihm in die Augen und fing ganz langsam an, sein Hemd aufzuknöpfen.

»So, mein Engelchen, jetzt wollen wir doch mal sehen, was die Frau Venus so drauf hat …«

20

Andreas Büchlers Jugend war eigentlich ganz normal verlaufen. Sein Vater war Anwalt in Erfurt und seine Mutter, sagte Büchler immer, hatte die anstrengendste Stelle in der Familie, sie war Hausfrau. Manchmal hatte er sie beobachtet, wie sie den Tag über die Wohnung in Ordnung hielt, putzte, wusch, einkaufte, kochte, und sich erst gegen Nachmittag eine kleine Kaffeepause gönnte. Das fand seinen ganzen Respekt. Die Eltern waren jetzt seit dreißig Jahren verheiratet. Nie gab es bei ihnen ein zu lautes Wort. Sie waren nett, spießig, liebevoll und furchtbar langweilig. Er wollte anders leben. Nicht so spießig. Nein, so spießig auf keinen Fall, das war ihm schon in frühester Jugend klar geworden. Wie konnte man nur so emotionslos leben? So ohne Glanz und Gloria, ohne alle Spannungen. Manchmal hatte er den Verdacht, dass das nicht seine wirklichen Eltern waren. Er müsste doch die gleichen Gene haben wie sie. Ruhig, langweilig und ausgeglichen. Aber er war anders. Nervös und in einer ständigen Unruhe. Immer wie getrieben. Passte denn das zusammen?

Aber solche Gedanken kamen und vergingen schnell wieder. Er war ihr einziges Kind, und damit war er auch völlig zufrieden. Er wollte sich auch nicht vorstellen, wie es wäre, wenn er noch Geschwister gehabt hätte. Seine Eltern taten ja alles für ihn, und das war gut so, dachte er oft. Alles hatte seine Ordnung.

Die Büchlers hatten viele Freunde in der Stadt, viel zu viele, wie er fand. Vater kam als Anwalt mit vielen Kunden zusammen. Das ergab sich schon rein beruflich. Aber wenn Freunde seines Vaters eingeladen wurden, musste er anwesend sein, darauf legte sein Vater viel wert. Das war für ihn nicht gerade vergnüglich. Er hasste dieses Geblubberte um nichts und wieder nichts, ekelhaft. Wie es wohl hinter der Fassade der Eltern aussehen mochte, dachte er manches Mal, während er bei solchen Abendgesellschaften seine Suppe löffelte. »Waren da überhaupt keine Abgründe? Sind sie aus Angst so diszipliniert, langweilig und angepasst? Haben sie vielleicht Angst, dass sie sich durch Streitereien auseinanderleben könnten?« Sie mussten doch auch ihre Abgründe haben. Die hatte doch jeder Mensch.

Oft hatte er darüber nachgedacht, ob er mit seinen damaligen Gedanken schon auf sein späteres Berufsziel Psychiater zusteuerte. Schon in der Jugend war völlig klar für ihn, da wollte er hin.

Seine Eltern und er passten irgendwie überhaupt nicht zusammen. Natürlich liebte er sie, selbstverständlich. Trotz aller dieser Fragen und ihrem spießigen Lebensstil. Nach seinem Abitur wollte er sich eine kleine Wohnung mieten und mit dem Studium beginnen. Auf diese Zeit wartete er schon sehnsüchtig. Viele eintönige Jahre ohne große Ereignisse. Ewig wiederkehrende Jahreszeiten wie die Jahreszeiten von Vivaldi, die er als CD besaß, aber nicht besonders mochte. Mit 18 Jahren machte er dann Abitur. Das war nun schon wieder lange her und Vergangenheit. Dann, mit 27, als er genau zwei Monate vor seinem Examen stand, wohnte er schon lange in der von ihm erträumten Wohnung und hatte weiterhin guten und liebevollen Kontakt zu seinen Eltern.

An einem Donnerstag wollte er seine letzte Examensarbeit abgeben. Mit einem kleinen Moped, das er von den Eltern geschenkt bekommen hatte, fuhr er los. Nach zwei Kilometern stand die Polizei vor ihm und hielt ihn an. »Das sieht ja aus wie im Krieg«, war das erste was er dachte. »Nur Uniformen und Beamte.«

»Nein, hier können Sie nicht weiterfahren«, hieß es in klarem Befehlston. »Am besten, Sie fahren wieder zurück und nehmen die erste Straße, die nach rechts abgeht, da kommen Sie besser durch. Jedenfalls im Moment noch.« »Was ist denn da vorne los?« fragte er den Polizisten. Der Beamte kam auf ihn zu und wurde im Ton etwas verbindlicher. »Im Gymnasium ist etwas Entsetzliches geschehen. Wir wissen auch noch nichts Genaueres. Ein Schüler hat wohl einen Amoklauf begangen.«

Ungefähr 500 Meter weiter vorne sah er Blaulicht von mindestens zehn Einsatzwagen und ein großes Durcheinander. Feuerwehr und Ambulanz kamen mit heulenden Sirenen angerast. Leute vom Rettungsdienst rannten ins Gymnasium, andere waren im Laufschritt mit Verletzten auf Tragen zu den Rettungswagen unterwegs. Ein Polizist winkte mit der Hand nach hinten. »Da kommen Sie nicht durch, fahren Sie wieder zurück.« »Und dann rechts rein?« »Ja!« Er folgte den polizeilichen Anweisungen und musste um die halbe Stadt herum. Die meisten Straßen waren inzwischen abgesperrt. In der Uni gab er schnell seine Arbeit ab und fuhr sofort wieder nach Hause, dieses Mal durch Straßen, die er vorher überhaupt noch nie gesehen hatte.

Zu Hause stellte er den Fernseher an. Sah jetzt das ganze Durcheinander in Nahaufnahme: die Polizei, die Blaulichter und die Menschen, die aus dem Gebäude raus- und rein liefen. Ein Sprecher erklärte, dass ein Ehemaliger mit seiner Pistole auf Schüler und Lehrer geschossen hatte. Er hatte das wohl sehr kaltblütig und gut vorbereitet getan. Genaueres hatte man noch nicht in Erfahrung gebracht. Fest stand aber, dass es unter den Schülerinnen und Schülern Tote und Verletzte zu beklagen gab.

Neugierig geworden, versuchte er, zu Fuß zum Tatort zu gelangen. Aber schon an der ersten Straßenecke vor seinem Wohnhaus standen Polizisten und hatten alles abgesperrt. Er sah verstörte Menschen, die von einer seltsamen Ruhe ergriffen waren. Bis auf den Krach am Tatort und die vielen Polizeisirenen von überall war die Stadt wohl noch nie so hilflos und still gewesen wie jetzt.

Als Andreas Büchler am nächsten Morgen um sieben Uhr aufwachte, stellte er als erstes seinen Fernseher an. Bei einer Tasse Kaffee verfolgte er aufmerksam die Berichterstattung über das Massaker im Gymnasium. Politiker zeigten ihr Entsetzen, hatten aber keine Erklärung, wie das geschehen konnte. »Ein Irrer, ein Kranker«, äußerten sich Passanten gegenüber den Fernsehkameras. »Das ist wohl aus Amerika herübergeschwappt, dort hat es das ja schon öfter gegeben. Wir müssen ja immer alles nachmachen, was von dort kommt.« Ein Kommentator berichtete, dass sich der Täter erschossen hätte. »Eine unfassbare Tragödie, die hier in Erfurt passiert ist.« Die Stimme des Sprechers klang belegt und trocken vor Betroffenheit.

Andreas döste während der Berichterstattung vor sich hin. Trotz der Tragödie kamen ihm aber Gedanken die er in einer solchen Situation eigentlich gar nicht haben durfte.

»Nein, das ist wirklich nicht human, was dir da durch den Kopf geht.«

Er stand auf und ging zum Fenster um nach draußen zu schauen. »Nein, das geht einfach nicht, … nein.«

Aber für ihn als zukünftigen Psychiater war der Gedanke einfach überwältigend.

»Genau diesen Jungen hätte ich gerne therapiert. Der wäre für die Psychiatrie ein gefundenes Fressen. Ein solches krankes Monstrum zu therapieren, das wäre doch ein Glücksfall«, ging ihm durch den Kopf. »Herauszufinden, welche psychischen Dispositionen ihn dazu getrieben haben, so eine ungeheuerliche Tat zu begehen. Oder aus welcher tiefen Vereinsamung, aus welcher Abgelehntheit und Verzweiflung er in einen solchen seelischen Zustand gekommen war. Das wäre, diagnostisch gesehen, sehr interessant.

Aber er hat sich erschossen. Aus. So nützt er mir nichts mehr. Schade!

Er ist tot, und ich muss jetzt erstmal meine Prüfung bestehen. Ich werde sicher noch vielen solcher Grausigkeiten begegnen. Da bin ich mir ganz sicher. Außerdem muss ich ja erst einmal mein Medizinstudium beenden, um als Psychiater praktizieren zu können. Es wird also noch dauern, bis ich an ähnliche Fälle heran darf.« Andreas Büchler verfolgte noch eine Weile die Berichterstattung, schaltete dann den Fernseher aus und machte sich an seine Schreibarbeit.

21

Profiler Müller kam auf die Wache und ging direkt zum Hauptkommissar. »Also, seit Tagen hab ich mir das nun alles reingezogen«, sagte er zu Wellmann, während er sich an dessen Schreibtisch setzte. »Ich habe nur eine einzige winzige Spur, von der ich nicht einmal weiß, ob es überhaupt eine ist. Der Hörselberg macht mich stutzig.«

»Der Hörselberg?«

»Ja, vielleicht ist das völliger Unsinn, aber der Gedanke geht mir nicht mehr aus dem Kopf, und wenn mir etwas nicht mehr aus dem Kopf geht, dann ist meistens auch was dran.«

»Der Hörselberg kommt doch in der *Tannhäuser*-Geschichte vor, kennen Sie die?«, erkundigte sich Wellmann.

»Sicher, als Profiler muss man sich ja weiterbilden, und nicht nur als Profiler, lieber Hauptkommissar«, er sah Wellmann verschmitzt lächelnd an.

»Ja, natürlich«, Wellmann war von der Antwort des Profilers überrascht worden, »ja, ja, selbstverständlich, mein lieber Herr Müller, das muss man unbedingt. Haben sie denn *Menschliches – Allzumenschliches* von Friedrich Nietzsche gelesen? Sie schütteln den Kopf, na, da sehen Sie mal, ganz so doll ist es wohl auch nicht mit der Bildung, was? Man kann wohl behaupten, dass wir alle nur Spezialisten sind, nicht wahr?«, Wellmann lächelte den Profiler triumphierend an.

Müller setzte sich etwas umständlich auf Wellmanns Besucherstuhl zurecht. »Eins zu null für Sie, Herr Kommissar, wir nehmen uns wohl alle etwas zu wichtig, das wird's sein. Da aber der Hörselberg hier in unserer Gegend ist«, sprach er weiter, »und da dort zumindest der zweite Mord geschah, fällt einem so eine Geschichte natürlich deutlicher auf. Also, es ist so: Ein ehemaliger Kollege von mir, der schon länger pensioniert ist und öfter in die Oper geht, hat mir mal die Geschichte von der Venus und den Göttern im Hörselberg erzählt. Ziemlich grauslich. Aber der Wagner stand ja auf so alte Sagen. Da wird im Hörselberg lustig Fleisch zerstückelt, man kommt sich vor wie in der Schlachterei um die Ecke. Aus unglaublich krankhaft sexueller Potenz bringen sie sich alle gegenseitig um. Diese Götter waren vielleicht potent. Mein Gott ..., keine Maulhuren. Die haben es bis zum Umfallen getrieben.«

Wie kleine ertappte Schuljungen kicherten sich beide gegenseitig zu.

»Nur ist das bei den Göttern eben ganz anders eingerichtet als bei uns Menschen«, erzählte Müller weiter, »Götter können immer wieder neu geboren weiterleben. Aber was machen wir armen Menschen?«

Wellmann nickte stumm und bedächtig. »Richtig, wir sind dann wirklich tot. Mausetot. So wie die arme kleine Lisa und all die anderen bedauernswerten Mädchen.«

»Ach so, jetzt verstehe ich überhaupt erst, was Sie meinen«, behauptete Wellmann und blickte den Profiler direkt an. »Da draußen läuft also einer rum, meinen Sie, der auch die Geschichte vom Hörselberg kennt, und der probiert sie dann gleich mal aus?«

»So ungefähr könnte es sein«, nickte der Profiler. »Es könnte aber auch sein, dass es sich bei dem Mörder um einen Nekrophilen handelt. Einen, der sich an Leichen vergeht. Wir können im Moment nur Vermutungen anstellen. Oder er hat vielleicht eine noch tiefer sitzende Krankheit, er leidet an Thanatophilie, ist also fasziniert von allem, was mit dem Tod zusammen hängt. Beides sind psychische Krankheiten. Aber das bringt uns im Moment natürlich auch nicht weiter.«

»In der Oper in Leipzig spielen sie gerade den *Tannhäuser*«, warf Hauptkommissar Wellmann ein, aber Sie glauben doch wohl nicht, dass wir nun jeden …«

»Nein, nein, natürlich nicht«, beruhigte ihn Müller, »aber warten wir mal ab, oft erledigt sich so etwas über Nacht. Manches muss man sozusagen aussitzen.«

»Ja, ja, das kennen wir ja vom Kohl«, sagte der Hauptkommissar.

Müller schaute ihn freundlich, aber etwas vorwurfsvoll an. »So etwas dürfen Sie als öffentlich Bediensteter noch nicht einmal denken«, grinste er ironisch, »Sie reden sich ja um Kopf und Kragen.«

Die Nachbarin der Hertings war zwar schon 70 Jahre alt, aber sie kannte sich im Internet und mit Computern bestens aus. Sie hatte das Internet für sich als Hobby entdeckt. Da der ruhestörende Lärm aus der Nachbarwohnung nicht aufhörte, und da sie deswegen keine Nacht mehr richtig schlafen konnte, hatte sie beschlossen, ihren Nachbarn über das Internet anzuzeigen. Im Grunde tat ihr das richtig leid. Sie wollte bei der Anzeige auch auf gar keinen Fall öffentlich in Erscheinung treten. Frau Herting durfte davon nichts erfahren. So eine nette Frau, aber dieser Krach, verdammt noch mal, der Junge musste doch endlich mal gestoppt werden. Auch das schönste musikalische

Thema eines Genies verbraucht sich, wenn man es tagelang ununterbrochen hört. Sie hatte die Nase gestrichen voll. Vielleicht las die Polizei ja die Anzeige und schritt endlich ein. Sie wollte mal wieder schlafen.

Zuviel, zuviel, oh dass ich nun erwachte, dröhnte es schon wieder von nebenan. Sie stöhnte. Den *Tannhäuser* kannte sie seit Jahrzehnten und nicht nur von nebenan. Aber musste sie sich das den ganzen Tag bis spät in die Nacht anhören? Wenn sie in die Oper ging, dann dauerte das Ganze nur fünf Stunden. Das ging doch.

Zuviel, zuviel, oh dass ich nun erwachte. »Da hat der Tannhäuser allerdings völlig Recht«, rief sie jetzt laut und böse. »Zuviel ist zuviel! Völlig richtig! Nur, ich will nicht erwachen, ich will endlich in Ruhe einschlafen und auch mal wieder ausschlafen! Zum Donnerwetter noch mal!«, und dabei drückte sie mit dem Finger auf Senden.

»Herr Hauptkommissar schauen Sie mal, was es alles so gibt. Über das Internet haben wir eine Anzeige von Unbekannt erhalten. Da spielt jemand ohne Pause und in unkontrollierter Lautstärke immer wieder den *Tannhäuser* von Richard Wagner, heißt es da. Man bittet uns, dagegen einzuschreiten. Soll man jetzt lachen oder weinen? Die spinnen doch langsam. Gegen was und gegen wen sollen wir denn noch alles einschreiten?«

Der Hauptkommissar schaute seinen jungen Kollegen überrascht an: »Ach, das ist aber interessant, wirklich sehr interessant, geben Sie doch mal her.« Der Polizist, erstaunt über die Reaktion des Hauptkommissars, reichte ihm die Anzeige.

»So, so, sieh mal einer an! Telefonieren Sie doch mal schnell mit dem Profiler im Hotel und sagen Sie ihm, er soll sofort mal rüberkommen. Oder Kruse, können Sie sich bitte persönlich darum kümmern?«, rief er etwas lauter. »Ich muss mal eben, … na ja, … Sie wissen schon, wohin.«

»Ja, ja, ich weiß«, sagte Kruse, der an seinem Schreibtisch saß. »Euer Gnaden sollten sich mal die durchlauchtigste Blase untersuchen lassen, oder die durchlauchtigste Prostata auch gleich mit«, lächelte er. »Ist ja ziemlich oft in letzter Zeit, dass Euer Gnaden müssen.«

Wellmann schaute mit zusammengekniffenen Augen in die Richtung von Kruse.

»Aber ich wünsche natürlich untertänigst eine gute Verrichtung«, rief Kruse noch und widmete sich dann seinem Telefon, um den Profiler anzurufen.

»Arschloch!«, war das letzte laute Wort Wellmanns, bevor die Tür hinter ihm ins Schloss viel.

Kaum zehn Minuten waren vergangen, als der Profiler schon in Wellmanns Büro eintraf.

»Hier, Herr Müller, gucken Sie sich doch mal diese Anzeige an, die vor einer Viertelstunde eingegangen ist«, sagte der Hauptkommissar und wartete gespannt auf die Reaktion seines Gegenübers.

Der Profiler beugte sich über den Tisch. »Geben Sie mal her.« Er las die Anzeige gründlich und erklärte dann: »Na, ich hab's doch gleich gesagt«, während er mit der flachen Hand auf die Anzeige klopfte, »aussitzen! Sebastian Herting heißt der Bursche. Wer weiß? Vielleicht haben wir da einen Haupttreffer, und Sie brauchen mich gar nicht mehr für die weitere Aufklärung.«

»Ach, das wäre aber jammerschade«, sagte Wellmann mit leicht ironischem Unterton. »Ich habe mich gerade so an Sie gewöhnt«.

Der Profiler ging auf ihn zu. »Lieber Herr Wellmann, ich habe ja auch nur gesagt, vielleicht!«, lächelte er. »Noch haben wir ja niemanden. Kann schon möglich sein, dass ich doch noch länger bleiben muss. Aber wir sollten diesem Herting einen Besuch abstatten. Kommen Sie mit, Herr Hauptkommissar, wir werden ihn uns mal gemeinsam vornehmen. Das heißt, wir müssen uns erst einmal mit den Kollegen in Erfurt verständigen. Wenn die nichts dagegen haben, fahren wir gleich hin.«

»Nein«, sagte Wellmann, »nehmen Sie lieber den Kruse mit, der kann dann endlich draußen eine rauchen und die Luft verpesten. Ich glaube, wenn ich dem Mörder begegne, dann werde ich handgreiflich. Wenn es wirklich diese Drecksau ist, dann …«, und er machte mit beiden Händen die Bewegung des Erwürgens.

22

Sie hatte eine Ausbildung zur Hotelfachfrau gemacht und sich durch ihre natürliche und sympathische Art über die letzten Jahre sehr schnell zu dem begehrten Posten des Empfangschefs hochgearbeitet. Sophie Mantschik war eine hübsche, groß gewachsene, blonde Frau, die vor kurzem ihren 26. Geburtstag gefeiert hatte. Bei den Gästen kam sie wegen ihrer liebenswürdigen Ausstrahlung sehr gut an.

»Ach, da sind Sie ja wieder, Herr Dr. Paul. Darf ich Sie herzlich in unserem Hotel begrüßen«, und dabei streckte sie dem neu angekommenen Gast die Hand entgegen. »Ich weiß, Sie mögen das nicht, deshalb frage ich auch gar nicht erst, ob Sie eine gute Anreise hatten.«

»Nein, meine Liebe. In jedem blöden Hotel auf dieser Welt bekommen Sie dieselbe unsinnige Frage gestellt. Beim Einchecken, im Lift, überall schlägt Ihnen diese primitive amerikanische Verkaufsstrategie entgegen: ›Hatten sie eine gute Anreise?‹ und dazu ein schneeweißes Colgatelächeln. Man kann es schon nicht mehr hören.«

»Aber ob es Ihnen gut geht, und Sie gerne zu uns kommen, das darf ich Sie doch fragen?«, lächelte ihn Sophie an.

»Sehen Sie, liebe Frau Mantschik, das ist eine persönliche und reizende Begrüßung und man fühlt sich dabei wohl. Ja, ich komme immer gerne in Ihr schönes Hotel, und außer dass mein Auto eine Reifenpanne hatte, war es«, und Dr. Paul lächelte entspannt, »eine gute Anreise.« Beide lachten.

»Na, dann hoffe ich, dass Sie eine erholsame Nacht bei uns haben.«

»Ich danke Ihnen sehr«, sagte Dr. Paul und ging zum Lift.

Die beiden Herren, die jetzt die Lobby betraten, hatte Sophie Mantschik noch nie gesehen. Neue Gäste? Mittleres Alter, normal gut gekleidet. Sie lächelte ihnen professionell entgegen. »Bitte, wie kann ich Ihnen helfen?« Da kein weiterer Gast am Empfang stand, kamen die beiden gleich zur Sache.

»Guten Tag, Frau Mantschik, mein Name ist Jost, und das ist mein Kollege Wilner, wir sind von der Mordkommission. Wir möchten Sie nur um eine Auskunft bitten«, wehrte er ihren fragenden Blick ab.

»Sie haben doch früher bei der Familie Herting gelebt. Stimmt doch, oder? Wir haben das in den Meldeunterlagen überprüft.«

»Ja, das stimmt«, sagte sie etwas verlegen.

»Sehen Sie, wir sind auf der Suche nach Sebastian Herting. Wir dachten, dass Sie uns vielleicht dabei behilflich sein können. Haben Sie eine Ahnung, wo er sich aufhält?«

»Nein, ich kann Ihnen da überhaupt nicht weiter helfen«, antwortete sie etwas unsicher. »Ich habe ihn schon seit vielen Jahren nicht mehr gesehen. Nicht mehr, seit wir uns damals so abrupt getrennt hatten.« Sophie schaute die beiden Männer etwas verwundert an. »Und Sie sind von der Mordkommission, sagten Sie?«

»Ja, wir sind von der Mordkommission und müssen drei Morde aufklären«, beide zeigten ihr ihre Dienstmarke.

»Was, drei Morde?« Sie blickte erschrocken auf die Polizisten, die in ziviler Kleidung vor ihr standen. »Was hat der Sebastian denn damit zu tun?«

»Nein, nein, wohl nicht direkt«, sagte der Beamte Jost übereifrig, um sie nicht zu verunsichern, »aber wir müssen dringend mit ihm sprechen, vielleicht kann er uns in einer Sache weiter helfen.«

Sophie war jetzt doch nervös geworden. Als zwei neue Gäste das Hotel betraten, lächelte sie ihnen nur flüchtig und abwesend entgegen. »Sven«, wendete sie sich an ihren Kollegen, »kannst du die beiden Gäste bitte übernehmen, ich bin hier gerade beschäftigt.«

»Selbstverständlich, Sophie«, ihr Kollege sah von seinen Papieren hoch und begrüßte lächelnd die neuen Gäste. »Hatten Sie eine gute Anreise?« Aber Sophie hörte es kaum.

Während sie auf die beiden Männer schaute, kam ihr die schöne Zeit bei den Hertings wieder in den Sinn, in denen sie mit Sebastian ihr kindlich verspieltes Glück gelebt hatte. Sebastian hatte sie über all die Jahre nicht vergessen. Er war tief in ihrer Seele verwurzelt. Viel zu tief, dachte sie oft. An diese ersten kleinen, verspielten Berührungen erinnert man sich ein Leben lang. Aber sie hatte nicht gewagt, gegen ihren Vater aufzubegehren und Sebastian wiederzusehen. Das hätte sie nie getan. Der Vater war etwas Heiliges für sie.

»Also, meine Herren«, sagte sie noch einmal unsicher, »ich kann Ihnen da nicht weiterhelfen. Ich wüsste nicht wie, beim besten Willen nicht. Ich weiß ja noch nicht einmal, ob Sebastian noch in der damaligen Wohnung bei seiner Mutter wohnt. Ich habe keine Ahnung, was der heute so treibt. Tut mir leid.«

»Eine Frage noch, Frau Mantschik.« Jost stützte seine Ellenbogen auf die Empfangstheke. »Sie und Ihr Vater sind damals ausgezogen bei den Hertings, welchen Grund hatte das? Können Sie uns dazu etwas Näheres sagen?«

Sophie schaute die Beamten unsicher an. »Wenn Sie hier nicht darüber reden wollen, dann verstehen wir das«, warf jetzt Wilner ein und lächelte aufmunternd.

»Ja, ich weiß das auch nicht so genau«, druckste Sophie herum. »Mein Vater hat nie mit mir darüber geredet. Aber er nahm wohl an, dass zwischen Sebastian und mir etwas war, eine Art frühkindlicher Sex. Das war es aber nicht, jedenfalls nicht, wenn Sie ein bisschen Petting ausnehmen. Sie verstehen schon … Mein Vater hatte wohl Angst, dass sich da mehr entwickeln könnte. Ich bin seine einzige Tochter, und er wollte immer nur mein Bestes. Sicher hätte man das damals auch anders regeln können. Aber das war eben die Art meines Vaters, solche Probleme zu lösen. Man kann die Menschen nicht ändern.«

»Nun gut, Frau Mantschik. Wenn wir noch irgendwelche Fragen haben, dann melden wir uns wieder bei Ihnen. Hier ist unsere Telefonnummer, falls Ihnen noch etwas einfällt«, sagte Wilner und reichte ihr seine Visitenkarte.

Sophie schaute den beiden fassungslos hinterher. Sebastian sollte vielleicht ein Mörder sein? Völlig absurd. Der konnte doch keiner Fliege etwas zuleide tun. Und doch …? Hatte ihr Vater vielleicht irgendetwas geahnt, was ihr als Kind nicht aufgefallen war? War da noch etwas? Etwas Dunkles in Sebastians Charakter? Aber so sehr sie auch darüber nachdachte, so wenige Hinweise darauf fand sie in Sebastians Eigenarten, an die sie sich erinnern konnte. Vielleicht sollte sie Frau Herting besuchen. Schließlich war sie für kurze Zeit auch ihre Mutter gewesen.

Am nächsten Tag hatte Sophie frei. Nach dem Frühstück machte sie sich auf den Weg zur Herting'schen Wohnung. Das Namensschild an der Haustür war immer noch genauso ausgebleicht und unleserlich wie damals. Sie läutete. Frau Herting schaute nach einer Weile aus dem Fenster heraus.

»Ja, bitte, wer sind Sie denn?«, rief sie nach unten.

»Ich bin Sophie, Frau Herting«, antwortete sie. Das Wort Mutter ging ihr nach so langer Zeit nicht über die Lippen.

»Welche Sophie?«, kam es barsch von oben.

»Aber Mutter«, sagte Sophie jetzt doch, »wir waren doch mal eine Familie!«

»Ach«, Frau Herting blieb vor Staunen der Mund offenstehen. Es entstand eine Pause, in der sie keinen Ton herausbekam und Sophie auch nicht. Sie schauten einander verblüfft an. Nach einer Weile hatte sich Frau Herting wieder etwas gefasst. »Ja, Sophiechen, dann komm doch mal ganz schnell rauf. Nein, was für eine Überraschung!«, rief sie und hatte es eilig, den Türöffner zu drücken.

Sophie ging über die alten, bekannten knarrenden Treppen nach oben. Es hatte sich nichts verändert: Die Farbe der dunkelgelben Wände war noch dieselbe, und es roch genauso muffig und vertraut wie früher. Auch der Fahrstuhl ging mal wieder nicht. Die Erinnerungen an die ganzen dort verbrachten Jahre kamen bruchstückhaft zurück, während sie langsam Stufe für Stufe hinaufschritt.

Frau Herting stand schon in der Tür und schaute einige Momente fassungslos auf die junge blonde Frau, bevor sie sie fest in die Arme schloss.

»Ach, mein Sophiechen«, sagte sie weinerlich. »Wieviel Zeit ist doch vergangen. Jahrhunderte waren es wohl. So lange haben wir uns nicht mehr gesehen. Du siehst einfach toll aus. Was bist du groß geworden und so wunderschön. Ja, ja, der liebe Gott hat seine Freude an dir, man sieht's. Komm doch mal ganz schnell rein, und dann erzählst du mir, was du so machst.«

Sie gingen ins Wohnzimmer und sie schloß die Wohnungstür. »Komm erzähl, wie geht es deinem Vater? Ihr wart ja so schnell verschwunden, und ich bin auch kein Mensch, der dann neugierig hinterher rennt. Ich habe noch nicht einmal versucht, herauszubekommen, wo ihr wohnt. Ich finde, so etwas gehört sich nicht. Wenn man alleine sein will, dann soll man das auch können. Ich möchte niemanden zu etwas zwingen. Jeder hat bei mir seine Freiheit. Als ihr gegangen seid, war ich sehr traurig, das kannst du mir glauben. Sehr traurig. Die Jungen übrigens auch. Und auf einmal stehst du nach so vielen Jahren einfach vor der Tür, als wäre gar nichts geschehen. Was für eine Überraschung. Ich freu mich ja so, dich zu sehen!«, sagte Frau Herting ganz aufgeregt.

»Darf ich immer noch Mutter zu dir sagen?«, fragte Sophie nach einer kleinen Pause, in der sie sich im Wohnzimmer gesetzt hatten.

»Aber natürlich, mein Schatz«, lächelte Frau Herting sie an. »Ich höre das gern von dir.«

»Also, Mutter«, sagte Sophie, während sie zurücklächelte, »ich dachte, ich sollte mal wieder vorbeikommen. Meinem Papa geht es gut, und ich glaube, er hat das von damals auch ein wenig bereut. Es war sicher nicht richtig, so schnell und so formlos zu verschwinden. Auf jeden Fall nicht dir gegenüber. Aber wenn er etwas entscheidet, dann gibt es auch kein Zurück mehr. Du kennst ihn ja. Und wie geht es denn deinen Söhnen?«

Sophie wollte nichts von dem Zwischenfall im Hotel erzählen. Wozu auch? Warum sollte sie die Mutter derartig belasten? Ob sie vielleicht selber schon irgendetwas von der Morduntersuchung gehört hatte? Sie war sich nicht sicher, wollte das Thema jetzt aber nicht weiter berühren. Auch die Beamten im Hotel hatten ihr ja gesagt, noch sei gar nichts bewiesen, und wahrscheinlich hätte Sebastian mit der Sache gar nichts zu tun. Das hatte Sophie doch wieder etwas beruhigt. Und sowieso … was für ein Quatsch, Sebastian konnte nie und nimmer etwas Schlimmes getan haben.

»Ja, Sophiechen«, erzählte die Mutter jetzt, »mein Ältester, der ist ja nun Pfarrer geworden. Und der Sebastian studiert.« Sie zeigte auf zwei Fotos, die auf einem kleinen Sekretär standen. »Der Linke ist Sebastian, rechts davon sein Bruder, aber das siehst du ja selber. Tja, vor kurzem war die Polizei hier und hat nach Sebastian gefragt.«

Sophie blickte erschreckt auf die Mutter. »Er hat wohl mal wieder irgendeinen Blödsinn angestellt. Hoffentlich nichts Schlimmes. Er ist ja eigentlich ein guter Kerl, aber ab und zu bricht da etwas aus ihm heraus … Schade nur, dass er jetzt nicht da ist, ihr mochtet euch doch so sehr. Eine süße, kleine Kinderliebe war das damals.« Die Mutter lächelte.

Sophies Blick war wieder auf das Foto von Sebastian gefallen. Sie war etwas blass geworden und stand auf, um es aus der Nähe zu betrachten. So sah er jetzt also aus. »Eigenartig, wirklich eigenartig«, dachte sie. Das Gesicht kannte sie. Dieser Mann kam doch oft in ihr Hotel. Er hatte immer nur in der Lobby gesessen, mindestens eine Stunde lang auf die Rezeption gestarrt und war dann ganz plötzlich wieder verschwunden. Und das war so oft passiert, dass es Sophie aufgefallen war. Es musste ihr einfach auffallen. Das war also Sebastian gewesen, erkannte sie jetzt. So sah er jetzt also aus! Sie schaute Frau Herting verwirrt an.

»Ach, mein Sophiechen, das war damals doch völlig harmlos, nicht?« Sie hatte gemerkt, dass Sophie das Bild nachdenklich betrachtete und über etwas nachdachte. »Ihr habt doch immer ganz kindlich und niedlich geschmust«, redete sie weiter auf Sophie ein, »was ist denn schon dabei? Das habe ich auch immer deinem Vater gesagt. Aber er hat wohl mehr dahinter vermutet. Ich denke heute, das war wohl letztendlich der Grund dafür, dass er damals so schnell mit dir verschwunden ist. Mein Gott«, und sie lachte plötzlich dröhnend auf, wobei ihr Körper in ihrem Stuhl hin und her wippte, »dabei war er doch noch nicht einmal von der Sittenpolizei. Als Professor für Germanistik muss man doch nicht so streng sein. Aber so sind die Menschen«, sagte sie, immer noch lachend. »Man kann sie nicht ändern.«

Auch Sophie lachte jetzt laut mit und freute sich über diese patente Frau, die nichts so verbissen sah, wie es ihr Vater doch oft tat.

»Weißt du, Mutter, es wäre doch schön gewesen, wenn wir die ganzen Jahre einfach zusammengeblieben wären«, sagte Sophie plötzlich. Es entstand eine kleine Pause, in der beide verlegen auf den Boden blickten. Für kurze Zeit hing jede ihren eigenen Gedanken nach, und man hörte nur den Lärm von der Straße.

»Nun muss ich aber erst einmal wieder gehen«, erklärte Sophie in die Stille hinein, »ich wollte dich ja auch nur kurz besuchen. Aber ich komme bestimmt bald wieder. Und du kannst ja Sebastian sagen, ich würde mich sehr darüber freuen, ihn einmal wieder zu sehen. Sagst du ihm das auch wirklich?« Sophie beschlich ein eigenartiges Gefühl, als sie sich so reden hörte.

»Aber natürlich, mein Sophiechen. Ich kann ja mit meinen Beinen nicht mehr gut gehen, aber du kennst den Weg hinaus. Also, Gott beschütze dich, und melde dich mal wieder. Nein, war das eine freudige Überraschung!«, und sie lächelte Sophie noch einmal herzlich an. »Dann erst einmal tschüss, mein Sophiechen.«

Als Sophie die Treppen hinunterging, war sie sich eigentlich sicher, dass Mutter nicht viel mehr von der ganzen Sache mit Sebastian wusste als das, was sie selbst von den Polizisten im Hotel gehört hatte. Es wird alles nur ein Irrtum sein, beruhigte sie sich. Natürlich, es kann ja nur ein Irrtum sein. Aber dass der Sebastian immer in ihrem Hotel gesessen hatte, ohne dass sie ihn erkannte und ohne dass er zu ihr kam … Davon war sie jetzt unangenehm berührt. Sie wusste nicht, was sie damit anfangen sollte. Es hatte fast etwas Verrücktes, dachte sie sich. Das also war Sebastian. Warum hatte sie nur so einen Druck im Magen? Jetzt, wo ihr das alles durch den Kopf ging?

Am Abend saß sie mit ihrem Vater in der Küche. Sie teilten sich immer noch eine Wohnung, und das Ritual des abendlichen Essens gehörte dazu. Sophie stocherte in ihren Bohnen mit Lammfleisch herum, die sie am Vortag gekocht hatte, und sagte plötzlich zum Vater: »Ich war heute bei Frau Herting.«

Eduard Mantschik sah sie fassungslos an. »Wieso, was wolltest du da?«

»Also Papa, es waren zwei Polizeibeamte bei mir im Hotel. Die wollten etwas von mir wissen. Etwas über Sebastian Herting. Natürlich konnte ich ihnen überhaupt nichts sagen, denn ich habe ihn ja nie wieder gesehen. Er soll irgendetwas angestellt haben.«

Der Vater hob die Hand, um etwas zu sagen. »Ja, Papa, ich weiß«, kam sie ihm zuvor, »du mochtest ihn nie.« Langsam ließ er seine Hand wieder sinken.

»Er war mir zu unbeherrscht und hatte etwas Dionysisches. Auch wenn er noch so jung war, das konnte man schon erkennen. Das kann sehr gefährlich werden«, sagte der Vater ernst. »Natürlich gibt es auch den Saulus zum Paulus. Du kennst die Geschichte. Aber ich hatte bei ihm immer das Gefühl, dass es nur nach unten geht und dass zum Paulus kein charakterlicher Ausgleich besteht. Du warst ja auch noch sehr jung damals und konntest nichts davon ahnen. Aber wenn man mehr Erfahrung hat, dann merkt man schon, wo's charakterlich hingeht. Man sieht ja tagtäglich die Entwicklung mit an. Und diese Entwicklung, die wurde mir zu gefährlich für dich. Deswegen sind wir umgezogen. Was soll er denn angestellt haben?«, erkundigte sich Mantschik.

»Sie ermitteln in einer Mordsache«, berichtete Sophie.

»Ach du meine Güte, das wäre ja schlimmer, als ich es jemals vermutet hätte.« Sophie kaute auf einer Bohne herum, konnte sie aber nicht herunterschlucken.

»Ich dachte, in so einer Situation muss man sich mal bei der Mutter sehen lassen.«

»Natürlich«, der Vater legte seine Gabel neben den Teller, »das war völlig richtig von dir. Immerhin waren wir jahrelang eine Familie, und es war nicht die schlechteste Zeit. Aber ich hätte es der Mutter nicht erklären können. Sie hätte es nicht begriffen. Also konnte ich nur gehen, verstehst du das heute?«

Nachdem Sophie die Bohne endlich heruntergewürgt hatte, schaute sie ihrem Vater in die Augen. »Papa, das war wohl schon völlig richtig so, wie du es gemacht hast. Du hast es damals so entschieden, das zeigt mir, wie lieb du mich hast, und dass du mich nicht in irgendeine Gefahr bringen wolltest. Ich danke dir dafür, auch wenn ich es damals nicht verstanden habe. Und wenn ich ganz ehrlich bin, dann ist die Trennung von Sebastian heute noch ein Problem für mich.«

Ihr Vater war aufgestanden, ohne Sophie anzuschauen. Schnell ging er auf sie zu, nahm ihren Kopf in seine großen Hände und vergrub ihn fast darin. Dann gab er ihr einen Kuss auf die Stirn. Es war ihm plötzlich sehr warm geworden, und gerührt ging er schnell ins Wohnzimmer.

23

Soll ich meinem kleinen Psychi noch einen zuckersüßen Apfel zum Dichten holen? Du isst sie doch so gerne, weil dir dabei sicher wieder etwas ganz Tolles einfällt. Kleiner dummer Scherz von mir.« Andrea Büchler umarmte ihren Mann und gab ihm einen Kuss. »Wie weit ist denn dein Buch? Wir hatten heute nur eine Vormittagsprobe in der Oper, aber ich muss jetzt sofort weiter in die Uni. Nachher kommt dein Buch dran. Also, Küsschen, und bis nachher, ja? Tschüss.« Krachend fiel die Tür ins Schloss.

Büchler saß in seinem tiefen Sessel, und seine Gedanken überschlugen sich: »Mein Buch brauche ich jetzt natürlich nicht mehr weiterschreiben. Das hat sich erledigt. Eigentlich schade. Aber etwas Ungeheuerliches ist passiert, Papier wurde zum Leben erweckt. So ein Irrsinn. Völliger Irrsinn. Das war doch nur eine meinem Hirn entsprungene gruselige Krimigeschichte. Eine Fiktion, eine Romanfigur. Doch die Morde sind jetzt brutalste Wirklichkeit. Wirkliche Leichen und ein tatsächlicher Mörder. Keine Fantasien und Einbildungen eines Psychiaters. Was soll jetzt also passieren, wie geht es weiter? Was soll ich mit dem wirklichen Mörder machen?«

Unglaublich, jetzt stand er Raskolnikow leibhaftig gegenüber. Raskolnikow in Fleisch und Blut. Nur dass dieser Raskolnikow nicht ausgehungert war. Oder doch, natürlich, ausgehungert nach Sex. Krankhaft und mörderisch ausgehungert nach Sex.

Büchlers Gedanken überschlugen sich. Als sein Psychiater müsste er dem Mörder über die nächsten Wochen eigentlich immer wieder zuhören. Immer wieder diese grauenhaft blutigen Geschichten ertragen. »Wenn ich damit jetzt zur Polizei gehe, dann kann ich meinen Beruf sofort für alle Zeiten vergessen. In Windeseile würde sich herumsprechen, dass ich nicht die Verschwiegenheitspflicht als behandelnder Arzt bewahrt habe. Keiner würde mich mehr konsultieren. Und überhaupt, das, was da vorhin mit mir passiert ist, vorhin, als der Mörder so anschaulich von den jungen Mädchen und ihren verführerisch unschuldigen jungen Körpern erzählte, hat sich da die Natur ihren Weg gebahnt?« Blitzend und flimmernd wie in einer Discokugel drehte sich jetzt alles in seinem Kopf.

Und plötzlich hatte er einen grauenhaften, ja geradezu perfiden Einfall. »Wenn ich an seiner Stelle ... ja. Das wäre eine Möglichkeit, das könnte meinen gordischen Knoten durchschlagen. Sebastian Herting wäre dann nicht mehr da, und ich könnte ...«

Büchler lächelte jetzt fast glücklich. Die Möglichkeit, einen so jungen Körper einmal im Arm zu halten, schien ihm überwältigend verführerisch. Natürlich musste er das gut und geschickt erledigen. Keinerlei Spuren durften zurückbleiben. Auf einmal war er mit sich und seiner Zukunft wieder zufrieden.

Vor seinem Fenster war jetzt ein kleiner Sturm aufgezogen, der die Äste wütend hin und her peitschte. Einige große Blätter klatschten an die Scheiben. Er gönnte sich einen doppelten Whisky, und sein Mund verzog sich zu einem maliziösen Lächeln, während er einen großen Schluck davon trank. Dass alles gut abliefe, dafür würde er schon sorgen. Fröhlich und erleichtert fiel er in seinem Besuchersessel in einen tiefen, betäubenden Schlaf.

Er war nachts noch zu seiner Frau ins Bett gekrochen. Am nächsten Morgen fiel blendender Sonnenschein ins Schlafzimmer. Der Sturm hatte den Himmel von Regen und Wolken freigefegt.

Andrea beugte sich über ihn. »Guten Morgen, mein Engelchen, hast du gut geschlafen? Ich wollte dich gestern Nacht nicht stören. Du schliefst so tief und fest in deinem Sessel. Ich habe dir zwar einen Kuss gegeben, aber du bist davon noch nicht einmal aufgewacht. Wirklich kein Kompliment«, sie lächelte ihn an, »und da habe ich dich halt schlafen lassen.«

Andreas schaute durch sie hindurch, lächelte verkrampft und stand auf. »Ja, ja, schon gut, das war nett von dir. Ich gehe mal schnell als Erster ins Badezimmer.« Er drehte sich noch einmal zu ihr um. »Sag mal, Schatz, weißt du schon ungefähr, wann du morgen in der Uni und beim Opernchor sein musst?«

»Nein«, antwortete Andrea etwas erstaunt, »aber ich schau gleich mal in meine Agenda. Also, um zehn muss ich zur Probe in der Oper sein, um eins bin ich dann wieder zu Hause. Wir können dann gleich wieder Venusgöttin spielen«, flüsterte sie schnippisch und gab ihm einen kleinen Kuss ins Ohr, »hat doch Spaß gemacht, oder?«

»Ja, ja, mein Liebling, du bist wirklich etwas Besonderes.«

»Ach, nein, nein, das geht ja gar nicht«, stellte sie jetzt fest, »ich fahre ja morgen zu meiner Mutter. Das wird länger dauern. Sicherlich bin ich nicht vor Mitternacht wieder zurück.«

Büchler ging gedankenverloren ins Badezimmer.

»Engelchen, warum willst du das denn heute schon wissen?«, rief Andrea ihm nach. »Das ist doch erst morgen. Wir haben heute doch noch ganz viel Zeit.«

»Sag bloß nicht immer ganz viel«, hört man Andreas durch das Duschwasser rufen. Immer dieses Scheiß ›ganz viel‹, das kann ich wirklich nicht mehr hören. Jahrhunderte lang hieß es ›sehr viel‹, und nicht ›ganz viel‹. Und ›sehr viel‹ ist anständiges Deutsch. ›Ganz viel‹ ist eine Verhunzung der deutschen Sprache. Ein blödes Entgegenkommen an kleine Kinder und an Leute, die kein Deutsch können.« Er drehte das Duschwasser jetzt stärker auf und redete dabei laut weiter. »Sogar Professoren und Fernsehjournalisten, die sich doch immer für intellektuell halten, sagen es inzwischen, wahrscheinlich, um sich beim Volk beliebt zu machen. … Musst du ganz viel Breichen essen, mein kleines Babylein … Das Wort ›sehr‹ ist inzwischen schon völlig ausgerottet.«

»Was sagst du da?«, rief sie ins Badezimmer, während sie ihren Tee umrührte.

»Ich kann dich unter der Dusche kaum verstehen, red' doch mal ein bisschen lauter.«

»Ach, … nichts Besonderes.«

»Komm doch mal her, Andrea, nun komm schon, ich kann nicht so schreien. Also, ich wollte …«, und er überlegte, unter welchem Vorwand er die Wohnung verlassen könnte.

»Ich wollte vielleicht einen neuen Staubsauger kaufen gehen, du weißt, der alte ist langsam völlig hin.«

»Engelchen, das ist ein ganz toller Einfall von dir.«

Durch das Duschglas betrachtete sie seinen eingeseiften Körper, »dann sauge ich und sauge ich und …«

»Ja, ja, schon gut«, prustete er ärgerlich unter dem Wasserstrahl.

»Na, mein lieber Andreas, du bist heute aber kurz angebunden, nicht sehr kommunikativ. Kauf mir doch mal, wenn du schon so knartschig bist, einen Heuchlerbesen.«

»Einen Heuchlerbesen?« Er drehte das Duschwasser wieder ab. »Bist du verrückt, was ist denn das?«, fragte er, während er sich abtrocknete.

»Siehst du, du gehst eben nicht mit der Jugend, das ist ein Blumenstrauß. Die 14-Jährigen sagen heute zu einem Blumenstrauß, das sei ein Heuchlerbesen. Grenzenlos altmodisch bist du. Aber so ein schöner, bunter Heuchlerbesen würde sich doch auf unserem Tisch ganz wunderbar machen, findest du nicht auch?«

Andrea hatte sich während des Gesprächs die Haare gebürstet und ihren Rock angezogen. »So, jetzt gehe ich mit meiner Freundin Conny erst einmal einen Latte Macchiato trinken und dann ab in die Oper. Bussi, und tschüss!«

Die Wohnungstür krachte wie üblich viel zu laut ins Schloss.

Nach einigen Minuten, in denen er unentwegt auf das Telefon gestarrt hatte, wählte Büchler zögernd die Handynummer von Sebastian Herting.

»Ja, wer ist denn da?«

»Andreas Büchler«, antwortete er knapp.

»Ach, Herr Büchler, ich wollte Sie auch schon anrufen.« Sebastian schien erleichtert und gar nicht erstaunt über den Anruf.

»Ich habe kurzfristig noch einen freien Termin«, sagte Büchler schnell, »wir sollten bald eine weitere Sitzung abhalten, Herr Herting.« Nur mühsam brachte er den Namen über die Lippen. »Wäre es Ihnen morgen um 17.30 Uhr recht?«

»Ja, das geht schon.«

»Na, dann würde ich mich freuen, wenn Sie zu mir kommen könnten«, verfiel der Psychiater jetzt in einen verbindlichen Tonfall, den er sich Patienten gegenüber angewöhnt hatte.

»Gut, also um 17.30 Uhr bei Ihnen«, bestätigte Sebastian. »Ich freue mich.« Büchler legte mit dem Anflug eines Lächelns den Hörer langsam und bedächtig wieder auf.

24

Bedrückt hatte sich Heinrich Herting zusammen mit seiner Frau bei regennasser Straße auf den Weg zur nächsten Polizeiwache gemacht. Ab und zu kam ein kleiner Schauer herunter, aber im Moment war es trocken. Die Polizeiwache lag nur ungefähr vierhundert Meter hinter der Kirche. Als sie an dem großen, roten Backsteinbau vorbeikamen, schauten sie in einem altvertrauten Reflex zur hölzernen Tür und trauten ihren Augen nicht. Sebastian stand da. Lässig und herausfordernd, die Beine gekreuzt, mit einer Zigarette in der linken Hand und einem bösartigen Lächeln auf den Lippen, lehnte er an der großen, schweren Eichentür.

Heinrich ließ sofort seine Frau stehen und rannte zu ihm hinüber, aber Sebastian verschwand, laut und grell auflachend, blitzschnell in einer Nebenstraße. Heinrich hörte nur noch seine Schritte auf dem Pflaster nachhallen. Es war schon zu dunkel, um ihn zu verfolgen, und der Sportlichste war Heinrich auch nicht.

»Sebastian … Sebastian …«, rief er seinem Bruder hinterher. Nichts tat sich. Nach einer Weile ging er niedergeschlagen zurück. »Er muss hier auf uns gewartet haben. Wollte wohl sehen, ob wir zur Polizei gehen. Solche Geschichten hat er immer geliebt. Das Spiel mit dem Feuer. Großes Theater. Ich bin mir sicher, dass er jetzt nicht zu Mutter nach Hause geht. Er wird wahrscheinlich irgendwoanders untergekommen sein«, erklärte der Pfarrer seiner Frau resigniert.

Petra guckte ihrem Mann in die Augen. »Wir müssen ihn aber sofort der Polizei melden. Bevor wieder etwas Schlimmes passiert.«

»Ja, komm«, und er nahm ihre Hand, »wir gehen jetzt zur Polizei. Ich fühle mich zwar wie ein Denunziant, aber wir haben gar keine andere Wahl.«

Vor dem Eingang der Polizeiwache blickten sie einander erschrocken an. Sie hatten im selben Moment den gleichen furchtbaren Gedanken. In Panik drehten sie sich um und liefen, so schnell sie nur konnten, zurück zu ihrer Wohnung. Petra war der entsetzliche Gedanke so in die Glieder gefahren, dass sie mit weichen Beinen stürzte. Sie schlug sich dabei ihr rechtes Knie auf und blutete. Heinrich half ihr umständlich wieder auf; und von Ängsten gepeinigt, jagten sie weiter.

»Hoffentlich tut er den Kindern nichts an«, beteten sie verzweifelt. Er war ja zu allem fähig. Das würden sie nicht überleben. Petra Herting malte sich wieder und wieder aus, was mit den Kindern alles geschehen könnte, während sie außer Atem weiterliefen. Nach drei oder vier Minuten waren sie zurück und rannten durch den in voller Blüte stehenden Vorgarten. Heinrich steckte mit zitternden Händen den Schlüssel ins Türschloss und öffnete, aber die Kette war von innen vorgelegt. Sebastian stand im Flur und grinste ihnen frech durch den schmalen Spalt entgegen.

»Ach, sieh mal da, so schnell kommt ihr? Ich wollte eigentlich noch ein bisschen mit den Kindern spielen«, höhnte er und blitzte sie mit bösartigem Blick an. »Ihr wolltet wohl zur Polizei gehen, ja, warum geht ihr denn nicht? Ich habe euch eigentlich mit einem großen Tatütata hier erwartet. Denn so intelligent seid ihr ja doch immerhin, dass ihr damit rechnen konntet, mich jetzt hier zu finden. Bravo. Hier ist alles in bester Ordnung. Kinder, kommt doch mal her«, rief er ins Wohnzimmer. Die drei Kinder kamen, sich ängstlich an den Händen haltend, an die Wohnungstür.

»Seid ihr alle gesund, geht es euch auch gut?«, fragte Petra besorgt. Ihr verkrampfter Magen tat ihr auf einmal weh. Sie konnte sehen, wie die Kinder eingeschüchtert mit ihren Köpfen nickten.

»Also, ihr Lieben«, Sebastian wendete sich wieder an seinen Bruder und seine Schwägerin, »ich muss mich in so einer Situation zur Wehr setzen. Wenn ihr zur Polizei geht, dann bleibt mir keine andere Wahl. Deshalb sind eure Kinder mein Pfand. Also spielen wir ein bisschen Katze und Maus. Ihr seid die Katze und ich bin das Mäuschen. Ist das nicht süß?« Er lachte die Kinder verächtlich an. »Aber die Katze muss draußen bleiben, und die Mäuschen bleiben drinnen. So ist das alles gut eingeteilt. Wir können auch ‚Mensch, ärgere dich nicht' spielen. Wenn ihr mich ärgert, dann ärgere ich euch auch«, dabei strich er Anne-Marie, der Ältesten, mit der Hand über die Haare und schickte die Kinder dann wieder ins Wohnzimmer.

»Also, was machen wir jetzt? Wie geht's denn hier weiter? Ihr wisst, dass ich nicht zimperlich bin, und eure blöde Brut kann ganz schnell im Himmel landen. Das ist dir doch recht, mein lieber Bruder, nicht wahr? Beim lieben Gott sind sie doch deiner Meinung nach gut aufgehoben.«

»Du gemeines, dreckiges Schwein!«, dachte Petra und lehnte sich schwer atmend an den Türrahmen.

»Ich bin schon seit Tagen nicht mehr beim Mütterchen gewesen, liebster Bruder. Wohne im Moment woanders. Aber wo, das binde ich euch natürlich nicht auf die Nase. Ihr lauft ja sofort zur Polizei, unserem Freund und Helfer. Das mag ich aber nicht, das versteht ihr doch?«

Petra weinte vor Verzweiflung, und Heinrich versuchte jetzt, auf seinen Bruder beruhigend einzureden. »Sieh mal, Sebastian, du hast einige furchtbare Morde begangen, uns bleibt doch gar nichts anderes übrig, als zur Polizei zu gehen. Das ist doch unsere Pflicht als Bürger dieser Stadt. Uns bleibt doch gar keine andere Wahl. Du kannst deswegen doch nicht drei unschuldige Kinder in Geiselhaft nehmen. Kinder deiner eigenen Familie … Werde vernünftig, lass uns eine Abmachung treffen. Wir geben dir 24 Stunden Zeit, und du verschwindest, wohin du willst. Erst danach werden wir zur Polizei gehen.« Heinrich hoffte inständig, dass Sebastian auf diesen Vorschlag eingehen würde. Etwas Besseres fiel ihm im Moment auch nicht ein. »Das ist doch ein fairer Vorschlag, oder? Wir erzählen auch nichts von dem, was sich hier abgespielt hat. Das bleibt unter uns.«

»Schade … sehr schade …, ich habe mir das hier viel unterhaltender vorgestellt«, Sebastian kicherte höhnisch. Na gut, sammelt eure blöden Kinder wieder ein. Aber ich verlasse mich auf dich, mein lieber Bruder. Vielleicht verschwinde ich ins Ausland. Mal sehen. Aber ein bisschen Zeit brauche ich schon. Also, haltet euch an unsere Abmachung.«

Er schloss die Tür, um die Kette zu lösen. Als er wieder öffnete, stürzten Petra und Heinrich sofort an ihm vorbei und nahmen ihre Kinder schützend in die Arme. Als Heinrich sich schließlich umsah, war Sebastian spurlos verschwunden. Auch im Vorgarten und auf der Straße war er nicht mehr zu sehen.

Die 24 Stunden zu warten, das war für die Hertings wie auf einer Folterbank. Einerseits war es sein Bruder, aber sollte man so einen kranken Mörder schützen?

»Nein«, sagte sich der Pfarrer noch einmal. »Seit der Erfahrung von gestern, muss man ihn wirklich als krank und irrsinnig ansehen.«

Er schaute auf seine Uhr, denn er wollte immerhin so fair sein, wie er es seinem Bruder gestern noch versprochen hatte.

»Nun komm schon«, antwortete Petra leise, aber drängend. »Die 24 Stunden sind vorbei. Wir können nicht mehr länger warten. Nein, wir dürfen nicht mehr länger warten, sonst machen wir uns auch strafbar.«

»Die Kinder können wir wohl hier lassen«, meinte Heinrich. »Es ist kaum anzunehmen, dass er hier noch einmal auftaucht. Sie sollen die Kette vorlegen und niemanden reinlassen, bis wir zurück sind, dann sind sie sicher.«

»Das hätten sie gestern gleich machen sollen«, sagte Petra. »Ich hätte es ihnen sagen müssen.«

Petra ging noch einmal in ihre Zimmer, um den Kindern das einzuschärfen. Sie schaute die Kinder an: Anne-Marie, Oliver und die kleine Paula.

»Ihr braucht euch nicht fürchten, während wir zur Polizei gehen. Haltet die Wohnungstür verschlossen und lasst niemanden rein.«

»Nein, geht mal«, sagte Anne-Marie als Älteste, »wir kommen hier schon zurecht. Wir lassen niemanden herein. Wir haben ja auch gestern nur den Onkel Sebastian hereingelassen, weil er doch unser Onkel ist. Und da haben wir uns natürlich nichts Böses dabei gedacht.«

»Na gut, es wird auch nicht lange dauern.« Die Eltern gaben den Kindern einen Kuss und machten sich noch einmal auf in Richtung Polizeistation.

Vor der Polizeiwache nahm Petra den Arm ihres Mannes und zog ihn fast die zwei Stufen zum Eingang hoch. »Nun komm schon.«

Vier Polizisten saßen in der Wache und schauten gelangweilt auf die beiden Hereinkommenden. »Können wir Ihnen helfen?«

»Also, die Sache ist so«, sagte Petra etwas übereilt »wir müssen Ihnen drei Morde melden.«

Die Polizisten sahen einander erstaunt an. »Etwas kleiner haben Sie's wohl nicht, wie?«, kicherte einer. Aber sein älterer Kollege merkte, wie ernst es den beiden war.

»Nee, lass mal, Micha«, und er stand auf, »das sieht mir doch so aus, als wenn das richtig ernst ist. Was haben sie uns denn zu melden?«

»Ich bin der Pfarrer Herting hier von der Lukaskirche«, sagte Heinrich. »Ich habe einen jüngeren Bruder, der mir zwei furchtbare Morde gebeichtet hat. Wir haben nicht nachgeprüft, ob seine Geschichte auch wirklich stimmt, aber so wie er mir die Taten geschildert hat, bin ich mir sicher, dass es stimmt. Er hat mir erzählt, wie er zwei junge Mädchen umgebracht hat. Eigentlich waren es ja noch Kinder.«

Dass sie gestern persönlich von ihm bedroht worden waren, verschwiegen die Hertings. Sie wussten selber nicht, warum. Vielleicht war es das Versprechen, das sie ihm gegeben hatten.

»Wenn ich Ihnen die Einzelheiten jetzt erzählen soll, dann …« Plötzlich war Heinrich Herting übel geworden. Er drehte sich weg von den Polizisten und wollte nur noch auf die Toilette.

»Da hinten, die letzte Tür rechts«, rief ihm einer der Polizisten noch hinterher. Es dauerte einige Minuten, und sie hörten, wie er versuchte, sich zu übergeben. Seine Frau war ihm noch hinterhergeeilt. Als sie beide nach einigen Minuten zurückkamen, sagte Heinrich jetzt mit fester Stimme: »Mein Bruder heißt Sebastian Herting.«

»Sehen Sie«, sagte der ältere Polizist, »das wollte ich von Ihnen wissen.«

Er drehte sich zu seinen Kollegen um. »Startet doch mal sofort eine Großfahndung nach Sebastian Herting. Vielleicht befindet er sich ja noch hier in unserer Stadt!« Und dann wendete er sich wieder den Hertings zu: »Haben Sie ein Bild von ihm, können Sie uns beschreiben, was er anhat und wie er aussieht?« Kurz schilderte Heinrich ihnen Sebastian. Ein dünner, großer Polizist stand auf und ging zu den Computern. Der Pfarrer stützte sich schwer mit den Händen auf dem Tisch ab. »Ich musste es tun.« Er schaute den Protokollanten fragend an. »Ich musste ihn anzeigen, das verstehen Sie doch, nicht wahr?«

»Ja, selbstverständlich, das ist Ihre Pflicht. Sag mal, Mirko«, und er wendete sich seinem schlanken Kollegen zu, »such doch mal die Unterlagen heraus, die wir bis jetzt haben … na du weißt schon, über die Sexualmorde. Eisenach hat uns doch was gemailt. Es sind ja inzwischen schon drei Morde.« Der Pfarrer schaute müde auf den Polizisten.

»Und natürlich können wir dann die Anzeige von Herrn, wie war doch Ihr Name, aufnehmen.«

»Heinrich Herting, Pfarrer an der hiesigen Lukaskirche.«

»Ja, danke, die Einzelheiten können wir dann gleich zu Wellmann nach Eisenach mailen, denn das wird ihn ja wohl mächtig interessieren. Ach, verzeihen Sie die Bemerkung, aber gerade Ihnen muss das passieren, unserem Pfarrer. Das tut uns wirklich sehr leid. Wir nehmen jetzt noch Ihre Personalien auf. Mehr können wir im Moment nicht tun. Wenn sich in der Sache etwas Neues ergibt, werden Sie natürlich sofort von uns hören. Ja, was können wir Ihnen denn noch sagen?«, druckste er herum. »Was auch immer, es ist doch alles irgendwie unpassend in so einer Situation. Stimmt doch, nicht wahr? Also, danke für ihr Kommen und einen guten Heimweg. Und machen Sie sich keine Sorgen. Ach, so ein Quatsch, was rede ich denn da, natürlich machen Sie sich Sorgen. Ist doch schließlich Ihr Bruder, nicht? Aber es war völlig richtig, dass Sie sofort zu uns gekommen sind.«

25

Die Nacht, nachdem er Sebastian angerufen hatte, war für Andreas Büchler ein völliges Desaster. Andrea wollte ihn verführen, aber sein Kopf war voll von dunklen Gedanken. Er hatte kaum geschlafen und fühlte sich müde und ziemlich mies. Am Morgen schwiegen sie, während sie gemeinsam das Badezimmer benutzten, und sich ankleideten.

»Engelchen, ich trinke nur schnell einen Kaffee, dann bin ich auch schon weg«, sagte Andrea. »Vergiss doch bitte nicht, den Heuchlerbesen mitzubringen, ja!«

Büchler ging, als er im Badezimmer fertig war, an seinen Laptop und tat so, als würde er an seinem Roman weiterschreiben. Aus den Augenwinkeln beobachtete er, wie sie in der Küche langsam, für ihn endlos langsam, ihren Kaffee ausschlürfte. Dann zog sie sich den Mantel über, »also, tschüss, mein Engelchen«, und die Tür krachte wie immer viel zu laut ins Schloss.

Es war jetzt fünf Minuten nach zehn. Er hatte sich nachts alles minutiös überlegt, bis in alle Einzelheiten. Am Hörselberg, da musste es geschehen.

Drei Patienten hatten sich für heute bei ihm angemeldet. Das war ihm recht, denn so würde die Zeit für ihn schnell vergehen. Ihm blieb noch eine Stunde bis zu seinem ersten Termin, also hatte er noch Zeit, um in seinem Stammlokal einen Kaffee zu trinken. Es war dieser italienisch mulschige Espresso mit Milch, den er vorgesetzt bekam.

»Das ist jetzt zwar modern, aber es hat nichts mit einem wirklichen Filterkaffee zu tun«, sagte er sich. »Das Bier ist gut hier, aber der Kaffee …«

Nach dem Kaffee, der ihm gar nicht geschmeckt hatte, ging er wieder zurück in seine Wohnung, anstatt wie sonst die Zeitung zu lesen. Er fühlte sich nicht wohl, und sein Magen schmerzte auch schon wieder. Aber es ging nicht anders, die Zeit bis zum Abend musste er irgendwie überstehen.

Er überdachte, wie er heute seinen ersten Fall therapieren wollte. Der Mann hatte Ärger mit seinem Chef, den er am liebsten umbringen würde. Sein Direktor war entschieden zu dominant für den armen, introvertierten Mann. Bei der letzten Sitzung hatte er davon berichtet. Mit diesem Patienten, der noch nicht lange zu ihm kam, würde er es nicht schwer haben; der brannte geradezu darauf, Dampf abzulassen.

Der zweite Patient, den er heute erwartete, war ein junger Mann von 21 Jahren, der immer noch ein gelegentlicher Bettnässer war. Mit dem würde er sicher noch lange arbeiten und dessen Beziehung zu seinen Eltern und eventuell traumatische Erlebnisse in seiner Jugendzeit analysieren müssen. Aber das war ihm heute auch recht. Dabei würde die Zeit bis zum Termin mit Sebastian Herting schneller vergehen.

Andreas Büchlers dritter Patient kam schon das fünfte Mal, und wahrscheinlich wollte er einfach wieder nur mit ihm reden, damit überhaupt jemand ihm einmal zuhörte. Er hatte gar kein Krankheitsbild, sondern einfach das Gefühl, nicht gebührend wahrgenommen zu werden. Mit

Büchler zu sprechen, beruhigte ihn. Und solange er zahlte, war es Büchler recht.

Am Nachmittag hatte er alle Patienten beraten und therapiert. Anschließend ging er nervös im Park gegenüber spazieren. Der Tag nahm einfach kein Ende. Schleichend langsam verging die Zeit. Minute um Minute. Dann wanderte er durch die Wohnung, bis es endlich nach zwei weiteren Stunden genau zur verabredeten Zeit an der Haustür klingelte. Als Sebastian Herting an der Wohnungstür eintraf, bat er ihn mit einem leichten Lächeln, einzutreten.

»Geht es Ihnen nach unserer ersten Sitzung etwas besser?«, fragte Büchler beiläufig.

»Ja, ja, ich glaube schon, aber ich fühle, das müssen wir noch einige Male wiederholen. Ich habe furchtbare Angst, dass mich dieser Teufel wieder überfällt. Wissen Sie, es ist unbeschreiblich schlimm, wenn dieser Dämon über einen kommt. Man fühlt sich ausgeliefert.« Sebastian sah blass und mitgenommen aus.

»Ja, das glaube ich Ihnen gerne«, versicherte Büchler. »Schauen Sie, ich habe Sie noch einmal hierher gebeten, weil ich mir eine Therapie überlegt habe, die Ihnen vielleicht helfen könnte.« Um ihn zu überzeugen, versuchte er, Herting in die Augen zu schauen, senkte seinen Blick aber sofort wieder. Es kam ihm zu verlogen vor.

»Also, wirklich völlig frei können Sie sicherlich erst werden, wenn wir zusammen an den Tatort fahren. Sie müssen sich der Situation noch einmal stellen. Mit mir zusammen. Erst dann können wir damit beginnen, Ihre psychische Disposition aufzuarbeiten«, erklärte Büchler.

Sebastian überlegte einen Moment.

»Gut, wenn Sie meinen, dass Sie mich dadurch heilen können …«

»Na ja, das wäre ein Anfang«, unterbrach ihn Büchler schnell.

»Gut, dann bin ich damit einverstanden, dann fahren wir. Wir können's ja versuchen.«

Als sie hinausgingen, machte der Psychiater seine Wohnungstür vorsichtig und leise hinter sich zu. Schweigend gingen die beiden Männer die Treppen hinunter. Nachdem Büchler sich vergewissert hatte, dass sie unauffällig bis zum Auto gekommen waren, setzte er sich an das Steuer.

»Sind sie mit Ihrem Auto da?«, fragte er Sebastian.

»Ja, der kleine rote Polo, der da hinten steht, ist meiner.«

Der Psychiater sah sich den Standort im Rückspiegel an. Den Wagen würde er noch entsorgen müssen, um alle Spuren zu verwischen. Büchler startete seinen Wagen. Sie fuhren durch die Stadt auf die Landstraße. Häuser und Bäume glitten an ihnen vorbei. Keiner von ihnen redete ein Wort; jeder war in seine Gedanken versunken.

Nach etwa einer Stunde erreichten sie den sandigen Feldweg und fuhren rechts hinauf zu der winzig kleinen, weißen Kapelle. Sebastian hatte Büchler schweigend mit Handzeichen den Weg gewiesen. Direkt zur Mordstelle auf dem Hörselberg zu fahren, davon hatte Sebastian abgeraten, das war ihm zu gefährlich. Man musste das Schicksal nicht unnötig herausfordern. So stiegen sie auf einem Nebenweg bei dem kleinen Kirchlein aus und schauten sich aufmerksam in der Gegend um. Weit und breit war kein Mensch zu sehen. Niemand. Nichts Auffallendes. Ringsherum gab es nur dunkle, hohl rauschende Bäume.

Beide schauten hinüber zum Hörselberg, wo das Verbrechen geschehen war. Büchler bemerkte, wie nervös und unruhig sein Patient sofort wurde. Alle begangenen Grausamkeiten quollen mit einem Mal aus ihm heraus. Es sprudelte wie ein großes Kotzen. Der Psychiater ging jetzt sehr langsam und bedächtig Schritt für Schritt auf die kleine Kirche zu und verhielt sich so, als würde er seinem Patienten intensiv zuhören. Seine Gedanken waren aber schon ganz woanders. Langsam ging er in das diffuse, graue Halbdunkel der Kapelle hinein und setzte sich auf die einzige, etwas verwitterte Holzbank, die dort stand. Sebastian folgte ihm, unablässig seine ganze Geschichte mit sich überschlagender Stimme fast herausschreiend. Keuchend setzte er sich neben den Psychiater. Es war fürchterlich, wie er von der Sexualität seiner Geschichte immer wieder von Neuem körperlich erfasst wurde. Er keuchte und krächzte, da seine Kehle immer trockener wurde, und der Psychiater bemerkte, wie er mit beiden Händen sein anschwellendes Glied nach unten drückte. Wie aus einem übersprudelnden Straßengully, bei dem die Abwasserkanäle durch zuviel Schmutzwasser überfüllt sind, brach es aus ihm heraus.

Büchler stand inzwischen unbemerkt auf, tat aber weiterhin so, als ob er intensiv zuhörte. Dabei ging er langsam um Sebastian herum.

Mit einem Mal hatte er eine Schnur aus mehreren Geigen-Darmsaiten in den Händen, die er sich am vorigen Tag noch besorgt hatte. Von hinten legte er sie jetzt blitzschnell um Sebastians Hals und zog sie brutal und mit äußerster Kraft fest zusammen. Die Beine von Sebastian gruben sich im Todeskampf in den Boden und versuchten, dort Halt zu finden. Aber der Boden der kleinen Kirche bestand nur aus feuchten, abgetretenen Basaltsteinen, so dass seine Schuhe immer wieder abrutschten. Mit aller

Kraft und einem jähen Schwung bäumte Sebastian jetzt seinen Oberkörper auf, um mit den Armen nach hinten zu greifen. Irgendwie bekam er dabei die Jacke des Psychiaters zu fassen. Mit letzter Kraft zerrte er daran und versuchte, Büchler nach vorne zu ziehen, aber die Jacke entglitt wieder seinen Fingern. In Todesangst ruderte er mit seinen Armen in der Luft herum, ohne Halt zu finden. Sebastians Gesicht war bereits dunkelblau angeschwollen und verschwitzt vom Todeskampf. Was an Lauten aus der Kehle des Gepeinigten noch herauskam, erschreckte sogar den Psychiater: grauenhaft gepresste Schreie, gurgelnd und röchelnd. Für Büchlers Ohren waren sie unerträglich.

Das letzte, was der Psychiater zu hören glaubte, und was aus der gepeinigten Kehle verstümmelt herausgepresst wurde, waren zwei Worte, die er zuerst gar nicht verstand. Aber dann klangen sie wie ein Mädchenname: »Sophie …, Sophie …!«

Der Psychiater drehte angewidert seinen Kopf zur Seite, weg vom Kopf des Sterbenden, zog aber die Darmschlinge immer fester zu. Plötzlich kam ihm ein grauenhafter Gedanke: Er könnte mit den Darmsaiten seinem Opfer sogar den Kopf abtrennen. Ein unerträglicher Gedanke, den schweren Kopf plötzlich in seinen Händen zu halten.

»Ich muss später den Wagen von Herting auf jeden Fall verschwinden lassen, am besten irgendwo im Fluss entsorgen«, lenkte er sich in Gedanken ab.

Der Erdrosselte bewegte sich jetzt nicht mehr.

War er wirklich tot?

Büchler konnte es nicht mit Bestimmtheit sagen und hielt den Druck auch weiterhin aufrecht. Ein Krampf schlich sich in seine Arme und bereitete ihm plötzlich unerträgliche Schmerzen. Büchler war verschwitzt und rot angelaufen. Der Schweiß lief ihm von der Stirn und über das Gesicht hinunter. Da er ihn nicht abwischen konnte, ohne den Zug in den Darmsaiten zu verringern, warf er seinen Kopf mit einem jähen Schwung in den Nacken, um so den Schweiß wegzuschleudern und sich von dem widerlichen Jucken im Gesicht zu befreien.

Herting war inzwischen nur noch ein Bündel Fleisch. Das Leben war aus seinem Körper gewichen. Kein Herzschlag, keine Atmung. Sogar die Darmschlinge konnte Büchler nicht mehr sehen. Sie hatte sich zu tief ins Fleisch seines Opfers hineingeschnitten. Drei bis vier Zentimeter tief war sie wie ein Messer eingedrungen. Als er dann seine Arme entspannte und, von hinten über den Toten gebeugt, horchte, ob da noch irgendetwas zu hören war, konnte er kein Lebenszeichen mehr feststellen.

Da war nichts mehr. Keine Atmung, kein Herzschlag.

Das hatte sich also endgültig erledigt.

Büchler fühlte sich matschig, ließ den Toten vornübergebeugt auf der Bank sitzen und torkelte durchgeschwitzt auf schwankenden Beinen nach draußen. Dort atmete er erst einmal tief die sauerstoffhaltige Luft ein und wischte sich grob mit einem Taschentuch das Gesicht ab.

Er schaute umher. War da jemand?

Nein, alles war still und friedlich. Er hörte nur den Wind in den Bäumen rauschen. Erschöpft lehnte er sich an die weiße Kirchenwand und atmete weiter den erfrischenden Duft der Tannennadeln ein. Dann holte er einen Spaten aus dem Auto, das er gleich auf der Rückseite der Kirche abgestellt hatte. Dort begann er, ein Loch auszuheben. Nach etwa zehn Minuten schreckte er plötzlich auf. Da war ein Geräusch. War es das Rauschen in den Bäumen? Er schaute hoch in die Wipfel. Das Geräusch wurde lauter und lauter. Jetzt hörte er den Motor eines Autos, das anscheinend den kleinen Feldweg heraufkam.

Panik kam auf. Seinen Körper hatte er in diesem Moment nicht mehr unter Kontrolle. Er zitterte und schwitzte. Sein inzwischen durch den Wind getrocknetes Hemd war innerhalb von Sekunden wieder völlig durchnässt. Auf den Knien kroch er an die hintere Wand der Kirche und blickte, für den Fahrer des ankommenden Wagens verdeckt, den sandigen Waldweg hinunter. Andreas Büchler übergab sich. Ein Streifenwagen näherte sich der Kapelle.

Das einzige, was er denken konnte, war: »weg, weg, weg, nur weit weg!« Aber die Anstrengungen des Mordes und die Angst, die ihn wie ein allesfressendes Ungeheuer in ihm hochkroch, nahmen ihm die Kraft dazu. Er blieb wie festgenagelt im Sand liegen, konnte sich nicht mehr bewegen. Beine und Arme versagten ihm den Dienst. Andreas Büchler war fast ohnmächtig geworden. Mit seinem verdreckten Kopf an die weiße Rückwand der Kirche gepresst, wartete er mit klopfendem Herzen auf das Unvermeidliche.

»Dann sollen sie mich doch festnehmen«, dachte er, »ist mir auch schon alles egal.« Er hörte den Wagen immer näher kommen. »Näher und näher«, pochte es in seinem Kopf, wie die Räder eines Zuges, der über die Bodenschwellen fährt. »Klacke klack, klacke klack, klacke klack«, und sein Kopf schien unter dem Zug zermalmt zu werden.

Der Wagen hielt, die Tür wurde geöffnet. Büchler hörte Stimmen und schnelle Schritte in Richtung Kirche. Nach kurzer Zeit wieder Schritte.

»Ich hab' nur reingeguckt«, sagte jemand. »Sitzt nur ein Wanderer drin und betet, ließ sich aber nicht ansprechen, sonst absolut nichts.«

»Na ja«, kam es durch die einsetzende Dämmerung zurück, »hab' ich doch gleich gesagt, dass der sich hier oben nicht mehr herumtreibt.» Autotüren klappten, und der Polizeiwagen entfernte sich langsam wieder.

Als das Motorengeräusch nur noch leise in der Ferne zu hören war, fing Büchler auf dem feuchten, nach frischer Erde riechenden Boden verzweifelt zu schluchzen an und verfiel in einen hysterischen, minutenlangen Weinkrampf. Wie konnte man nur so viel Glück haben?

Mit der flachen Hand schlug er einige Male auf den vom einsetzenden Nieselregen feuchten, weichen Boden, sodass die dunkle Erde ihm ins Gesicht spritzte. Dann hatte er sich wieder gefangen, sprang auf und grub, von Angst gehetzt, weiter.

Vielleicht kamen sie noch einmal zurück. So ein Glück hatte man nicht zweimal.

Etwa eine knappe Stunde grub er in der feuchten, weichen Erde. Mühsam schleifte er dann die Leiche aus der Kirche zum Loch und schaufelte es mit letzter Kraft zu. Mit einem großblättrigen Ast fegte er alles glatt und verwischte alle oberflächlichen Spuren. Der Regen setzte jetzt stärker ein und half ihm dabei. In der kleinen Kirche wischte er mit Papiertaschentüchern Bank und Lehne sorgfältig ab. Die Schleifspuren auf dem Boden verrieb er mit seinem Unterhemd, weil er an einen Lappen nicht gedacht hatte. Er war überrascht über seine eigene Kaltblütigkeit. Sorgfältig schaute er sich noch einmal in der Kapelle um, ob er auch wirklich keine Spuren zurückgelassen hatte. Sein Blick fiel dabei auf das Kruzifix und den Gekreuzigten, auf den durch eines der kleinen bunten Kirchenfenster ein bläulich rotgoldener Strahl der Abendsonne fiel. Fluchtartig lief er zu seinem Auto zurück. In der Nähe des Autos vergrub er sein Tatwerkzeug. Dann stieg er apathisch in sein Fahrzeug und fuhr den kleinen sandigen Feldweg hinunter. Ohne weitere Überraschungen erreichte er die Landstraße.

Es war ein wundervoller lauer Frühsommerabend. Büchler kurbelte die Scheiben herunter, und die warme Luft streichelte sanft über seine Haut. Blühende gelbe Rapsfelder lagen links und rechts der Straße. Überspannt wie er war, glaubte er, ein vom Wind gepeitschtes goldgelb wogendes Meer zu erkennen. Vom Horizont her schien ein altes, pompöses Schiff mit vier Masten unter voller Besegelung durch die gelben Wogen auf ihn zuzusteuern.

War er schon so erschöpft, dass er plötzlich Halluzinationen hatte?

»Der Fliegende Holländer immer noch auf der Suche nach Erlösung …«, träumte er mit offenen Augen, während er langsam auf der Chaussee dahin glitt.

Grünes saftiges Gras und grelle rote Mohnblumen durchbrachen das Gelb an den Straßenrändern. Was ihm allerdings tatsächlich entgegen kam – und sofort war er wieder der alte Realist – das war ein Ungetüm von einem Mähdrescher im Rapsfeld. Aber die Vorstellung, dass der Mähdrescher eigentlich der Fliegende Holländer sei, der seit Jahrhunderten nach Erlösung und dem Ende seiner Irrfahrten strebte, war ihm viel sympathischer.

Langsam und überaus dramatisch ging die Sonne unter. Der Himmel war wie in eine tiefe dunkelrotgoldene Farbe getunkt. Seine düsteren Gedanken, die ihn seit der Tat nicht mehr verlassen wollten, standen im krassen Ge-

gensatz zu der Naturidylle, die er während der Fahrt zu sehen bekam.

Er war schuldig geworden. Er hatte einen grauenhaften Mord begangen. Er hatte einen jungen Menschen getötet, ganz egal, wie schuldig dieser auch immer war. Er hatte ihn mit Vorsatz und kaltblütig umgebracht und sein Leben ausgelöscht.

Büchler tat der Magen schon wieder weh, und es wurde ihm übel vor körperlicher Schwäche. Morgens hatte er nichts gegessen, nur diesen schnellen, geschmacklosen Kaffee getrunken. Und davor die schlaflose Nacht. Für das alles verlangte der Körper nun sein Recht.

Um sich zu erholen und frisch zu machen, musste er dringend in seine Wohnung oder in irgendein Lokal. Aber so wie sein äußerer Zustand war, konnte er nirgendwo hingehen. Penibel achtete er auf sein Fahrtempo. Auf keinen Fall wollte er auffallen. Wenn sie ihn in diesem Zustand anhielten, vielleicht auch nur ganz zufällig, so verdreckt wie er jetzt aussah, dann war er geliefert. Dann war alles verloren. In seine Wohnung wollte er jetzt doch vorerst nicht zurück. In den letzten Tagen hatte es da in der Gegend mehrfach Polizeikontrollen gegeben. Er bog auf den Stadtring ab und fuhr dann links auf das Lauentor zu und von dort in Richtung Domplatz. Er parkte in einer kleinen Seitenstraße.

Irgendwo draußen auf einem Feld oder im Wald zu parken, den Gedanken hatte er gleich wieder verworfen, da würde er im Moment nur einschlafen, so fertig wie er war. Und wenn ihn dann jemand finden würde …

Von seinem Parkplatz aus konnte er jetzt in Ruhe die Passanten beobachten und einen großen Teil des Domplatzes überblicken. Er lehnte sich in seinen Sitz zurück und schloss kurz die Augen. In der einsetzenden Dunkelheit hasteten nur wenige Menschen die kleine Nebenstraße entlang. Niemand nahm Notiz von ihm oder beachtete seinen Wagen. Ganz still saß er mit geschlossenen Augen. Seine Gedanken kehrten immer wieder zurück zur kleinen weißen Kapelle. Erst jetzt merkte er, wie sein ganzer Körper schmerzte und wie anstrengend die letzten Stunden gewesen waren. »Nicht einschlafen«, pochte es in seinem Kopf, »nur nicht einschlafen, um Himmels Willen nicht einschlafen!«

Seine Augen waren vor Übermüdung ausgetrocknet und kratzig und fielen ihm immer wieder zu. Er war völlig ausgebrannt. Aber jetzt durfte er auf gar keinen Fall einschlafen, die Zeit bis zur völligen Dunkelheit musste er, wie auch immer, wach bleiben. Wenn man ihn fände, so wie er jetzt aussah… Er fing an, völlig unsinnige körperliche Ertüchtigungsübungen zu vollführen, um sich wach zu halten. Fuchtelte mit seinen Armen herum, zappelte mit den Beinen und schlug seine Hände aufs Armaturenbrett, um sich dann gleich wieder auf die Schenkel zu schlagen.

»Ich werde jetzt nicht einschlafen«, sang er in einer improvisierten Melodie laut vor sich hin. »Bei kompletter Dunkelheit kann ich über Schleichwege zurück in meine Wohnung fahren«, sang er weiter. »O sole mio, ich kenne einige Schleichwege, da habe ich noch nie einen Einsatzwagen der Polizei gesehen… dein ist mein ganzes Herz…« Er sang und sang. Dann schaltete er das Radio ein und hörte Popmusik. Für klassische Musik war er im Moment ganz und gar nicht aufgelegt.

Wenn er auf den Domplatz schaute, kamen ihm Geschichten in Erinnerung, die in ihrer Brutalität nicht sehr weit von seinem eigenen Blutrausch entfernt waren und ihn wachhielten. Schöne alte Gruselgeschichten, die vor vielen, vielen Jahren im spätmittelalterlichen Erfurt spielten. In seiner Schulzeit hatten sie ihn beeindruckt und durch ihre Grausamkeit gefesselt. Jetzt holte er sie aus seinem Gedächtnis wieder hervor, einfach, um wach zu bleiben. Da gab es einen Domherrn, der zum Barbier ging, um sich den Bart stutzen zu lassen. Da der Domherr aber 300 Gulden vom Domkapital dabei hatte, was er dem Barbier natürlich prompt erzählte, rasierte dieser nicht nur den Bart des Domherrn ab, sondern schnitt ihm auch gleich noch die Kehle durch. Dann verscharrte er den Domherrn in seinem Keller. 17 Jahre später kam es vor seinem Haus zu einem Menschenauflauf, der mit dem Barbier gar nichts zu tun hatte. Aber aus Angst, dass sie seinen Mord aufgedeckt hätten und ihn jetzt lynchen wollten, gestand er voreilig seine Tat. Er wurde daraufhin öffentlich hingerichtet. Büchlers Augen wurden jetzt immer schwerer. Da war auch noch die Geschichte mit den acht Dieben, die gehenkt werden sollten. Einen von ihnen, einen noch sehr jungen Mann, wollte man aber großzügig begnadigen. Der junge Mann jedoch bat darum, ebenfalls sofort gehenkt zu werden, denn er wollte mit seinen Kumpanen sterben und nicht womöglich alleine in einer anderen fremden Stadt. Denn natürlich, und das sollten sie alle wissen, würde er gleich wieder stehlen gehen. Er brauchte nicht lange zu bitten, sein Wunsch wurde ihm prompt erfüllt. So baumelten dann also alle acht Diebe im Wind hin und her.

Nur nicht einschlafen …, nur nicht einschlafen …

Unzählige solcher grausamer Geschichten gab es aus Erfurt, und seine Gedanken kreisten um Erzählungen, die genauso mörderisch waren wie seine eigene heutige Tat.

Nur weiter, immer weiter …

Nur nicht einschlafen …

Die Müdigkeit machte ihn völlig empfindungslos, und er spürte nicht einmal mehr seinen ramponierten Körper. Seine ausgetrockneten und brennenden Augen fielen ihm gerade in dem Augenblick zu, als seine Beifahrertür mit einem lauten Ruck aufgerissen wurde und ein junges asiatisches Mädchen sich neben ihn in den Sitz fallen ließ. Mit vor Angst weit aufgerissenen Augen verriegelte sie sofort die Tür.

»Bitte, bitte, helfen Sie mir«, flehte sie, als sie sich zu Büchler herumdrehte. »Sie wollen mich ermorden, sie wollen mich töten, bitte helfen Sie mir, bitte, bitte, bitte!« Weinend und schreiend rang sie ihre Hände.

Er war durch den plötzlichen Überfall mit einem Mal wieder hellwach und schaute die junge Frau überrascht an.

»Schnell«, rief sie, »nun fahren Sie doch schon los! Bitte, ich flehe sie an«, jammerte sie in gebrochenem Deutsch.

»Ja, ja, nun mal ganz ruhig« sagte Büchler hilflos, »nun mal ganz ruhig, so einfach ist das nicht.« Die ganze Sache stank ihm gewaltig. »Ich kann Ihnen jetzt auch nicht weiterhelfen. Das geht jetzt wirklich nicht. Also bitte, verlassen Sie sofort meinen Wagen«, und er öffnete mit einem Klick die Türen.

Im Rückspiegel sah er, wie vier asiatische Männer mit schnellen Schritten auf sein Auto zusteuerten. Er konnte sie nicht einordnen. Waren es Chinesen oder Vietnamesen? Oder gar Japaner?

Das Licht der Straßenlaternen reichte nicht aus, um das feststellen zu können. »Na, ist ja auch völlig egal«, dachte Büchler unwirsch, »sehen sowieso alle gleich aus. Das hat mir jetzt gerade noch gefehlt. Muss denn heute alles zusammenkommen? Das darf doch nicht wahr sein. Ich kann ihr doch in meiner Situation beim besten Willen nicht helfen. Das bringt mich zur Polizei auf die Wache. Und was dann?«

Die Männer kamen immer näher. Büchler startete seinen Wagen jetzt doch und fuhr mit der jungen Frau hinunter an den Fluss. Eine bessere Lösung fiel ihm in diesem Moment nicht ein. Bloß erst einmal weg von hier. Die paar Leute, die in der Straße unterwegs waren, hatten die Szene aufmerksam verfolgt. Er musste zusehen, dass er schnell wegkam.

Unten am Wasser griff er über die junge Frau hinweg und öffnete die Beifahrertür.

»Bitte, jetzt steigen Sie aber schnell wieder aus, ja.« Dabei schubste er sie fast aus dem Auto. »Ich kann nichts weiter für sie tun, also raus, raus, aber schnell.«

Sie starrte ihn an und erkannte jetzt erst, wie verkommen er aussah. Es war ihr anzumerken, welchen Schrecken sein Aussehen ihr einflößte. Panikartig flüchtete sie zur Brücke am Fluss. Noch bevor sie die Brücke erreichte, hatten die Verfolger das Mädchen schon eingeholt und nahmen sie brutal in ihre Mitte. Büchler sah Messer in ihren Händen aufblitzen. Das Mädchen schrie gellend um ihr Leben. Asiatische helle Männerstimmen waren daraufhin zu vernehmen. Nach Sekunden flüchteten die vier in Richtung Stadt, die sie in der Dunkelheit schnell verschluckte. Das Mädchen lag zusammengekauert auf dem Boden. Eine Blutlache bildete sich unter ihrem Bauch, die größer und größer wurde.

»Mein Gott, was ist das für ein verdammter Dreckstag«, dachte Büchler, »heute ist alles zum Kotzen. Was bin ich nur für ein verdammtes mieses Schwein! Warum kommt mir bloß immer wieder mein blödes Gewissen dazwischen? Ich kann nichts für sie tun. Ist sie tot oder vielleicht nur verletzt? Kann man ihr überhaupt noch helfen?«

Er startete seinen Wagen und fuhr einfach los. Im Rückspiegel sah er, wie einige aufgeregte Leute sich dem Mädchen vorsichtig näherten. Es war jetzt dunkel, deshalb konnte er sie nur noch schemenhaft erkennen. Nach allem was er an diesem Tag Grauenhaftes erlebt hatte, fühlte er sich jetzt total erschöpft. So, als ob der eine Tag viele erschöpfende Tage lang gedauert hätte. Völlig übermüdet fuhr er zurück in seine Wohnung.

26

Die beiden Polizisten der Erfurter Polizei standen vor der Herting'schen Haustür. Der Name auf dem Klingelschild war fast unleserlich. Sie klingelten und warteten, aber nichts geschah. Sie hatten Frau Herting schon vor Stunden angerufen und nachgefragt, ob ihr Sohn zuhause war. Sie klingelten noch einmal, und nach einigen Minuten öffnete sich ein Fenster. Gisela Herting lehnte sich über die Brüstung und schaute herunter.

»Ja, bitte, was gibt's denn?«, rief sie.

»Sind Sie Frau Herting?«

»Ja, die bin ich.«

»Können wir Sie mal sprechen?«

Frau Herting sah jetzt, dass es Polizisten in Uniform waren, die da unten standen. »Ja, gut«, willigte sie ein, »ich drücke mal, und dann kommen Sie doch bitte herauf in den dritten Stock.« Der Türöffner summte.

»Na, Mensch«, keuchte einer der Beamten, als er endlich oben angekommen war, »drei Stockwerke und ein kaputter Fahrstuhl.«

»Musst eben mal ein bisschen mehr trainieren, lieber Herr Kollege, nicht immer nur Bier trinken.«

Frau Herting öffnete vorsichtig die Tür. »Was gibt's denn, meine Herren?«, fragte sie.

»Wohnt bei Ihnen Sebastian Herting?« keuchte der Polizist, dem die drei Stockwerke zu viel gewesen waren.

»Das ist mein Sohn. Sebastian, komm doch mal her«, rief sie mit kräftiger Stimme in die Richtung der kleinen Treppe, die in das Zimmer ihres Sohnes führte. »Hat er was angestellt?«, wendete sie sich dann wieder an die Polizisten, »er ist immer so verschlossen, wissen Sie.«

»Na, machen Sie sich mal keine Sorgen, das werden wir schon feststellen«, sagte der eine.

»Wo ist er denn bloß?«, wunderte sich Frau Herting. »Sebastian, Besuch für dich, komm doch mal herunter! Kann natürlich sein, dass er gar nicht da ist«, erklärte sie dann. »Vielleicht ist er in der Musikhochschule oder in der Oper. Er meldet sich nicht immer bei mir ab, soll er ja auch gar nicht. Sie brauchen doch ein bisschen Freiheit, diese jungen Leute, brauchen sie doch, nicht wahr? Auch wenn es mir manchmal schwer fällt, das zu sagen, aber ich finde, diese Generation ist etwas lieblos geworden. Finden Sie nicht auch?« Sie blickte die Polizisten mit einem Lächeln an. »Mich hat schon ein Kollege von Ihnen angerufen und mir gesagt, dass Sie Sebastian sprechen wollen. Na, er scheint wirklich nicht in seinem Zimmer zu sein, da müssen Sie wohl noch mal vorbeikommen.«

»Wann kommt er denn normalerweise nach Hause?«, fragte der eine Polizist.

»Meistens ist er so gegen fünf wieder hier.«

»Gut, dann entschuldigen Sie mal, Frau Herting, wir kommen dann später noch mal vorbei.«

Die Wohnungstür fiel ins Schloss, und die Polizisten gingen die drei Stockwerke wieder hinunter.

»Na, runter geht's leichter, nicht wahr, Herr Kollege?«

»Na klar, runter kommen sie immer.« Beide lachten.

Zurück auf der Polizeiwache, berichteten sie von ihrem Einsatz. »War keiner da, Chef, die Mutter sagt, vielleicht ist er um 17 Uhr wieder zurück, wir fahren dann nochmal bei ihm vorbei. Eigentlich ganz nett, diese Frau Herting. Kann man gar nicht glauben, dass sie so einen Sohn hat.«

Kommissar Hansen von der Erfurter Wache guckte die beiden Polizisten an. »Na, noch ist ja nichts bewiesen, ist ja bis jetzt nur eine Vermutung, nicht?«

»Aber es scheint doch ziemlich klar zu sein, dass er der Mörder ist, oder?«, fiel der Polizist seinem Chef ins Wort.

»Na ja, warten wir's ab. Schieb mir doch mal das Telefon rüber«, sagte der Kommissar, »muss mal den Profiler in Eisenach anrufen.«

Nach dreimaligem Klingeln wurde abgenommen. »Ja, hallo, Herr Müller, wie geht's denn so in Eisenach?«, fragte Hansen freundlich. »Meine Leute waren inzwischen hier bei der Familie Herting, aber der Junior war nicht da. Die gehen noch mal um 17 Uhr bei ihm vorbei, sollen wir davor noch irgendwas für Sie erledigen?«

»Nein, vielen Dank für Ihre Hilfe«, sagte der Profiler. »Ich werde die Leute von der Spurensicherung schon mal informieren. Wenn die was finden, dann wissen wir's ganz genau«, erklärte Hansen noch. »Und Sie rufen doch sicher Hauptkommissar Wellmann an und geben ihm das Ergebnis von der Spurensicherung durch, nicht wahr?«, vergewisserte sich Müller.

»Aber selbstverständlich, das mache ich sofort, das ist doch klar. Also, dann bis später.« Hansen legte den Hörer auf. »Na, bald ist er fällig«, der Kommissar rieb sich die Hände, »schärft schon mal dass Fallbeil!«

Um 17 Uhr waren sie mit der Spurensicherung wieder bei Frau Herting. Die Großfahndung war längst angelaufen, hatte aber noch kein Ergebnis gebracht. Der Polizist, immer noch wütend über die drei Stockwerke, keuchte sich langsam hoch, und man hörte an seinem rasselnden Husten, dass seine Bronchien das überhaupt nicht mochten. Frau Herting ließ sie herein.

»Meine Herren, das tut mir aber wirklich leid, er ist immer noch nicht da, und ich kann ihn auch gar nicht über sein Handy erreichen. Es kommt mir so vor, als ob das Handy keine Verbindung hat, komisch nicht, na, manchmal gibt's ja so'n Loch.«

»Gut, Frau Herting. Meine Kollegen hier wollen sich ja auch nur mal in seinem Zimmer umsehen. Ist das erlaubt?«

»Ja, aber selbstverständlich meine Herren. Aber ich verstehe nicht, warum wollen Sie sich denn bei ihm umsehen? Ist denn irgendetwas mit ihm passiert? Jetzt machen Sie mich aber doch etwas unruhig.«

»Nein, Frau Herting, wir wollen uns nur mal umsehen. Wir haben übrigens sein Auto gefunden. Deshalb forschen wir nach, wo er sich aufhalten könnte. Er wird ja wohl nicht lange auf sein Auto verzichten wollen, nicht wahr? Also wird er auch bald wieder auftauchen. Machen Sie sich nur keine unnötigen Sorgen. Es wird sich schon alles aufklären.«

»Sein Zimmer ist da, die kleine Treppe rauf.« Sie zeigte nach oben. »Bleiben Sie ruhig so lange, wie Sie es für richtig halten.«

»Das ist nett. Vielen Dank, Frau Herting.«

In Sebastians Zimmer machten sich die KTU-Leute sofort an die Spurensicherung.

»Ist ja alles blitzblank sauber hier, alles piekfein an seinem Platz. Sehr ordentlich«, sagte einer der Techniker.

»Ja, kommt mir direkt ein bisschen spießig vor. In dem Alter so eine Ordnung, ist doch irgendwie auch nicht richtig, oder? Wie passt denn das mit den Morden zusammen?«

»Frag doch mal einen Psychiater, die wissen doch immer alles«, flachste sein Kollege.

Die Kriminaltechniker waren schnell durch mit ihrer Arbeit. Sie hatten im Bett Haare und auch Spermaspuren sichergestellt. Das reichte für eine DNA-Analyse.

»Frau Herting«, sagte einer der Polizisten, als sie die kleine Wendetreppe herunter gingen, »Sie sind erlöst von uns, wir gehen dann wieder. Können Sie uns vielleicht noch ein Foto von Ihrem Sohn Sebastian mitgeben? Das würde unsere Nachforschungen doch sicher beschleunigen.«

»Ja, warten Sie mal, ich habe hier ein sehr schönes Foto von ihm.« Sie holte ein gerahmtes Porträt, das auf dem kleinen Sekretär in der Ecke gestanden hatte, und gab es dem Polizisten. »Das können Sie erst mal behalten. Na, dann machen Sie's mal gut, meine Herren, und noch einen schönen Abend für Sie«, sagte sie schon wieder ganz unbekümmert.

Der Polizist mit dem Foto schaute sich in der Tür noch einmal um: »Sie sind wirklich eine sehr nette Frau, liebe Frau Herting. Also dann mal tschüss.«

Es vergingen einige spannungsreiche Tage, aber dann hatten sie die Ergebnisse. Die DNA-Proben passten zusammen. Bei allen drei Morden wurde derselbe Code gefunden, der mit den Proben aus der Wohnung übereinstimmte. Sie hatten ihn! Es gab überhaupt keinen Zweifel mehr. Sebastian Herting war der Mörder. Kommissar Hansen wählte die Telefonnummer von Kommissar Wellmann.

»Also, lieber Herr Kollege, wir haben ihn. Oder besser gesagt, wir haben seine DNA. Er selbst ist ja wie vom Erdboden verschluckt. Nun müssen wir das Dreckstück nur noch festnehmen«, meinte Hansen zu Wellmann.

»Ich kann mich dann auch gleich von Ihnen verabschieden«, sagte der Profiler. Wellmann hatte den Lautsprecher zum Mithören eingeschaltet. »Sagen Sie doch dem Hansen einen schönen Gruß. Das Ganze hat ja jetzt eine Wendung genommen, bei der Sie mich nicht mehr brauchen.«

»Sehen Sie, lieber Kollege Hansen, was Sie da angestellt haben …«, Wellmann lachte in den Telefonhörer hinein. »Sie nehmen mir einfach die einzige Unterhaltung weg, die ich hier in unserem kleinen Nest hatte. Also, lieber Hansen«, und er sagte das mit einem leicht bedrohlichen Unterton, »wir sprechen uns noch.« Damit wendete er sich dem Profiler zu.

»Ja, lieber Herr Müller, da wird man ja richtig wehmütig, wenn Sie es so eilig haben, sich von uns zu verabschieden. Aber ich will mich jetzt noch nicht damit abfinden. Bleiben Sie noch etwas bei uns, tun Sie uns einfach den Gefallen. Das mit dem Abschied, das machen wir dann sehr tränenreich, wenn wir den Mörder haben.«

»Also, wir werden zwei Streifen vor die Haustür stellen, die sich alle vier Stunden ablösen«, wies Kommissar Hansen seine Kollegen an. Irgendwann wird das Bürschchen ja zurückkommen. Lehmann und Schulze übernehmen die erste Wache. Aber stellt euch da nicht so auffällig hin wie Humphrey Bogart im Film. Ein bisschen mehr Delikatesse, meine Herren.«

Eine halbe Stunde später fuhr die erste Schicht zu den Hertings. Gegenüber dem Wohnhaus stand eine Baumgruppe, von der aus sie das Haus unauffällig beobachten konnten. Den Wagen hatten sie einige Straßen weiter abgestellt.

»Warum musste er gerade mich aussuchen«, maulte der etwas behäbige Polizist Lehmann, »mir haben sie erst vor kurzem eine Krampfader aus dem Bein operiert, und jetzt muss ich hier vier Stunden rumstehen.«

»Na, Spaß macht mir das auch nicht, das kannst du mir glauben«, antwortete Schulze. »Hättest du dich in der Schule etwas mehr angestrengt, müsstest du jetzt hier nicht rumstehen. So einfach ist das.«

»Ach …, was du nicht sagst. Stehst doch selber hier rum. So einfach ist das.« Sie lachten beide.

Nach vier Stunden kam die ersehnte Ablösung. Die Nacht über und den nächsten Tag ging die Überwachung weiter. Sebastian Herting ließ sich nicht blicken. Aus dem kleinen Funkgerät plärrte Hansen etwas verzerrt, es solle doch mal einer gehen und fragen, ob die Herting inzwischen schon irgendetwas von ihrem Sohn gehört hätte. Einer der beiden Streifenpolizisten klingelte und ging zu Frau Herting hoch.

»Nein, ich habe auch noch gar nichts gehört. Komisch, nicht? Vielleicht ist ihm was passiert«, sagte Frau Herting, die jetzt sehr besorgt war. »Er kommt doch sonst immer abends nach Hause. Sein Handy ist wohl immer noch im Loch. So 'n Schiet. Gibt doch so Übertragungslöcher, wo man keinen Empfang mehr bekommt. Kennen Sie doch auch, nicht? Wo ist er denn bloß?«

»Ja, das wissen wir eben auch nicht, Frau Herting. Aber es wird sich schon aufklären, auf Wiedersehen.«

»Auf Wiedersehen, Herr Wachtmeister.«

Als der Polizist die Treppen herunterging, dachte er: »Diesen Ausdruck habe ich auch schon lange nicht mehr gehört, Herr Wachtmeister! Das kommt noch aus dem Mittelalter, noch vom Nachtwächter: *Hört ihr Leut' und lasst euch sagen …*«

Er rief den Kommissar an. »Nein, die Mutter weiß auch von nichts, er hat sich noch nicht bei ihr gemeldet. Der Bursche ist wie vom Erdboden verschluckt. Na gut, dann müssen wir weiter Wache schieben. Was sagen Sie? Die ganze Stadt wird nach ihm durchkämmt? Ja, der muss doch zu finden sein!«

27

Büchler kam über Schleichwege endlich nach Hause. Ob seine Frau schon da war? Das war im Moment seine größte Sorge. Nein. Wahrscheinlich noch nicht. Sie wollte ja nicht vor Mitternacht kommen, erinnerte er sich. Er sah auf seine Armbanduhr: erst zehn Uhr. Leise schloss er auf und ging einmal durch die Wohnung. Nachdem er sich vergewissert hatte, dass Andrea wirklich noch nicht zuhause war, fiel er in einen Sessel. Er war ausgepumpt und sterbensmüde. Sein ganzer Körper tat ihm weh. Von oben bis unten schmerzte ihn jeder einzelne Muskel. Dann aber schreckte er plötzlich aus dem Sessel wieder hoch. Er musste unglaublich verdreckt aussehen. Wenn sie ihn so fände!

Rasch ging er ins Badezimmer. Das Gesicht, das ihn aus dem Spiegel ansah, war mit Erde, Dreck und Schweiß fast wie mit einer festen Maske überzogen. Er sah noch viel grauenhafter aus, als er sich vorgestellt hatte. Schnell ging er unter die Dusche und ließ das Wasser zuerst heiß und dann ganz langsam immer kälter über seinen Körper laufen. Er liebte seine Verveine-Seife aus der Provence mit dem frischen Zitronengeruch, den er jetzt großzügig auf seiner Haut verteilte. Minutenlang seifte er seinen ganzen Körper wie besessen ein, so, als wolle er seine Tat für immer herunterwaschen. Dann prustete er, holte tief Luft und fühlte sich bald wunderbar erfrischt und wie befreit. Danach trocknete er sich ab und holte sich neue Unterwäsche, ein Hemd und eine leichte Hose aus dem Kleiderschrank. Die verdreckten und verschwitzten Sachen, die er den ganzen Tag getragen hatte, stopfte er sofort in die Waschmaschine. Als er sie einschaltete, musste er an die arme kleine Asiatin denken. »Ich hätte mit ihr vielleicht noch weiterfahren sollen, irgendwohin, einfach weiter raus aus der Stadt. Ja, das wäre wohl besser gewesen.« Aber in dem Moment hatte er nur an seine eigene verworrene Situation gedacht.

Langsam wurde er ruhiger und blickte in die Bäume vor seinem Fenster. Er musste sich zwingen, wieder Ordnung in sein Denken zu bekommen. Einerseits war er völlig übermüdet, andererseits aber von den Erlebnissen der letzten Stunden immer noch aufgekratzt, sodass es ihm schwerfiel, sich zu konzentrieren. Er stand auf und ging im Zimmer auf und ab. All das, was er immer verdrängt hatte, würde er jetzt tun können. Daran hatte er schon die ganze Zeit gedacht, auch in der kleinen Kirche. Den Gedanken konnte er schon während des Mordes nicht unterdrücken: alles erleben, ohne dass er sich auch nur irgendetwas verbieten müsste.

»Ja, ich kann jetzt gerade so leben, als wäre ich gar nicht auf dieser Welt. Mich gibt's ja nicht. Ich bin jetzt Sebastian Herting und nicht mehr Andreas Büchler.« Er gluckste vor Vergnügen.

Aber dann wurde er wieder ernst. »Nein, ich bin ein altes, unmoralisches Schwein. Einfach widerlich. Ekelhaft, was aus mir geworden ist. In so kurzer Zeit. Einfach ekelhaft. Aber es ist jetzt nicht mehr zu ändern. Auch die Oper meines Lebens läuft auf das Finale zu. Aber das Finale hat kein Happy End. Ein Happy End kann es nicht mehr geben.« Er setzte sich wieder. »Und die Polizei? Ja!« Er lachte laut und provozierend. »Für die Polizei würde es natürlich so aussehen, als ob der Herting die Morde auf dem Gewissen hätte.«

Als er an die jungen Mädchen dachte, die er jetzt haben konnte, kroch etwas in ihm hoch, was er rational nicht festmachen konnte. Aber es übertönte bei weitem alles andere.

»Solange sie den Herting nicht finden, kann ich machen, was ich will!«, lachte er dann wieder leise vor sich hin. »Und sie werden ihn nicht finden. Wer soll ihn denn da suchen, dort draußen bei der kleinen Kirche? An dem Ort wird ihn kein Mensch vermuten. Na, und wenn schon! Selbst wenn sie ihn dort finden, wird mich niemand verdächtigen. Ich habe keine Spuren hinterlassen.«

Das Buch fiel ihm plötzlich ein, sein Roman. »Das muss ich vernichten, das hat es nie gegeben. Und Andrea? Sie hat doch kaum etwas gelesen, nur immer ein paar Häppchen. Sie kennt den Fall ja überhaupt nicht, diesen Doppelgängerfall, dieses völlig verrückte Déjà-vu. Von ihrer Seite kann es also nicht gefährlich werden. Ich muss sofort die Daten löschen. Eigentlich schade drum …«, er grinste. »Aber die Realität, die sich mir jetzt anbietet, die ist in keinem Buch zu beschreiben.«

Er überdachte noch einmal die letzten Stunden, konnte aber keinen Fehler erkennen. Nein, es war alles richtig und gut gelaufen. Die Müdigkeit übermannte ihn, und auch dieses alles bestimmende Gefühl war wieder verschwunden. Während er gähnte, machte sich Zufriedenheit in ihm breit. Schwerfüßig ging er ins Schlafzimmer. Die Müdigkeit zog ihn hinunter in eine andere Welt und löste seine Gedanken auf. Erschöpft schlief er ein.

Aus einem ohnmachtsähnlichen Schlaf wurde er vom Krach an der Wohnungstür geweckt. Andrea kam mit ihrer Freundin lachend hereingestürmt. Der Wecker zeigte ein Uhr mittags an, so lange hatte er völlig erschöpft durchgeschlafen.

»Hallo, mein Engelchen, du kennst doch die Uta«, und damit kam Andrea frisch wie ein mittlerer Nordseesturm ins Schlafzimmer gelaufen. »Ich habe die Nacht bei Uta geschlafen. Wir haben uns gestern Abend völlig verquatscht. Ich habe noch angerufen, aber du warst wohl schon im Bett. Geht es dir nicht gut, mein Engel, du verpasst noch deine Patienten.«

»Doch, doch, mir geht es gut. Ich war nur todmüde«, brachte Büchler heraus.

»Weißt du, Engelchen, Uta ist auch an der Uni und eine gute Freundin. Sie liebt den Professor Tegelmann genau so doll wie ich«, schwatzte Andrea weiter und setzte ein betont gespieltes Lächeln auf. »Vom *Tannhäuser* versteht er wirklich mehr als vom Tell. Von dem *Tannhäuser* hat er uns heute Vormittag Sachen erzählt, na, da würdest du aber staunen. Was da im Vorspiel so alles passiert, das ist ja wirklich der reinste Porno.«

Büchler war inzwischen aufgestanden und ins Badezimmer gegangen, während Andrea weiter redete und es sich mit ihrer Freundin im Wohnzimmer gemütlich machte. »Kein Regisseur der Welt hat das jemals so auf die Bühne gebracht, keiner«, rief sie ihm in Richtung Badezimmer zu, wo er inzwischen das Duschwasser angestellt hatte. »Nachher, mein Engelchen«, und sie schrie es jetzt fast zu ihm herüber, »spiele ich dir im Schlafzimmer den ganzen Venusberg vor, so wie Richard ihn eigentlich haben wollte, das verspreche ich dir. Die Regisseure sind ja alles Arsch …, nein, … besser nicht. Wir sind ja schließlich eine kultivierte Familie. Aber die verstehen wirklich nichts von dem Stück. Du kennst meine Abgründe, dagegen ist der Tannhäuser der reinste Mönch. Freust du dich schon?« Die beiden Frauen schauten sich an und kicherten wie kleine Schulmädchen. »Ich soll dich übrigens ganz herzlich von Mama grüßen«, rief sie noch hinterher.

Andreas hatte sich nach dem Duschen ein Handtuch um seinen Bauch gewickelt und ging jetzt ins Schlafzimmer, um sich umzuziehen. Immer noch todmüde, ging er dann ins Wohnzimmer, um Uta zu begrüßen.

»Ach, weißt du, Liebling«, stotterte er, zu seiner Frau gewandt, herum, »ich bin im Moment nicht so gut drauf, amüsiert euch noch ein wenig, ich gehe ein bisschen spazieren, ich brauche dringend frische Luft.«

»Gut, mein Engelchen, aber dann bring mir doch endlich mal den Heuchlerbesen mit, ja? Vielleicht ist ja noch ein Blumenladen auf. Heute ist Sonnabend. Bitte, vergiss ihn nicht schon wieder, du hast ihn mir schon gestern versprochen, du Heuchler.«

Er schaute die Frauen kurz an. »Ja, ja, ich werde daran denken, ich verspreche es dir.« Wie immer schloss er die Tür leise hinter sich und ging hinunter auf die Straße.

28

Der nächste Tag verging für Büchler eigentlich völlig belanglos. Er hatte einige Patiententermine, und seine Frau war bis zum frühen Abend in der Uni. So gegen fünf Uhr kam sie mit ihrer Freundin Uta zurück. Er hatte jetzt keine Nerven für einen unbeschwerten Small Talk und wollte lieber alleine etwas trinken gehen. Es gab da ein kleines Bistro am Ende der Straße, und er wusste, dass er dort von Andrea ungestört bleiben würde, weil ihr das Lokal nicht sympathisch war.

»Ich gehe mal ein Bier trinken, bin in einer Stunde wieder zurück«, verabschiedete er sich mit einem leichten Kuss.

«Ja, tschüss, Engelchen.«

Andrea wendete sich ihrer Freundin zu. »Uta, ich mach mich schnell etwas feiner für heute Abend, ja?«

Die beiden Frauen wollten nach der Oper noch auf eine Modeparty gehen, und Uta hatte sich bereits schick angezogen.

»Mach's dir doch einen Moment ohne mich gemütlich«, forderte Andrea ihre Freundin auf, bevor sie im Badezimmer verschwand. Nach geraumer Zeit kam Andrea mit einer Kanne Kaffee und zwei Tassen zurück.

»Mein Gott«, staunte Uta, als sie ihre Studienfreundin ansah, »was hast du denn da für ein hübsches Kollier um deinen Hals? Sind die alle echt? Doch wohl kaum, oder?«

»Na ja«, druckste Andrea herum, »die sind echt, doch, die sind schon alle echt.«

»Andrea, so etwas Schönes habe ich selten gesehen! Wer hat dir denn diese Superklunker geschenkt?«

Andrea ließ die Brillanten durch ihre Hände gleiten: »Tja, meine Liebe, die habe ich auch sehr gerne, ich liebe sie geradezu, oder besser gesagt, ich liebe jeden Einzelnen von ihnen. Du weißt doch, ›Diamonds are a girl's best friend‹«, sie lachten sich an.

Andrea hatte ihr Kollier abgenommen und spielte liebevoll mit den Steinen. »Hast du denn die Klunker von einem Mann bekommen oder von verschiedenen Männern?«, erkundigte sich Uta. »Das wäre ja ein sehr großzügiges Geschenk, wenn es dir nur ein Mann geschenkt hätte. Sie sind doch, soweit ich es erkennen kann, beide fast gleich groß!«

Uta nahm Andrea das Kollier aus der Hand und sah sich die Steine noch einmal aus der Nähe an. »Und doch sind sie etwas unterschiedlich, wie ich jetzt sehe«, stellte sie fest. »Sind sie also von zwei Männern, ja? Nun sag doch schon, ich bin doch so furchtbar neugierig. Du scheinst ja eine ganz schlimme Vergangenheit zu haben«, und Uta drohte ihr schelmisch mit dem Zeigefinger.

»Ja, siehst du«, fiel ihr Andrea ins Wort, »das sind sozusagen die Geheimnisse meines Lebens, die glänzenden Geheimnisse meines Lebens. Also, pass auf, ich schenke dir erst mal einen Kaffee ein, und dann erzähle ich dir zwei schöne und zum Teil auch sehr traurige Geschichten. Wir sind ja schon ein paar Monate befreundet, aber eigentlich weißt du ja nicht viel über mich, stimmt's? Komisch, dass wir uns noch nie so richtig über Männer unterhalten haben. Also, gut«, zierte sich Andrea in gespielter Zurückhaltung. »Wir haben ja noch ein bisschen Zeit, ehe wir los müssen.«

Uta rührte in ihrem Kaffee, nachdem sie einen zweiten Schuss Sahne in ihre Tasse gegeben hatte. »Ja, sehr gerne, da bin ich aber gespannt, nun erzähl doch endlich.«

Andrea lehnte sich in ihrem Sessel zurück und blickte versonnen auf das Bild an der Wand, das ein altes Segelschiff im Sturm darstellte. »Also, ich fange mal an. Mit 25 war ich zum ersten Mal verheiratet. Ich war sehr verliebt, und mein Martin war ein toller Mann. Du weißt schon, wie ich das meine.« Uta lächelte sie frivol an und nickte ihr vielsagend zu. »Übrigens, damit du es gleich weißt. Andreas kennt die Geschichten, die ich dir jetzt erzähle, schon in- und auswendig. Also, Martin war Designer und gut im Geschäft. Im Sommer fuhren wir jedes Jahr an die Nordsee, nach Sylt. Wir hatten immer dieselbe Mietwohnung in Morsum. Auf Sylt ist das nicht die tollste Adresse, aber wir wollten uns für die Zukunft einiges aufbauen und lebten sparsam. Der Urlaub auf der Insel war immer wunderbar, und wir hatten eine unbeschwerte, supertolle Zeit. Manchmal fuhren wir an den Südzipfel, um diese leckeren Fischbouletten zu essen, oder wir lagen den ganzen Tag einfach stinkfaul am Strand herum. Die Sonne meinte es gut mit uns, und wir waren rundum glücklich. Martin hatte im Juli Geburtstag, also immer in unserem Urlaub. Er war Krebs.«

»Ach, ein kleiner Krebs, und ich bin Skorpion, Martin hätte auch sehr gut zu mir gepasst«, unterbrach Uta lachend ihre Freundin.

»Ja, vielleicht, aber ich erzähle erst mal weiter. In dem Sommer, als wir mit Freunden seinen 37. Geburtstag feierten, gingen wir abends in ein piekfeines Restaurant und aßen absolut traumhaften Fisch und weitere Sylter Spezialitäten. Wein, Champagner und Schnäpse flossen in Strömen. Später haben wir in einer Bar weitergefeiert, und ich glaube, es war so gegen sechs Uhr morgens, als wir völlig groggy und betrunken ins Bett fielen. Gegen Mittag mussten wir schon wieder aufstehen, denn wir hatten verabredet, dass wir den Geburtstag nachmittags mit unseren Freunden am Strand ausklingen lassen wollten.« Andrea unterbrach sich, um abwesend an ihrem Kaffee zu nippen. »Wir waren total übermüdet, und das Aufstehen fiel uns wirklich schwer, verkatert wie wir waren, na ja, kannst du dir ja vorstellen«, sagte Andrea lächelnd und fuhr fort: »Zwei der Freunde brachten sogar noch belegte Brötchen, Sekt und Bier mit an den Strand, und es wurde in der Sonne, bei rauschender Nordseebrandung völlig crazy und vom Vorabend noch leicht alkoholisiert, weiter gefeiert. Es war wirklich wie im Paradies. Wir waren glücklich und lustig wie die Kinder, und nach einigen Gläsern Sekt rannten alle übermütig ins Wasser, um sich zu erfrischen. Martin war ein sehr guter Schwimmer, und er kraulte mit kräftigen Schlägen allen davon. Wahrscheinlich wollte er ein bisschen angeben. Die anderen schwammen hinter ihm her, bis sie ihn plötzlich nicht mehr sahen. Er war verschwunden und tauchte nicht wieder auf …«, Andrea machte eine dramatische Pause.

»Wir alarmierten die Strandwache. Zwei Rettungsschwimmer rannten ins Wasser und schwammen in die Richtung, in der er verschwunden war. Nach fast einer Stunde musste die Rettungsaktion jedoch ergebnislos abgebrochen werden. Martin musste ertrunken sein. Am nächsten Tag fand man ihn bei Ebbe auf dem Watt. Es war furchtbar«, erinnerte sich Andrea ernst. »Für mich brach die Welt wie ein Kartenhaus zusammen. Alle Pläne, die wir für unsere gemeinsame Zukunft gemacht hatten, waren plötzlich sinnlos, alles war 'gone with the wind'. Ich lag nachts lange wach im Bett, und ich konnte es einfach nicht glauben. Es kam mir vor, als hätte ich einen bösen Traum geträumt, bis mir morgens immer wieder klar wurde, dass Martin wirklich nicht mehr da war. Obwohl er noch relativ jung war, hatte er schon vor Jahren sein Testament gemacht. Eigenartig, findest du nicht …?«, fragte Andrea ihre Freundin. »Denkst du, er hat vielleicht etwas geahnt? Wer macht denn schon sein Testament in so jungen Jahren?«

Uta, die von der tragischen Wendung der Geschichte überrascht worden war, hob hilflos die Schultern.

»Na, wie auch immer«, fuhr Andrea fort, »er hatte darin festgelegt, dass er verbrannt werden wollte. Das zu veranlassen, war dann auch mein letzter Liebesdienst. Ja, das klingt kalt und sehr realistisch, ich weiß, Uta, du schaust mich so eigenartig an. Aber alles, was nach dem Tode kommt, ist leider sehr realistisch auch gerade für die Angehörigen.«

»Ach, du lieber Gott, Andrea! Das muss ja wirklich furchtbar für dich gewesen sein«, sagte Uta und nahm noch einen Schluck Kaffee. »Wenn man seinen Mann auf eine so tragische Weise verliert, furchtbar … Sag mal, wo hast du eigentlich deinen Zucker?«

Andrea lächelte sie an. »Warte einen Moment, du Realistin.«

Andrea ging zum Regal, das gegenüber stand und holte eine Zuckerschale aus Meissener Porzellan.

»Hier, da ist auch Süßstoff dabei.« Sie setzte sich wieder und erzählte weiter: »Bei der Obduktion haben sie dann festgestellt, dass er im Wasser einen Herzinfarkt bekommen hatte. Der verrückte, überdrehte Geburtstag mit viel zu viel Alkohol, dazu dann auch noch der Sekt in der Sonne am nächsten Tag und überhaupt die ganze körperliche Überanstrengung, das war wohl zuviel für den Armen.« Uta blickte Andrea mitleidsvoll an. »Aber ich bin mit der ganzen Geschichte noch nicht am Ende, meine Liebe. Du musst mir schon noch einen Moment zuhören. Also. Ich war dann die nächsten vier Jahre wieder allein. Nach meinem zweiten Staatsexamen war ich als Partnerin in einer Anwaltskanzlei selbständig, wo ich auch während der Ehe mit Martin weitergearbeitet habe. Das war, denke ich, damals ein guter Entschluss, denn wir wollten ja beide etwas zu unserer Zukunft beitragen. In den ersten Jahren wollten wir richtig ranklotzen, und später sollten dann Kinder und Familie Vorrang haben. So hatten wir uns das damals gedacht.« Andrea zuckte resigniert die Achseln.

Uta hob dozierend den Zeigefinger: »Ja, ja meine Liebe, heutzutage sollte man auch als Frau immer im Beruf bleiben. Na, erzähl doch mal, wie ging es dann weiter?«

»Es hat dann vier Jahre gedauert, bis ich wieder einen äußerst charmanten Mann kennengelernt habe. Einen Spanier! Dass er Spanier sei, das durfte ich ihm allerdings nie sagen. Wenn er das hörte, wurde er sofort wütend. Er war auf Mallorca geboren, na, und was meinst du, was das für ein Unterschied ist. Das ist um Gottes willen nicht Spanisch, was die da sprechen. Nein, nein, das ist Katalanisch oder eigentlich Mallorquin, ein katalanischer Dialekt! Was glaubst du, was er mir da immer erzählt hat! Am liebsten wäre ihm gewesen, dass die ganze Welt Mallorquin spricht. Nach einiger Zeit ging mir das wirklich auf die Nerven. Das ist doch wohl völlig anachronistisch.

Wir versuchen, ein Europa zu bauen, und die streiten sich ernsthaft um solche mittelalterlichen Kleinigkeiten herum. Das wäre doch so, als wenn die Kinder auf Sylt in der Schule wieder Friesisch lernen müssten, aber gefälligst Friesisch als Hauptsprache, vor Deutsch. Ist das nicht völlig verblödet?« Andrea hatte sich in Rage geredet.

»Ja, anachronistisch und blöd«, bestätigte Uta, »da hast du völlig recht. Manchmal versteht man die Männer eben nicht, manchmal sind sie wie die kleinen Kinder.«

»Ach, Uta, das macht sie doch gerade so süß, und wir lieben doch Kinder über alles«, witzelte Andrea. »Sag mal, ich habe da noch eine halbe Flasche Prosecco im Kühlschrank, wollen wir die trinken? Meine Geschichte geht ja noch weiter, und ich verdurste beim Erzählen.« Schon war sie unterwegs, um die Flasche zu holen. »Es ist ja sogar eine ganze Flasche, sieh mal. Na, wir werden die schon schaffen, meinst du nicht auch?«

»Bestimmt!«, strahlte Uta. »Machen wir uns einen schönen Nachmittag. Man muss die Feste feiern, wie sie fallen.« »Hauptsache, feste feiern«, lachte Uta. »Also, erzähl' mir mal die Geschichte mit deinem Torero, olé!«

Uta war aufgestanden, klatschte mit hocherhobenen Armen in die Hände und stampfte mit den Füssen auf den Boden.

Andrea applaudierte begeistert. »Also, komm, setz dich mal wieder. Manuel hatte auf Malle ein wunderschönes Restaurant in Sóller. Wirklich, super Essen und ein richtig tolles Ambiente. Diese herrliche Insel, unsere Liebe und das tolle Essen, was konnte paradiesischer sein? Das Dolce Vita plätscherte nur so dahin. Ich nahm natürlich sofort Spanisch-Unterricht, und uns ging es richtig gut zusammen. Ab und zu musste ich zurück nach Deutschland fliegen, um für die Kanzlei zu arbeiten, aber ich flog immer seltener, half dafür im Restaurant mit. Und dann fingen Ende der neunziger Jahre durch die Euro-Umstellung auf einmal die Probleme an. Das Leben war so teuer geworden, dass immer weniger neue Gäste kamen, und dann blieben auch die Stammgäste aus. Sie bruzelten sich ihr Hähnchen lieber selber auf ihren Marmorterassen. Vorher war das Restaurant jeden Abend völlig ausgebucht gewesen, und einen Platz gab's nur, wenn du lange vorher reserviert hattest. Aber das war plötzlich ganz anders geworden. Nun hängt an so einem Restaurant ja auch eine ganze Menge Personal, das ständig da sein muss, auch wenn vielleicht nur zwei oder drei Tische besetzt sind. In den folgenden eineinhalb Jahren mussten wir die meisten Angestellten entlassen, weil uns die Kosten einfach auffraßen. Kurz gesagt, wir waren nach zwei Jahren pleite. Selbst die so genannten guten Leute kamen nicht mehr. Wir waren am Ende unserer finanziellen Möglichkeiten.

Manuel ging das wirklich sehr an die Nieren. Er wurde immer stiller und zog sich völlig in sich selbst zurück. Mich beunruhigte das natürlich sehr, zumal ich ja auch nicht wusste, wie es überhaupt weitergehen sollte. Wir hätten nach Deutschland gehen können, natürlich. Ich hätte wieder in meinem Beruf als Anwältin gearbeitet und uns damit über Wasser gehalten. Ich schlug ihm das auch mehrere Male vor, aber du kennst die Mallorquiner nicht. Sie leben noch auf der Scholle, für sie ist die Heimaterde etwas Heiliges. Ihr geliebtes Mallorca verlassen sie nicht. Ohne Mallorca können sie einfach nicht leben. Verständlich bei dieser wunderschönen Insel. Manuel hat also in den kommenden Monaten noch manches versucht, um wenigstens ein bisschen Geld zu verdienen, aber alles ging irgendwie schief. Eines Abends sagte er nur, er wolle noch schnell ein Glas Wein mit seinen Freunden trinken. Es war das letzte Mal, dass ich ihn gesehen habe. Zwei Stunden später rief mich die Polizei an.«

Wieder machte Andrea eine längere Pause.

»Er war mit seinem Auto mit Höchstgeschwindigkeit und, wie man mir später sagte, absichtlich, an einen Baum gefahren. Völlig fassungslos saß ich allein in unserer Wohnung. Musste dann für seine Beerdigung sorgen. In Spanien, und das ist ja wohl im ganzen Süden so, wird man sehr schnell beerdigt. Seinem Wunsch entsprechend, wurde er verbrannt. Später bekam ich seine Urne ausgehändigt und habe sie dann in seiner geliebten Heimaterde bestattet. Die Möbel habe ich verkauft und nur ein paar Erinnerungsstücke zurück nach Deutschland mitgenommen.«

Andrea spielte unbewusst und nervös mit den Fingern an ihren Brillanten herum.

»So, da hast du ja wirklich einiges mitgemacht, liebste Andrea. Na, erst einmal prost auf uns Überlebende.« Ihre Gläser klangen beim Anstoßen hell auf.

»Weißt du, Uta«, sagte Andrea lächelnd, »du wirst jetzt total verstehen, warum ich irgendwann auch mal einen Psychologen brauchte.«

Uta lachte sie an: »Ja, natürlich, und dann auch noch einen so fabelhaften wie den Andreas. Aber sag mal, warum arbeitest du denn nicht mehr als Rechtsanwältin, sondern studierst jetzt Theaterwissenschaften? Ist das nur wegen Andreas?«

»Nein, nicht nur«, antwortete Andrea. »Mich hat die ganze Juristerei auf Dauer nicht mehr interessiert. Jura ist zwar auch Theater, aber Theater ist eben richtiges Theater. Und dann trat eben auch Andreas in mein Leben. Prost!«

Dann sagte Andrea, während sie wieder mit ihren Brillanten spielte: »Nun fragst du dich natürlich, warum ich dir das alles erzähle. Du siehst hier meine zwei Brillanten. Das sind die zwei Männer, von denen ich dir gerade erzählt habe.

Guck mich nicht so verstört an!

Hast du schon einmal davon gehört, dass man aus der Asche von Verstorbenen Brillanten herstellen kann?«

Uta war wie elektrisiert. »Ja, Andrea, du hast recht, das habe ich schon mal gehört, das hätte mir auch schon vorher einfallen können. Aber du hast mir doch erzählt, dass du die Urnen beerdigt hast? Dann gab es doch gar keine Asche.«

»Ich habe die Asche natürlich vorher aus den Urnen herausgenommen, und in anderen Gefäßen aufbewahrt. Und dann habe ich sie später zum Verarbeiten gegeben. Wie das genau gemacht wird, kann ich dir auch nicht so erklären, aber hier sind sie, hier sind meine zwei Männer als wunderbar funkelnde Brillanten. Ich hab' sie immer bei mir. Und wenn du meinst, ich bräuchte einen Psychiater, dann hast du ganz recht.« Sie lachte hell auf. »Aber wie du weißt, habe ich ja schon einen. Also, guck mich nicht so sprachlos an. Prost, Uta!«

Andrea ließ die Brillanten noch einmal durch ihre Hände gleiten und lächelte ihre Freundin an: »So, und jetzt gehen wir alle vier zusammen in den *Tannhäuser*!«

29

Kommissar Wellmann hatte von der Anzeige des Pfarrers bei der Erfurter Polizei gehört und die Unterlagen sofort von den benachbarten Kollegen angefordert. Sie waren ihm schon vor einigen Stunden gemailt worden.

»Kruse, versuchen Sie doch mal, ob Sie den Pfarrer hierher bekommen können. Was Neues können wir ihm ja auch nicht sagen, aber ich möchte ihn einfach einmal kennen lernen. Vielleicht weiß er von irgendwelchen Eigenarten seines Bruders, die uns weiterhelfen können.«

»Na klar, Kommissar, ich rufe gleich mal bei ihm an!«, erklärte Kruse und verschwand nach dem kurzen Anruf sofort hustend in sein verrauchtes Zimmer.

»He, Kruse, kannst du mir nicht wenigstens berichten, was er gesagt hat?«, rief Wellmann verärgert.

»Na klar, Entschuldigung«, und er schaute aus seinem Zimmer heraus. »Er hat gesagt, dass er wieder zurückruft, er muss erst schauen, wann er kommen kann.«

Wellmann blickte grantig und mit zusammengekniffenen Augenbrauen auf seinen Schreibtisch. »Wenn das nicht aufhört mit seiner Raucherei, dann muss ich ihn vor sich selber schützen. Dann wird hier erstmal nicht mehr geraucht.«

Für Wellmann war der Verbleib von Sebastian Herting das größte Rätsel. Die Fahndung hatte bis jetzt keinen Erfolg gebracht. Es gab auch nicht den kleinsten Hinweis. Nichts. So etwas hatte er noch nie erlebt. Nachdem Kruse seine Zigarette ausgedrückt und dann noch einmal telefoniert hatte, kam er zum Hauptkommissar zurück.

»Herr Hauptkommissar, der Pfarrer ist in einer Stunde hier. Er klang ziemlich niedergeschlagen«, sagte Kruse. »Na, kein Wunder, der eigene Bruder. Das ist ja auch fürchterlich. Was den Menschen in dieser Welt aber auch so alles widerfährt«, meinte er dann noch.

»Philosophier' Er nicht«, brummte Wellmann durch seinen Schnauzer, »sage Er mir lieber, wie wir hier weiter kommen.«

»Ja, aber natürlich, Euer Hochwohlgeboren«, und Kruse nahm an Wellmanns Tisch militärische Haltung an. »Ich werde sofort von den Lakaien die Pferde satteln lassen, und dann reiten wir dem Mörder im gestreckten Galopp hinterher wie die zwei Musketiere. Und wenn wir ihn haben, dann stelle ich ihn zum Duell auf schwere Säbel. Da kann er mal was erleben.«

Beide mussten lauthals lachen. »Bin gleich wieder da«, sagte Kruse, dessen Lachen in Husten übergegangen war.

»Nein, nein, bleib du mal lieber hier. Wenn du so weiterrauchst, dann wirst du das Duell auf schwere Säbel sicher verlieren. Wäre doch schade um dich. Hör doch endlich mal auf damit«, rief Wellmann ihm, immer noch lachend, zu.

Nachdem sich Wellmann wieder etwas beruhigt hatte, legte er die gefalteten Hände in den Schoß, lehnte sich zurück und wartete, dass ihm neue Erkenntnisse zum Fall Herting auf den Schreibtisch kämen. Er war müde geworden und lachte noch einmal kurz über den Scherz von Kruse. Er hatte viel Zeit, zwirbelte nachdenklich seinen

Schnurrbart und nahm einen Schluck von seinem O-Saft. Aussitzen.

Andreas Büchler war tagelang nervös durch die Stadt gerannt. Allen Patienten hatte er aus Krankheitsgründen erst einmal abgesagt. Ohne jedes Ziel lief er wie getrieben umher, so, als wolle er vor sich selbst davonlaufen. Manchmal führte er, mit den Händen wild gestikulierend, Selbstgespräche. Passanten, die das sahen, schmunzelten oder schauten ihm verständnislos hinterher.

»Jetzt kann ich immer noch aus dem Ganzen aussteigen«, redete er sich ein. »Noch haben sie Herting nicht gefunden. Also bin ich noch unschuldig. Noch bin ich nicht verdächtig. Warum höre ich nicht einfach damit auf und gebe wieder den Biedermann?«

Er war heute schon wieder mindestens zwei Stunden durch die Straßen gelaufen. Bei Regen, Wind und strahlendem Sonnenschein, das Wetter hatte ständig gewechselt. Ein kleines Gewitter hatte er in einem Hausflur abgewartet. Als er wieder auf die nasse Straße trat, wusste er einfach nicht mehr weiter. Ging unachtsam durch die Pfützen, ohne dass ihn die nassen Schuhe kümmerten. Vor ihm erhob sich auf einmal eine große, hohe Kirche. Als er dem roten, mächtigen Backsteinbau näher gekommen war las er: Lukaskirche. Hatte ihm Sebastian nicht etwas von einer Lukaskirche erzählt? War das nicht die Kirche seines Bruders?

Ja, natürlich, er hatte ihm doch erzählt, dass er seinem Bruder alles gebeichtet hätte. »Komisch«, dachte Büchler, »wie kommt es, dass ich jetzt zu dieser Kirche laufe? Dass gerade diese Kirche plötzlich mahnend vor mir steht? Gibt es eine Vorsehung oder vielleicht sogar ein Schicksal?

Musste ich hierherkommen, gerade hierher, obwohl ich in dieser Gegend noch nie gewesen bin?«

Lauter Fragen, für die er keine Antworten fand.

»Reizvoll wäre es ja schon, jetzt einfach in die Kirche von Pfarrer Herting zu gehen«, überlegte er. »Nicht jeden Tag betritt ein Mörder seine Kirche und dann auch noch der Mörder seines ungeliebten Bruders. Dass er der ungeliebte Bruder war, das hat mir der Sebstian in einer Sitzung ja erzählt. Sie mochten einander wohl nicht besonders. Wenn ich da jetzt hineingehe, dann ist das für mich völlig harmlos, er kennt mich ja nicht. Er weiß nichts von mir, das ist klar.«

Andreas Büchler ging die vier Treppenstufen zum Eingang empor. Durch die große Holztür ging er vorsichtig in die Kirche hinein und sah, wie der Pfarrer gerade mit dem Auswechseln der Kerzenständer beschäftigt war.

»Der hat ja überhaupt keine Ähnlichkeit mit dem Sebastian«, fuhr es ihm durch den Kopf.

Büchler setzte sich in eine der mittleren Reihen und blickte auf den Altar. Er war der einzige Gast im Kirchenraum.

Als der Pfarrer an ihm vorbeikam, lächelte der ihm mit einem »Grüß Gott« zu. Büchler nickte zurück. »Grüß Gott!« Es fiel ihm auf, wie blass der Pfarrer aussah.

»In zehn Minuten wird die Kirche geschlossen«, sagte er im Vorbeigehen, als er mit einem neuen Kerzenleuchter zurückkam. »Zu den Öffnungszeiten würde ich Sie natürlich sehr gern hier wiedersehen.«

Büchler beobachtete, wie der Pfarrer sich am Altar zu schaffen machte. Um mit ihm in ein Gespräch zu kommen, stand er auf und ging nach vorne. »Sagen Sie, lieber Herr Herting …« begann Büchler.

»Wieso, woher kennen Sie mich …, woher wissen Sie meinen Namen?«, fragte der Pfarrer neugierig. »Ich habe Sie doch hier noch nie gesehen. Oder waren Sie schon einmal hier?«

»Man kennt doch schließlich den Namen seines Pfarrers«, log Büchler frech. »Ich war schon öfter zum Gottesdienst hier. Bin Ihnen wohl nur noch nicht besonders aufgefallen. Wenn ich in so einer Kirche stehe«, redete er einfach weiter, »erinnere ich mich immer an die Geschichte, dass Jesus Christus alle Verbrecher mit offenen Armen aufnahm. Das stimmt doch, oder?«

Der Pfarrer nickte. »Ja, das stimmt. Das ist geradezu ein Kernpunkt der christlichen Lehre. Aber Sie sind ja wohl kein Verbrecher«, entgegnete der Pfarrer.

»Nehmen wir einmal an, ich wäre einer, dann würden Sie das doch auch tun, nicht wahr?«

Büchler schaute ihn prüfend an. Der Pfarrer nickte wieder, sagte aber nichts dazu und beschäftigte sich weiter mit den Kerzenleuchtern.

»Mal angenommen, ich bin ein Schwerverbrecher«, insistierte Büchler weiter, »wie würde es denn dann mit uns jetzt weitergehen?«

Der Pfarrer schaute ihm in die Augen und machte sich wieder am Altar zu schaffen. »Wir wollen uns hier nicht in Hypothesen verstricken«, gab er ungehalten zurück, »das ist in so einem Fall unzulässig. Damit scherzt man nicht. Außerdem bin ich nicht die Polizei, ich vertrete hier nur das Reich Gottes. Aber selbst wenn Sie ein Schwerverbrecher wären, dann müsste ich Sie liebevoll umarmen, genauso wie Jesus Christus es tat.«

»Sehr geschickt«, dachte Büchler, »die Vorstufe zur Psychoanalyse. Ob er's wirklich auch tun würde, wenn er das mit Sebastian wüsste? Aber es ist wohl besser für uns beide, dass wir es gar nicht erst herausfinden. Was würde es uns auch nützen, wenn ich ihm jetzt erzählte, dass ich seinen Bruder gerade umgebracht habe, und wo sein Bruder tief in der feuchten Erde vergraben liegt.«

»Also, lieber Herr Herting, machen Sie's gut, ich gehe dann wieder, die zehn Minuten sind ja wohl vorbei.«

Er schaute noch einmal zum Pfarrer und zu der Christusfigur über dem Altar, auf die jetzt schon seit Minuten ein rötlichblauer Lichtstrahl durch eines der Kirchenfenster fiel. Er kannte dieses Bild. »Machen Sie's gut und bleiben Sie gesund«, verabschiedete er sich dann noch einmal, etwas irritiert.

Als Büchler die Kirchenstufen wieder hinuntergegangen war und die Straße betrat, entfernte er sich sehr rasch.

»Mein Gott, die Kirche«, dachte er, als er noch einmal zurückblickte. »Katholisch oder evangelisch, das ist doch alles dasselbe«, und er lief wieder durch eine Pfütze, worüber er sich jetzt aber doch ärgerte, denn seine Schuhe waren inzwischen schon wieder etwas trockener geworden.

»Was haben manche Päpste herumgehurt, und was und wen haben sie nicht alles verbrannt. Aber auch in ihrer verhurtesten Zeit, in der Renaissance, wurde in Florenz immerhin der Fortschritt vorangetrieben, das darf man nicht vergessen.« Mit diesen Gedanken blieb er stehen, dann drehte er sich noch einmal um und blickte versonnen auf den großen, roten Backsteinbau.

»Sie haben geprasst und gehurt, Eros und Thanatos, aber Michelangelo und Leonardo da Vinci haben sie gleichzeitig zu Höchstleistungen angehalten. Eigenartig und paradox. Alle Menschen fühlten sich auf einmal durch diese sündhaften Familien wie von einer großen Last befreit.

Weil die Kirche die Sünde selbst war, fühlten die Menschen sich nicht mehr unterdrückt. Die Päpste waren kein moralisches Vorbild mehr. Das hätte auch das Ende der Kirche sein können, und durch die Reformation ist sie ja auch auseinandergebrochen. Alexander VI. war der erste Papst, der trotz Zölibat seine Frau und seine Kinder öffentlich machte. Für die Moral der Kirche war das niederschmetternd. Johannes XII., der sogenannte Hurer, Fresser und Säufer, starb im Bett seiner Mätressen an einem Schlaganfall. Nicht besser war Papst Leo, der schon mit 13 Jahren zum Kardinal ernannt wurde und später kleine florentinische Knaben verführte.«

Büchler kannte das alles sehr gut. Er hatte immer Spaß gehabt an diesen obszönen Kulturgeschichten, und eigentlich durchzogen sie sein ganzes Leben.

»Ach, was soll's«, entfuhr es ihm halblaut, »warum muss ich bloß immer über so etwas nachdenken? Bringt doch eigentlich gar nichts.«

Er ging die Straße in entgegengesetzter Richtung weiter und vergrub dabei seine Hände in den Hosentaschen.

»Das ist sicher ein ganz braver Mann, dieser Herting. Den Menschen helfen, ein schöner Vorsatz. Was tue ich denn als Psychiater? Doch wohl dasselbe. Also scheint er doch auf der richtigen Seite zu stehen. Anders als sein Brüderchen. Sein Brüderchen und ich, wir hätten wohl besser in die Renaissance gepasst. Mein Gott, muss das eine Zeit gewesen sein! Die wussten schon zu leben die Borgias und die Medicis. Nur eben nicht so vorbildhaft und moralisch, wie man es von einem Papst eigentlich erwarten durfte.«

Büchler hatte die Kirche weit hinter sich gelassen und ging jetzt auf der feuchten Straße zügig weiter. Gierig saugte er die kühle Abendluft tief in seine Lungen ein.

»Aber das sind Probleme von vorgestern, die mir da durch den Kopf gehen. Was hat das alles mit meinen Problemen zu tun? Wenn ich hier draußen herumrenne und philosophiere, ändert das etwas an meiner Tat? Nein, überhaupt nichts«, und er ballte seine Hand in der Hosentasche.

Es war inzwischen zehn Uhr abends geworden, und völlige Dunkelheit umgab ihn. Die Stadt und die Dunkelheit verschluckten ihn immer mehr. Er war bald nur noch ein kleines, unscheinbares und unbedeutendes Molekül in der Weltgeschichte, über die er so intensiv nachgedacht hatte.

Für Andreas Büchler und seine Frau war am nächsten Tag eine szenische Probe in der Städtischen Oper angesetzt. Die Regie wollte den Schluss des *Tannhäuser* probieren, bei dem der Zusatzchor auch zum Einsatz kommen sollte.

»Also, setzt euch irgendwohin«, sagte der Regisseur, der jetzt auf der Probebühne auftauchte. »Ich will euch ein wenig in die *Tannhäuser*-Geschichte einführen, die, wie ihr wisst, im Mittelalter spielt. Die Geschichte in der Oper ist die Geschichte der vielen Götter im Hörselberg gegen den einen Gott. Die Geschichte des Heidentums gegen das Christentum. Ich werde mich jetzt mal für euch in den Tannhäuser verwandeln und versuchen, euch die Zeit, in der er lebte, etwas näherzubringen.

Im zwölften Jahrhundert, als Friedrich I. das Deutsche Reich regierte, Barbarossa nannte man ihn wegen seines roten Bartes, in dieser Zeit durchstrich Tannhäuser die Lande als Sänger und Künstler. Er wanderte durch unwegsames Gelände von einem Fürstenhaus zum nächsten, um dort seine Kunst vorzustellen. Ich glaube, wir verstehen den Tannhäuser besser wenn wir wissen, dass so eine Grande Tour nicht ganz ungefährlich war, denn man musste stets damit rechnen, von marodierenden Banden und mörderischen Wegelagerern überfallen zu werden. Beim Herumstreifen durch die Wälder und Wiesen war man vogelfrei.

Inzwischen war es Frühling, es war März. Die lähmende Zeit des Winters war endlich vorbei, und wir schauten alle beglückt zum Himmel empor, wo die Sonne sich uns immer öfter zeigte. Also packte ich meine Sachen zusammen und steckte sie in meinen Rucksack. Natürlich nahm ich auch meine Harfe mit, für die ich mir ein Lederfutteral hatte anfertigen lassen. Ich wollte endlich wieder auf Wanderschaft gehen, um meine Kunst zu beweisen. Als Tannhäuser hatte ich mir in den Fürstenhäusern des Reiches schon einen guten Namen gemacht, und nachdem ich nun den ganzen Tag nach Osten gewandert war, erreichte ich ein Dorf, das eigentlich nur eine Siedlung war, mit fünf, sechs unordentlich aufgebauten Holzhäusern. Unfreundlich und böse schauten mich ihre Bewohner an.

›Was will der hier?‹, tuschelten sie, ›zum Essen haben wir selbst nichts, warum verschwindet er nicht einfach wieder? Soll er doch in die Wälder gehen und sich etwas jagen … in Christo‹.

Ich sah die feindlichen Gesichter, und das einzige, was mir einfiel, war, ihnen etwas vorzusingen, um damit vielleicht die Stimmung zu verbessern. Draußen im Wald war es noch kühl, obwohl die Märzsonne schon schien, aber es war kein angenehmer Gedanke, im Wald zu nächtigen. Ich nahm also meine kleine Harfe aus meinem Ledersack und fing an zu singen und zu spielen. Die Menschen schienen freundlicher zu werden. Sie bemerkten wohl, dass ich nichts Böses von ihnen wollte. Ich bekam sogar etwas zu essen und einen Becher Wein, musste dafür aber weiter singen, was ihnen gefiel. Die Nacht wollte ich friedlich auf einem Heustoß verbringen. Jedenfalls hatte ich mir das vorgenommen. Aber dann überraschte mich die Tochter der Familie, bei der ich übernachtete, auf meiner Schlafstatt. Sie war wohl etwa 17 Jahre alt und kroch plötzlich unter meine Decke, die mir die guten Leute für die Nacht noch gegeben hatten. Die Nacht wird mir unvergesslich bleiben.

Am nächsten Morgen bedankte ich mich bei den guten Leuten, sang zum Abschied zwei Lieder auf meiner Harfe und machte mich wieder auf den Weg.

Es war ein sonniger Frühlingsmorgen, aber die Waldwege waren noch sehr schlammig und feucht, und so kam ich nur langsam voran und hatte viel Zeit, um meine Situation zu überdenken. Schon seit dem letzten Jahr war ich auf dem besten Wege, so berühmt zu werden wie Wolfram von Eschenbach. Er war unstrittig zurzeit der berühmteste Sänger. Und er war bei den einfachen Leuten genauso beliebt wie an den Höfen. Er war ein verbindlicher Mensch, was ich ganz und gar nicht bin. Ich hatte oft Schwierigkeiten, mich den Regeln des höfischen Lebens unterzuordnen. Ich denke, ich bin der größere Künstler von uns beiden, ja, das bin ich, aber er ist der bessere Politiker. Er kann gut mit den Leuten und dreht dabei sein Fähnchen immer nach dem Wind, was mir nicht sehr sympathisch ist.

Ich wurde aus meinen Gedanken aufgeschreckt, denn direkt vor mir sah ich fünf oder sechs Kuhkadaver. Man hatte mir schon von einem großen Viehsterben erzählt, das ich jetzt mit eigenen Augen sehen konnte. Man hatte mir auch erzählt, dass für das gleichzeitige Sterben vieler Menschen in dieser Zeit der Mutterkornpilz verantwortlich sei. Man nannte es das ›heilige Feuer‹ an dem sie alle starben. Ich schlug ein Kreuz. Es war eine schlimme Zeit, und der Tod fuhr eine große Ernte ein. Als ich mir die Tierkadaver kurz angeschaut hatte, wanderte ich dann weiter. Etwas später kam ich vorbei an Steinhäusern, die gerade neu gebaut wurden. Große, neue Lastkräne halfen den Maurern dabei, ihre schwere Arbeit etwas zu erleichtern. Es muss schön sein, in so einem steinernen Haus zu leben, dachte ich mir, aber das werde ich wohl nie erreichen können, dazu muss man mit irgendetwas Handel treiben. Durch Singen, kommt man nicht zu so einem prächtigen Haus. Und während ich an Tierkadavern vorbeiging, dachte ich weiter über mich und meine Situation nach.

Es gab auch noch andere Sänger. Herborts von Fritzlar zum Beispiel. Aber der war keine Gefahr für mich. Oder Albrecht von Halberstadt, und natürlich auch Walther von der Vogelweide. Der schon eher. Der war richtig gut.

Vier Stunden Wanderung hatte ich jetzt hinter mir, und etwas müde geworden, legte ich eine kleine Rast ein. Ich hatte etwas Brot und harte Wurst in meinem Rucksack und machte es mir auf dem moosdurchzogenen Boden gemütlich. Man musste gute Zähne haben, um das alte Brot mit der harten Wurst zu kauen, aber es schmeckte. Mein Ziel für die nächsten Tage war die Wartburg, von der ich schon so viel gehört hatte. Es hieß, sie sei überhaupt die größte und nicht einzunehmende Burg. Sicher würde ich da für einige Zeit unterkommen. Ich hatte eigens für den Landgrafen der Burg, der sich Hermann I. nannte, neue Lieder gedichtet, denn der Landgraf war berühmt für die Sängerkriege, die er austragen ließ. Schöne und nicht so langweilige Lieder, wie mir schien. Es waren alles Lieder, die sich um die Liebe rankten. Ach ja, um die Liebe. Ich hatte während der vierstündigen Wanderung an meine kleine blonde Freundin gedacht. Das war eine erschöpfend schöne Nacht gewesen und ein warmer Schlaf.

Die Lieder, die ich neu gedichtet hatte, handelten zumeist von der weltlichen Liebe, aber es waren auch viele dabei, die die Jungfrau Maria verherrlichten. Natürlich liebten wir sie alle, wenn auch verklärt und vergeistigt.

Soweit hatte ich das höfische Leben der Ritter schon verstanden. Ich wollte zur Wartburg, also musste ich mich dort den höfischen Gepflogenheiten entsprechend benehmen. Das hatte ich mir fest vorgenommen. Das war für mich und für meine Zukunft äußerst wichtig. Keine Streitereien. Das hämmerte ich mir immer wieder in meinen wilden Kopf hinein. Sicher müsste ich wohl noch ein paar Tage wandern, bis ich die Wartburg sehen würde. Also ging ich mit großen Schritten schnell voran. Wo würde ich heute eine Schlafgelegenheit finden? In der Ferne hörte ich das Rauschen eines Baches, dem ich mich schnell näherte. Als ich ihn erreicht hatte, kniete ich nieder, um mich zu erfrischen. In seinem klaren, bewegten Wasser erblickte ich zu meinem großen Schrecken plötzlich eine Gestalt, die hinter mir aufgetaucht war. Wohl ein Mann, der mich anscheinend mit einem schweren Holz erschlagen wollte. Gott sei Dank hatte ich vorher meine Harfe und meinen Rucksack abgelegt, sodass ich jetzt, als er gerade zuschlagen wollte, meinen Körper zur Seite rollen konnte, und der Angreifer durch seinen eigenen Schwung kopfüber in den Bach stürzte. Die Überraschung war für ihn wohl noch viel größer als für mich, denn er floh sofort, als er das andere Ufer erreicht hatte. Ich blieb noch einige Minuten verwirrt stehen, sah und horchte in der Gegend umher, aber es war wohl ein Einzelgänger gewesen. Also nahm ich meine Sachen wieder auf und wanderte weiter. Die Situation wurde aber noch aufregender, als ich hinter mir das Herannahen von Wildschweinen hörte. Ihr dröhnendes Getrampel, das ich ja von vielen Begegnungen schon kannte, trommelte bedrohlich über den ganzen Waldboden. Es wurde lauter und immer lauter, und mit einer furchtbaren Geschwindigkeit rannte ein kräftiger Eber gerade auf mich zu. Um nicht von ihm angenommen zu werden, konnte ich mich gerade noch mit einem großen Sprung retten. Ich stand schnell wieder auf und stellte mich hinter einen dicken Baum. Gerade rechtzeitig, um die ganze Herde an mir vorbeitrampeln zu sehen.

Abends gelangte ich an eine einsame Priorei, in der ich von Mönchen freundlich begrüßt und hereingebeten wurde. Als ich das heilige Leben und das Kloster sah, dachte ich sofort an die vorige Nacht zurück und an die Aussichtlosigkeit, in diesem Kloster heute Nacht wieder so ein wärmendes blondes Abenteuer zu finden. Schade, daraus würde hier wohl nichts werden. Aber es war besser, als ungeschützt im Wald zu schlafen. Dabei dachte ich an den Überfall und an die Wildschweine. Natürlich kam ich auch hier erst nach mehreren Kostproben meiner Sangeskunst auf die Matte, die man mir zum Schlafen zuwies.

Am nächsten Morgen betete ich zusammen mit den frommen Mönchen und machte mich danach wieder auf den Weg. ›Warum waren die anderen Sänger nur so beliebt und ich nicht?‹, bohrte es weiter in meinem Kopf, als ich durch die Wälder lief. Beim Wandern kommen nicht nur gute Gedanken. Beliebt waren die Sänger bei den Fürstenhäusern, den Herzögen aber auch beim einfachen Volk. ›Ich bin, das empfinde ich jedenfalls so, der weitaus bessere Künstler. Ja, das bin ich sicher. Ich bin besser als sie alle zusammen. Aber ich bin wilder in meinem ganzen Charakter. Das ist es wohl. Für mich gibt es in der Kunst keine Kompromisse. Ich empfand es schon immer als richtig, dass in der Kunst absolute Ehrlichkeit herrschen muss. In der Kunst lügt man nicht. Aber wenn man dumm und ehrlich ist, so wie ich, dann macht man sich Feinde, denn die meisten lügen ja laufend, und machen sich dadurch um vieles beliebter als ich es bin. Immer, wenn ich etwas gut fand, dann war es für sie schlecht. Und wenn ich etwas schlecht fand, dann gaben alle anderen dem Schlechten ihre Gunst. Mit den Jahren wurde ich immer mehr zum Ausgestoßenen.‹ So bohrte und brodelte es in meinem Kopf herum, während ich schon wieder viele Stunden unterwegs war. Es würde noch ein böses Ende mit mir nehmen. ›Aber wenn es um die Kunst geht, dann habe ich nichts Verbindliches. Da bin direkt und geradeaus. Das ist mein Fehler. Doch seinen Charakter kann man nicht einfach ändern. Mit dem muss ich also leben, bis an mein seliges Ende.‹

Am vierten Tag erst, also einen ganzen Tag später als ich eigentlich gerechnet hatte, erreichte ich in der Dämmerung den höchsten Punkt eines Berges, den sie in der Gegend den Hörselberg nennen. Da ich müde war von all dem Wandern, und da es nicht so aussah, als würde es heute Nacht regnen, beschloss ich, hier zu übernachten. Ich nahm also den Speck und den Rotwein, den mir die Mönche noch mitgegeben hatten, aus meinem Rucksack, legte mich auf die weichste Stelle des Bodens, von der aus ich schon die Wartburg sehen konnte, und begann, mein köstliches Abendbrot zu verzehren. Nach einem prächtigen Sonnenuntergang wurde es nun immer dunkler und dunkler, und man hörte nur noch das Gekreisch der Vögel, die spielerisch einander jagten. Berauscht vom Wein, schlief ich langsam und zufrieden ein. Im Traum kam auf einmal Orpheus auf einer silbernen Wolke zu mir herunter geschwebt. Während er zu seiner Harfe sang, führte er mich hinüber zu den unglaublichsten und nie erahnten Entdeckungen.«

30

Büchlers wohnten in der sogenannten grünen Lunge des Städtchens. Um Ruhe zu finden, ging Andreas nach der Theaterprobe spätnachmittags in den Park, der direkt gegenüber der Wohnung lag. Der Park war voll mit spielenden Kindern und jungen Leuten, die verliebt umschlungen herumsaßen. Die jungen Mädchen mit ihren kurzen, aufreizenden Röckchen fielen ihm heute ganz besonders auf.

»Was für ein unschuldiges Herumgetolle das ist«, dachte er, während er sich auf eine Bank setzte, »welch freche Erotik diese jungen Dinger ausstrahlen! Und wie schön ihre Körper gewachsen sind! Da hat der Herting ganz recht gehabt. Einmal so ein junges Ding in den Händen haben, sanft in den Armen halten und liebevoll küssen, und sie gäbe sich dann ganz freiwillig hin …«

Mit einer jähen Bewegung stand er verärgert von der Parkbank auf. »Ach, so ein Quatsch! Total hirnverbrannter Blödsinn«, polterte er laut, sodass sogar einige der Passanten auf ihn aufmerksam wurden, »das ist ja purer Irrsinn, was dir da durch den Kopf geht!«

Verstohlen setzte er sich auf eine Bank im hinteren, wenig besuchten Teil des Parks und drehte sich zur Seite, weg von den Leuten, die ihn inzwischen kritisch musterten. »Ein blöder und völlig seniler Einfall, das macht doch keine freiwillig mit einem fast 40-jährigen Mann.«

Er wischte sich die verschwitzten Haare aus dem Gesicht.

»So geht's nicht, das ist klar, aber der Herting erzählte mir doch haarklein, wie er es immer gemacht hat.«

Er hatte ihn doch geradezu eingewiesen. Büchler wurde immer gereizter, seine Gedanken immer verworrener. Er dachte sich in eine ausweglose Situation hinein. Das wurde ihm auf einmal klar. Aber seine Lage war sowieso ausweglos. Er konnte nicht mehr zurück, nachdem er schon einmal getötet hatte.

Langsam setzte die Dämmerung ein. Einige Pärchen verließen bereits schlendernd den Park, andere turtelten noch auf den Bänken. Ein junges Mädchen, das ihm bisher nicht aufgefallen war, saß ihm schräg gegenüber und weinte. Aber man konnte trotz der Dunkelheit immer noch erkennen, dass ihre kleine Welt für sie zusammengebrochen war.

»Sicherlich hatte der Freund sie verlassen«, dachte er. »Na ja, das Übliche.«

Sie war, soweit er das erkennen konnte, wohl 15 oder 16 Jahre alt.

»Weint sie …? Sie wischt sich ja immer wieder die Augen ab.«

Er konnte es nicht richtig erkennen, und um besser sehen zu können, ging er hinüber und setzte sich vorsichtig zu ihr auf die Bank. Er holte ein sauberes Taschentuch und hielt es ihr hin.

»Danke!«, sagte sie und sah ihn mit einem unbeholfenen und verweinten Blick an und schnäuzte sich dann.

»Ist er weg?«, fragte Büchler.

Sie nickte und schnäuzte sich noch mehre Male und fing dann gleich wieder an zu weinen.

»Haben Sie noch ein Taschentuch?«, schluchzte sie.

»Na, klar, wein dich mal ruhig aus, ich habe noch ein paar davon.«

»Ach, Sie sind aber wirklich sehr nett zu mir.«

Sie lehnte sich spielerisch und vertrauensvoll an ihn. Die körperliche Berührung fuhr wie ein Schock durch seinen ganzen Körper. In dem Moment, wo er ihre Wärme spürte, bekam er einen kleinen Erguss.

»Bin ich zu aufdringlich?«, fragte sie ihn.

Er schüttelte den Kopf.

»Na, weil Sie sich plötzlich so stark bewegt haben?«

»Nein, nein, nein …«, krächzte er, »bleiben Sie ruhig so, bleiben Sie …, bleiben Sie.«

»Mein Gott, was für ein Glücksmoment!« dachte er, »nie habe ich auch nur etwas Ähnliches erlebt.« Erst nach einer Weile wagte er es, sie ganz zart und fast unmerklich leicht zu umarmen. Unschuldig und sich geborgen fühlend, ließ sie es geschehen …

Als Büchler am nächsten Tag seinen Briefkasten leerte, war in der Post ein Brief von einer Anwaltskanzlei. Sofort beschlich ihn ein eigenartiges Gefühl. Warum gerade jetzt ein Schreiben von einem Anwalt? Ihm wurde flau im Magen. Könnte es da etwa schon irgendeinen Zusammenhang zum gestrigen Abend geben? Hastig öffnete er den Umschlag.

»Sehr geehrter Herr Büchler«, las er, »wir ermitteln in einer Erbschaftsangelegenheit und bitten Sie dringend um einen Besuch in unserer Kanzlei. Wir würden dazu gern einen Termin mit Ihnen vereinbaren und bitten um telefonische Rücksprache mit unserem Büro. Mit freundlichen Grüßen, Lukas Falk, Rechtsanwalt und Notar.«

Büchler ging sofort zum Telefon und wählte die Nummer der Anwaltskanzlei. Nach knapp einer Minute wurde er zu Lukas Falk durchgestellt.

»Guten Tag, Herr Büchler, das ist aber nett, dass Sie so schnell anrufen. Wir können ja vielleicht gleich für morgen Vormittag einen Termin vereinbaren, wenn es Ihnen recht ist. Wie wäre es denn um elf Uhr?«

»Ja, Herr Falk«, sagte Büchler. »Das könnte ich einrichten. Also um elf Uhr bei Ihnen. Können Sie mir schon einen Hinweis geben, worum es sich handelt?«

»Ich darf ihnen natürlich keine Einzelheiten am Telefon übermitteln«, erklärte der Anwalt, »aber ich kann Ihnen schon sagen, dass es sich um eine Erbschaft Ihres Vaters handelt. Also, bis morgen!«

Büchler starrte in die grünen Baumkronen vor seinem Fenster. Wieso sein Vater? Der lebte doch und war jetzt 81 Jahre alt. Das musste ein Irrtum sein. Vielleicht gab es ja noch andere Büchlers in der Stadt. Es klingelte an der Tür, und sein erster Patient kam zur Behandlung. Heute hatte er über den Tag nur drei Termine zugesagt. Aber das Telefonat mit dem Anwalt ging ihm nicht aus dem Kopf.

Neugierig betrat er am nächsten Morgen die Anwaltskanzlei. Falk führte ihn in ein mit alten Büchern hübsch dekoriertes Besprechungszimmer.

»Sie haben doch Ihren Personalausweis mitgebracht?«, fragte der Anwalt geschäftsmäßig. Büchler reichte ihm das Dokument. »Andreas Büchler, geboren am 14.11.1970 in Hamburg«, murmelte der Anwalt und verglich die Angaben mit denen in der Aktenmappe, die er vor sich liegen hatte. »Das hat wohl alles seine Richtigkeit, Herr Büchler«, sagte er dann und blickte hoch, »wie ich den Papieren entnehmen konnte, ist Ihr leiblicher Vater 1972 von Hamburg mit Ihnen in die DDR übergesiedelt, nachdem Ihre Mutter kurz zuvor an Krebs verstorben war. Ihr Vater hat Sie dann zur Adoption freigegeben.«

Büchler war aufgestanden und ans Fenster getreten.

»Pardon.«

Der Anwalt sah, dass Büchler bewegt war. »Ich kann mir vorstellen, dass das eine Überraschung für Sie ist, aber als Psychologe können Sie ja wahrscheinlich mit so einer Tatsache umgehen und sie, wie man so sagt, auch herunterschlucken. Sie wussten also bisher nichts von einer Adoption?«

Büchler schüttelte den Kopf, während er auf die belebte Straße blickte.

»Ihr Vater hat in der damaligen DDR eine große Karriere gemacht. Er war ein hoher Beamter bei der Staatssicherheit. Das klingt in der heutigen Zeit etwas anrüchig«, sagte Falk beschwichtigend, als Büchler sich umdrehte und ihn befremdet ansah. »Aber das ist ja nun alles vorbei, Herr Büchler, nicht wahr?« beruhigte ihn der Anwalt lächelnd. »Sie haben die Zeit mit Ihren Stiefeltern hier in Erfurt ja miterlebt. Ich meine die ganze DDR-Zeit. Nachdem Ihr Vater die Adoption geklärt hatte, lernte er später in Ost-Berlin eine neue Frau kennen, mit der er noch zwei Kinder bekam. Wegen seiner geheimen Missionen im Westen lebte er unter dem Tarnnamen Herting. Sein richtiger Name war Brams, wie der berühmte Komponist, nur ohne H. Die Kinder heißen Sebastian und Heinrich Herting, sind also ihre Halbbrüder. Na, Sie werden sie ja noch kennen lernen.«

Büchlers Kniee wurden weich, und er musste sich setzen.

»Alles, was ich Ihnen hier erzähle, ist bestimmt völlig neu für Sie, was? Das habe ich an Ihrer Reaktion bemerkt. Die beiden anderen Söhne sind übrigens auch im Testament berücksichtigt.«

Büchler war jetzt wieder aufgestanden, ihm knickten jedoch fast die Beine weg, und er musste sich am Fensterbrett abstützen. »Sebastian Herting, mein Halbbruder …« Alles drehte sich. »Ich hatte also einen Stasi-Vater und eine an Krebs verstorbene Mutter. Einen Halbbruder, den ich ermordet habe, und da ich die gleichen Gene habe, bringe ich auch noch kleine Mädchen um. Schade«, dachte er, »dass die Kanzlei im Parterre ist, sonst könnte ich mich gleich aus dem Fenster stürzen.«

Er wurde von dem jetzt etwas lauter sprechen Anwalt wieder aus seinen Gedanken in die Realität geholt.

»Also, lieber Herr Büchler. Es sind immerhin sechzigtausend Euro, die Sie erben. Das ist doch eine ganze Menge Geld. Sie müssen mir hier nur noch Ihre Kontonummer und Ihre Bank angeben, dann können Sie sich ein schönes Leben damit machen. Unterschreiben Sie hier, und Sie sind ein wohlhabender Mann. Ist ja alles relativ, aber immerhin«, scherzte Falk.

Büchler unterschrieb wie in Trance.

»Ihr Vater war ja wohl ein richtiger Lebemann und hatte manche Affäre. In seinen Stasiunterlagen sind einige Aussagen von Rotlichtdamen. Natürlich wurde er genauso bespitzelt wie alle anderen Bürger der DDR auch. Also«, der Anwalt stand auf, »Sie bekommen dann die Papiere zugeschickt. Ich wünsche Ihnen und Ihrer Frau alles Gute!«

Büchler verließ wortlos die Kanzlei. Auf der Straße musste er sich erst einmal auf die nächste Bank setzen. Seine ewigen Magenschmerzen quälten ihn wieder.

»Mir wird dieses Leben langsam zum Alptraum …, das ist ja unerträglich, was da in den letzten Tagen alles auf mich einstürzt. Obwohl, das meiste habe ich mir selber zuzuschreiben. Halbbrüder… Halbbrüder habe ich plötzlich… Besser gesagt, den einen hatte ich mal. Und meinen verheirateten Halbbruder kenne ich ja aus der Lukaskirche. Hat der denn nicht die gleichen Gene wie wir? Unterdrückt er sie nur? Vielleicht ist er ja Pfarrer geworden, weil er Angst vor seinem eigenen Urschlamm hat. Ich habe immer geahnt, dass mit meinen Eltern irgendetwas nicht stimmen kann. Natürlich bleiben es auch jetzt meine Eltern, aber ich habe immer etwas geahnt über all die Jahre.«

Er setzte sich auf den Fenstervorsprung eines alten Patrizierhauses. »Warten wir mal ab, was da noch alles auf mich zukommt. Soll mein leiblicher Vater begraben sein, wo er will. Er ist mir scheißegal. Sein Grab werde ich nie besuchen. Hat er sich denn um mich gekümmert?« Langsam und mit schweren Beinen ging er zu seinem Auto.

Sophie Mantschik hatte das Gespräch mit ihrem Vater doch sehr mitgenommen. Sie zeigte so etwas nie nach außen hin, aber wenn sie abends ins Bett ging, musste sie noch einige Stunden an Sebastian denken und an das Bild bei der Mutter. Auch dass Sebastian immer im Hotel aufgetaucht war, und überhaupt an die vergangenen Jahre. Sie war jetzt 26, hatte aber noch nie eine längere Beziehung zu einem Mann gehabt. Hatte sich immer wieder zurückgezogen, wenn es einmal ernster wurde. Natürlich war sie verliebt gewesen, hatte geflirtet und kleine Abenteuer gehabt. Aber sie traute sich einfach nicht, weiter zu gehen, sich fester zu binden.

So lag sie jetzt in ihrem Bett, und die Kinderzeit drängte sich wieder in ihre Gedanken. Sie konnte das nicht abschütteln. Die Jahre mit Sebastian ließen sie wie ein in der Kindheit gelesenes Märchen nicht mehr los. Wenn sie einen Mann kennen lernte, dann flüchtete sie sich in diese Jugendphantasien. Sie hatte darauf keinerlei bewussten Einfluss. Es war einfach so.

»Ich glaube«, sagte sie zu sich, während sie an die Decke ihres Schlafzimmers starrte und ganz still lag, »wenn ich ganz ehrlich mit mir bin, dann ist das eine psychische Störung, und die lässt man von einem Psychiater behandeln. Vielleicht kann der mich ja wegbringen von diesen immer wiederkehrenden Gedanken. Zumindest kann es nicht schaden, es zu probieren.«

Sie überlegte, ob sie jemanden kannte, der ihr eine Empfehlung geben könnte. Dann fiel ihr Andreas Büchler ein, den sie aus dem Hotel kannte. Er war zu einigen Ärztetagungen dort gewesen und ihr aufgefallen, weil er ganz besonders freundlich zu ihr und begeistert von dem Hotel gewesen war. Mit seiner Frau war er auch ein paarmal zum Sonntagsbrunch gekommen. Sophie hatte sich nach ihm erkundigt und wusste, dass Büchler als Psychiater einen guten Ruf hatte.

»Es wäre gut, wenn ich den Sebastian endlich loswerden könnte«, dachte sie jetzt entschieden. »Jedenfalls so weit vergessen, dass er mir nicht immer im Traum erscheint. Vor ein paar Nächten …«

Sie mochte sich gar nicht erinnern an diesen fürchterlichen Traum. Sebastian hatte ihr immer zugeschrien, so, als ob er ihre Hilfe bräuchte. Als sie ihm die Hand geben wollte, sah er blau und aufgedunsen aus. Schweißgebadet und mit rasendem Herzen war sie aufgewacht.

»Ich muss das endlich loswerden und darf nicht weiter mit Sebastian in der Vergangenheit leben. Morgen rufe ich den Büchler an.« Ein kleines Lächeln umspielte ihren Mund, und wohlig räkelte sie sich in ihrem Bett hin und her. »Sonst komme ich wohl nie mehr zu einem Mann.« Dann drehte sie sich herum, um endlich einzuschlafen.

Am nächsten Morgen setzte Sophie ihren Entschluss in die Tat um und rief bei Andreas Büchler an.

»Hallo, Herr Dr. Büchler, hier ist die Sophie Mantschik. Wir kennen uns vom Hotel …« Sophie war etwas unsicher geworden, weil er nicht antwortete und redete deshalb gleich weiter. »Sagen Sie, ich wollte zu einer Sitzung zu Ihnen kommen, ginge das in der nächsten Zeit einmal?«

»Ach, hallo, Frau Mantschik, das ist aber eine wirklich nette Überraschung«, hörte sie eine merkwürdig überdrehte Stimme. »Wir haben uns ja auch schon lange nicht mehr gesehen. Aber natürlich habe ich Zeit für Sie, wollen Sie gleich morgen Nachmittag um fünf kommen?«

»Natürlich, das ist sehr nett von Ihnen. Also, dann bis morgen. Ich freue mich sehr, dass Sie so kurzfristig einen Termin haben.« Sie legte auf, und es plumpste ihr ein dicker Stein vom Herzen. Vielleicht war das ja der Anfang zu einem neuen unbelasteten Leben. Zu einem Leben in der Zukunft, nicht in der Vergangenheit.

Am nächsten Tag um fünf Uhr klingelte Sophie bei Büchlers. Andreas Büchler öffnete, und sie konnte sehen, wie seine Frau im Hintergrund der Wohnung gerade dabei war, sich fertig zu machen und ihre Jacke anzog.

»Nein, so eine Freude!«

Sie kam und umarmte Sophie. »Ach, Mensch, das ist aber schade. Ich bin leider gleich verabredet und muss in die Oper. Aber wir müssen uns unbedingt mal wieder sehen, meine Liebe. Also, ich rufe dich morgen einmal an. Ist das eine gute Idee? Wir haben uns ja viel zu lange nicht mehr gesehen.«

»Natürlich Andrea, ich würde mich auch sehr darüber freuen, aber jetzt bin ich erst einmal mit deinem Mann verabredet«, lachte Sophie.

»Na, hoffentlich brauchst du ihn nur als Psychologen«, und Andrea zog den Gürtel ihrer Jacke enger.

»Muss ich dazu etwas sagen?«, fragte Sophie und guckte sie mit einem Augenaufschlag à la Lady Di mit etwas gesenktem Kopf von unten an.

»Nein, mein Schatz, ich habe vollstes Vertrauen, Küsschen und tschüss«, und die Tür fiel krachend ins Schloss.

Büchler legte leicht den Arm um Sophies Schulter und führte sie in sein Sprechzimmer.

»Also, liebe Frau Mantschik, dann setzen Sie sich doch mal in den tiefen Sessel da, und erzählen mir, wo's denn drückt.«

»Ich weiß gar nicht, wo ich anfangen soll«, sagte Sophie, als sie sich in den Patientensessel fallen ließ. »Ach, das ist aber sehr gemütlich hier. Bestimmt haben Sie schon viele furchtbare Dinge aus diesem Sessel heraus gehört?«, fragte sie, um noch etwas Zeit zu gewinnen.

»Ja, hier ist mir schon so einiges erzählt worden, aber nichts davon geht nach draußen«, versicherte Büchler, »dann legen Sie mal los.«

Sophie setzte sich so aufrecht, wie der Sessel das überhaupt zuließ. Sie wollte bei dem, was sie jetzt erzählen würde, nicht so unkontrolliert in dem Sessel versinken.

»Also, als ich neun Jahre alt war, zog mein Vater mit mir zu einer Frau, die zwei Söhne hatte. Wir gründeten eine neue Familie. Der eine Sohn war damals neun Jahre alt, genau wie ich. Wir freundeten uns sehr schnell an. Nun, wie soll ich das beschreiben … In dem Alter ist doch alles noch kindlich unschuldig. Wir schliefen oft zusammen in einem Bett, obwohl wir natürlich zwei Betten hatten. Nein, nein, eigentlich gar nichts weiter dabei, es war nur ein bisschen Schmusen und Berühren. Wir wussten ja beide noch gar nichts über Sex. Das Ganze ging ungefähr zwei, drei Jahre lang so. Natürlich gingen die Berührungen auch mal etwas weiter. Petting sagt man wohl heute dazu.«

Sophie schaute Andreas Büchler fragend an, der ihr aufmunternd zunickte. »Dann zog mein Vater plötzlich und für alle völlig überraschend mit mir weg und brach jeden weiteren Verkehr mit der Familie Herting ab …«, fuhr sie fort.

»Mit wem?«, unterbrach sie Büchler, »mit wem?«

»Na, mit der Mutter Herting und mit ihrem Sohn Sebastian«, antwortete Sophie arglos, »warum?«

Büchler hatte sich ans Fenster gestellt und starrte in die Bäume. Er hörte nicht mehr, was Sophie erzählte. Die letzten grauenhaft gepressten Schreie Hertings in der kleinen Kapelle fielen ihm sofort wieder ein: »Sophie, Sophie …«, hatte er geröchelt. Dann diese fürchterlich gurgelnden Geräusche im Todeskampf. Wie er ihn ermordet und im Loch verscharrt hatte… Das alles spielte sich in Sekundenschnelle vor seinem inneren Auge ab. »Jetzt sitzt diese Sophie hier in meinem Sessel. Sebastian Hertings geliebte Sophie.« Andreas Büchler schwitzte.

»Ist Ihnen nicht gut?«, fragte Sophie besorgt, als er sich wieder ihr gegenüber auf seinen Stuhl setzte und sich die Stirn mit einem Taschentuch trocknete.

»Entschuldigen Sie«, sagte Büchler, »ich finde es heute

verdammt heiß hier. Vielleicht liegt das ja nur an mir. Ich muss wohl mal zu meinem Hausarzt und mich untersuchen lassen.«

»Na, hoffentlich ist es nichts Schlimmes«, Sophie sah ihn besorgt an, »aber in der Zeit, als Sie am Fenster standen, habe ich auch nicht mehr allzuviel erzählt. Da war ja nicht mehr viel, was ich noch hätte erzählen können. Außer, dass ich den Sebastian nicht vergessen kann, und dass er mir immer wieder in meinem Kopf herumspukt. Es ist nun schon so lange her, so viele Jahre, aber er verfolgt mich immer noch. Erst vor ein paar Nächten habe ich geträumt, dass er mich rief und seine Hand verzweifelt nach mir ausstreckte. Er sah grauenhaft aus, und ich wollte ihm unbedingt helfen. Aber dann wachte ich auf. Deswegen bin ich ja zu Ihnen gekommen. Ich kann ihn einfach nicht vergessen.«

Büchler starrte Sophie so lange an, dass sie vor seinem ausdruckslosen Blick etwas Angst bekam.

»Was ist das nur für eine irrsinnige Geschichte«, überlegte er, während er sie mit starrem Gesichtsausdruck betrachtete. »Fast unglaubhaft. Ich schreibe ein Buch, dann lerne ich Sebastian Herting kennen, dann bringe ich ihn um, dann bringe ich noch ein anderes Mädchen um, dann höre ich, dass meine richtige Mutter an Krebs gestorben ist, dann vermacht mir mein Vater, den ich nicht kenne, sechzigtausend Euro, und jetzt sitzt hier die Kindsgeliebte meines von mir ermordeten Halbbruders. Mein Gott …, mein Gott …, hast du's nicht etwas kleiner.« Dabei kam ihm plötzlich ein furchtbarer Gedanke: »Könnte sie von dem Mord etwas wissen oder etwas ahnen? Oder ist sie nur zu mir gekommen, um mich auszuhorchen? Dann müste ich sie umbringen. Eine andere Lösung gibt es nicht. Sie

 Ba.

müsste genauso wie ihr geliebter Sebastian verschwinden. Aber, was soll sie eigentlich wissen? … Nein, sie kann ja gar nichts wissen.« Er beruhigte sich wieder.

»Also, liebe Frau Mantschik«, sagte Büchler schließlich zögernd und mit belegter Stimme, »ich war abwesend, weil ich mir natürlich immer gleich überlege, wie ich helfen kann. Lassen Sie mir bitte noch ein paar Tage Zeit, damit ich mir eine erfolgversprechende Therapie überlegen kann. Es ist mir klar geworden, dass wir beide den Sebastian Herting schnell vergessen müssen.«

»Wieso? Wieso wir beide?«, Sophie war irritiert. »Sie kennen ihn doch gar nicht!«

Büchler drehte sich schnell von ihr weg und ging wieder zum Fenster.

»Wir beide«, sagte er dann noch einmal hastig, »Sie natürlich als meine Patientin und ich als Ihr Psychiater. Schließlich muss ich Ihnen doch helfen, ihn zu vergessen.« Etwas verkrampft lächelnd ging er wieder zu ihr und tätschelte ihren Rücken. »Also, rufen Sie mich bitte übermorgen wieder an, ja? Bis dahin habe ich mir eine Therapie überlegt. Sie haben doch bestimmt schon von diesen Löchern im Weltall gehört. Davon haben Sie doch sicher gehört oder gelesen …«

Sophie nickte ungläubig.

»Sehen Sie, und in genauso einem Loch werden wir ihn einfach verschwinden lassen. Wegbeamen nennt man das wohl heute. Verschwinden lassen auf Nimmerwiedersehen.«

Sophie fand, dass es eigenartig aussah, wie er sie anlächelte. Büchler brachte sie zur Tür und verabschiedete sich sehr höflich von Sophie, die inzwischen noch unsicherer geworden war.

31

Er ist nicht zu finden. Ist wie vom Erdboden verschluckt«, sagte Wellmann zu Kruse. »Aber dieser Scheißkerl muss sich doch noch irgendwo herumtreiben, es hat im Nachbarort schon wieder einen Mord gegeben. Nach ganz genau derselben Methode. Schon wieder so ein grässlich zerstückelter Bauch. Also muss er sich doch hier noch herumtreiben. Wo bloß dieser Herting steckt? Ich glaube, der Profiler hat recht gehabt mit seiner Vermutung, dass es sich hier um einen Thanatophilen handelt. Nur jemand, der in den Tod verliebt ist, kann so grässlich morden.«

Die Fahndung lief inzwischen sogar bundesweit. 10.000 Euro Belohnung waren ausgelobt für sachdienliche Hinweise zur Ergreifung des Täters. Das war eine Menge Geld. Kommissar Wellmann hoffte, dass dafür jemand den Täter ans Messer liefern würde, und zwar möglichst noch vor seiner Pensionierung.

»Kommt mal her zu mir, na, kommt schon«, rief er die Polizisten des Sonderkommandos zusammen, »ich will euch über die weiteren Fahndungsmaßnahmen informieren. Aber darüber wird mit niemandem außerhalb der Abteilung geredet. Das muss absolut verschwiegen über die Bühne gehen, habt ihr das verstanden? Wellmann legte den Finger an seinen großen Nietzsche-Schnauzer. »Also, ich habe ein junges Mädchen als Lockvogel gefunden, sozusagen, als bunten Lockvogel. Sie ist erst sechzehn. Ich kenne eine Dame aus dem Rotlichtmilieu in Leipzig und die wiederum hat eine Tochter.«

»Jaaa ...«, sagte Kruse und lächelte ihn unverschämt zweideutig an und dazu machte er auch noch Bewegungen mit dem Zeigefinger, so, wie wenn man kleinen Kindern etwas verbietet. Alle Kollegen grinsten in sich hinein, und Wellmann blickte Kruse an.

»Nein, mein lieber Kruse, das hättest du jetzt wohl gerne, was, du bist manchmal ein richtig blöder und verkommener Hund. Aber das ist es nicht. Ich kenne sie und ihre Tochter nur im Rahmen meiner beruflichen Tätigkeit und nicht privat, wie du jetzt annimmst. Arschloch!«, setzte er hinzu.

Er wendete sich wieder an die Polizistenrunde, die inzwischen mit ernsten Mienen auf den Kommissar schaute. »Na ja, da tut der eine dem anderen mal einen Gefallen. Ist doch wohl so, nicht wahr, also starrt mich nicht so an. Wir haben da natürlich mit Geld noch ein kleines bisschen nachgeholfen. Ist nicht ganz legal, das weiß ich auch. Also, Klappe halten. Wir müssen sie selbstverständlich scharf bewachen, wenn sie für uns den Lockvogel spielt. Der Kleinen darf nichts, aber auch gar nichts geschehen, dafür werde ich persönlich sorgen. Ich lasse sie keinen Moment aus den Augen. Sie ist in dem Fall wie mein eigenes Kind.«

Wellmann wühlte in den Papieren, die vor ihm auf dem Schreibtisch lagen. »Der letzte Mord ist in Erfurt passiert. Ich nehme an, dass es dem Bürschchen bei uns vielleicht doch etwas zu heiß geworden ist. Wo er zuletzt zugeschlagen hat, da wollen wir in den nächsten Tagen mal ein bisschen genauer hingucken. Ich hab's so im Urin, dass er sich noch in dieser Gegend herumtreibt. Wir haben uns mit dem Kollegen Hansen aus Erfurt schon auf dem Dienstweg abgesprochen. Hansen hat mir bestätigt, dass wir gemeinsam als Sonderkommission an dem Fall dran sind. Der Profiler wird auch noch einige Tage dranhängen. Das rechne ich ihm hoch an. Also, wir alle hier mit dem Profiler und den Erfurtern machen das zusammen.«

»Herr Hauptkommissar, der Pfarrer ist jetzt da«, meldete der Polizist vom Empfang. »Soll er reinkommen?«

»Ja, bitte, bring ihn her«, antwortete Wellmann.

»Also, ihr könnt erst mal wieder gehen. Und die Klappe zu, ja.«

Die Polizisten nickten zustimmend und gingen wieder an ihre Arbeit. Wellmann fiel jetzt wieder ein, worüber er schon die ganze Zeit nachgedacht hatte. Er konnte es nicht richtig einordnen, war er nicht auch so ein Hurensohn? »Wie können zwei Brüder denn so verschieden sein?«, hatte er sich gefragt. Sie stammten doch schließlich von den gleichen Genen ab.

Pfarrer Heinrich Herting trat ruhig und gefasst ins Großraumbüro. Er bemühte sich, durch seine Haltung sofort eine gute Figur zu machen. Vom ersten Moment an wollte er wohl klarstellen, dass er zwar der Bruder dieses Monstrums war, sich aber keinesfalls mit ihm identifizierte.

»Lieber Herr Herting«, begrüßte ihn Wellmann mit Handschlag, »setzen Sie sich bitte. Wir möchten Ihnen noch einmal ganz ausdrücklich für Ihre Hilfe danken. Wir wissen natürlich auch, wie schwer es für Sie zu verkraften sein muss, was Ihr Bruder Ihnen gestanden hat.«

Der Pfarrer kam Wellmann nun doch sympathischer vor, als er ihn sich vorgestellt hatte.

»Es gibt leider keine Neuigkeiten, die Ihren Bruder betreffen. Außer einem neuen Mord, der ihm möglicherweise auch zuzuschreiben ist. Den letzten Beweis, Ihren Bruder und sein Geständnis, haben wir aber noch nicht. Er ist immer noch wie vom Erdboden verschluckt.«

Der Pfarrer hatte sich an den Tisch gesetzt und alles ruhig mit angehört. »Wie kann ich Ihnen helfen, Herr Kommissar? Kann ich überhaupt irgendwie helfen?«

Wellmann rückte etwas näher zu ihm. »Ich hoffe, dass Sie uns vielleicht einige markante Merkmale Ihres Bruders nennen können. Etwas, das uns hilft, ihn aufspüren. Irgendetwas, worauf wir selbst nicht kommen können, weil wir ihn nicht kennen. Wie denkt er? Treibt er Sport, wo verbringt er seine freie Zeit, hat er Freunde, eine Freundin?«

»Nun«, der Pfarrer schaute Wellmann erst einmal eine Weile an und überlegte. »Wir beide sind grundverschieden, denke ich. Er ist ein sehr leichtfertiger Charakter. Eigentlich ist er ein Schauspieler, wenn Sie wissen, was ich meine. Er glaubt, dass für ihn einfach alles erlaubt ist. Er ist in diesem Sinne nicht normal, hat kein wirkliches Rechtsempfinden. Aber so sind doch viele Menschen, meinen Sie nicht auch? Und heute sowieso. Wir leben doch in einem Schauspieljahrhundert. Es ist doch geradezu pervers, wie das Fernsehen eine ganze Jugend zum Tingeltangel verführt. Nun ja, und Sebastian …, er hört sehr gerne Musik. Aber auch alles andere Künstlerische interessiert ihn. Sie sehen schon, ich kann Ihnen da auch nicht allzuviel weiterhelfen. Es ist eigentlich überhaupt nichts wirklich Charakteristisches an ihm. Wir können ja in einen Menschen nicht hineingucken. Natürlich ist er mein Bruder, aber sehr viel Kontakt hatten wir nie miteinander, vielleicht ist das auch der Altersunterschied, wissen Sie. Vielleicht war das auch ein Fehler, ich meine, dass wir zu wenig Kontakt zueinander hatten, vielleicht war es ja sogar auch mein Fehler, aber diese Fehler machen wir Menschen nun einmal«, und damit schloss Pfarrer Herting nachdenklich seine Ausführungen.

Wellmann, dem die Worte von Herting nahegingen, gab ihm die Hand. »Nun gut, lieber Herr Pfarrer«, sagte er herzlich. »Wenn ich es jetzt bei Licht besehe, tut es mir leid, Ihnen den weiten Weg nach Eisenach zugemutet zu haben, aber manchmal kommt doch bei so einem Gespräch ein für den Täter typisches Merkmal heraus. Wenn es natürlich nichts besonders Auffallendes an ihm gibt, dann werden wir eben großflächig weitersuchen. Ich gebe das Wenige, was Sie mir gesagt haben, an unseren Profiler weiter. Vielleicht kann der damit etwas anfangen. Also haben Sie vielen Dank für ihr Kommen. Sie werden wieder von uns hören, sobald wir etwas Neues wissen.«

Der Pfarrer stand auf und verließ mit einem »Grüß Gott« langsam und aufrecht das Büro.

32

Nachdem sich Sophie von ihm verabschiedet hatte, war Büchler wieder allein. Er konnte das alles nicht mehr begreifen. Was war denn in der letzten Woche geschehen? Was war mit ihm überhaupt geschehen? Hatte das etwas mit Schicksal zu tun? Jetzt auch noch Sophie. Da schloss sich der Kreis.

»Ach, Quatsch«, dachte Büchler, »von wegen Schicksal! Warum bringe ich plötzlich den Herting und ein unschuldiges junges Mädchen um? Das ist doch kein Schicksal, das ist Mord! All die Jahre warst du ein völlig normaler Mensch mit einem bürgerlichen Lebenswandel, und jetzt das. Du hast es tatsächlich getan, in wenigen Tagen zwei Morde!«

Büchler wurde übel. Er würgte und dachte dabei an Sebastian Hertings letzte Minuten. Und dann dachte er an die Spuren, die er womöglich bei dem weinenden Mädchen hinterlassen hatte. Er lief ins Bad und beugte sich über die Toilettenschüssel. Aber es blieb beim Würgen. »Natürlich hast du Spuren hinterlassen«, sagte er zu sich selbst, »im Sperma! Sie werden dich finden. Ja, klar, irgendwann müssen sie dich finden. Dein Leben hast du in dieser einen Woche total verkorkst, unwiderruflich …«

Aber dann dachte Büchler an dieses völlig neue, vorher nie gekannte Gefühl das ihn bei den Morden durchdrungen, durchschauert hatte. Herrlich war das gewesen, einfach herrlich. Ja! Und das junge Mädchen? Sie hatte sich doch mit ihrer Wärme fest an ihn geschmiegt. Fest und wunderbar warm. »Na ja, wenn sie so ungeniert rangehen, dann können sie's auch gerne haben. Wie ein Katarakt sich grenzenlos ergießen und dann sterben, was für ein schöner Tod«, zitierte er gedanklich Sebastian Herting. »Nein, das ist ja auch wieder so ein grauenhafter Unsinn, das stimmt ja nicht, ich zitiere mich doch selbst. Ich habe es doch in meinem Buch genauso beschrieben: Der schönste Tod sei, wenn man auf dem sexuellen Höhepunkt krepiert. Nein, es war auch nicht von mir, wieder so ein Unsinn, den ich mir da einrede. Ich habe es irgendwo gelesen …«

Aufgeregt lief er im Zimmer umher. »Kann man glücklicher sterben? Sterben muss man doch sowieso, na also… Aber damals habe ich nur Romanfiguren ermordet, jetzt aber habe ich es in der Realität getan! Da gibt es kein Zurück mehr.«

Büchler schaute versonnen den bunten Blumenstrauß an, den er für Andrea gekauft hatte, damit sie endlich Ruhe gäbe. Als er ihn kaufte, konnte er sich für einen Moment vormachen, wieder in seinem normalen Leben zu sein.

»Wie hatte sie das Ding noch genannt? Einen Heuchlerbesen? Ja, genau, das war es«, dachte er, »reine Heuchelei.« Aber sie würde nichts davon merken, sie würde sich einfach darüber freuen. Einen prächtigen Frühsommer-Blumenstrauß würde Andrea sehen, mehr nicht.

Da hörte er, wie die Tür umständlich aufgeschlossen wurde. Als sie wie immer hereinstürzte und den Strauß sah, der auf dem Tisch stand, fiel sie ihm überschwänglich um den Hals.

»Mein Engelchen, hast du doch endlich noch daran gedacht! Ach, das finde ich aber ganz entzückend von dir.

Ich liebe dich, ich liebe dich, ich liebe dich!« schmetterte sie in den höchsten Tönen, theatralisch wie eine Operndiva. Sie umarmte und küsste ihn. »So schöne Blumen, und auch noch alle Farben. Ach, du bist ein Schatz, da freue ich mich wirklich riesig. Sag mal, Engelchen«, wechselte sie das Thema, »willst du nicht mit uns heute Abend in die Oper kommen? Es gibt *Die tote Stadt*, so eine surrealistische Mord- und Totschlag-Geschichte. Hast du nicht Lust, mit uns zu kommen? Da kannst du endlich mal einen gut gemachten Mord sehen, willst du nicht? Na, ich sehe schon, wenn ich dich so anschaue, dass du keine besonders große Lust hast. Ich gehe mich mal schnell umziehen.«

Büchler holte sich eine Flasche Bier aus dem Kühlschrank. »Ich weiß«, sagte er, während er die Flasche öffnete, »ich weiß, mein Schatz, ich bin momentan ein Langweiler«, rief er ihr hinterher, »aber später kommt noch ein Patient, und das ist ein wirklich schwieriger Fall. Da muss ich voll konzentriert sein. Also geht doch heute besser ohne mich, ja? Das nächste Mal komme ich ganz bestimmt mit.«

Es klingelte an der Tür. Andrea kam aus dem Schlafzimmer und öffnete ihrer Freundin Uta. »Hallo, Andrea«, die Freundin umarmte sie, »lass uns doch noch schnell einen Latte Macchiato trinken gehen, und dann erzählst du mir noch einige von deinen tollen Liebesgeschichten. Dir fällt doch immer wieder etwas Neues ein«, lachte sie. »Kommt Andreas mit?«

»Nein, er kann leider nicht«, antwortete Andrea, »Er hat später noch einen schwierigen Patienten. Bei so schönen Blumen ist er entschuldigt« dabei zeigte sie auf den Strauß.

»Aber schau mal her, das geht doch wohl, was ich anhabe, oder?«

Sie drehte sich einige Male um ihre eigene Achse. »Ich bin auch gerade erst gekommen. Hatte überhaupt keine Zeit, mich noch groß aufzudonnern.«

»Aber natürlich, Andreachen, das ist doch sehr schick, was du da anhast«, pflichtete ihr Uta bei, »das Schwarz ist doch der toten Stadt sehr angemessen.«

»Was soll denn das nun wieder heißen, du bist vielleicht eine Freundin«, lächelte Andrea zurück. »Also, dann gehen wir? Tschüss, mein Engelchen, danke für die wunderschönen Blumen, und wir sehen uns später. Küsschen.« Wie üblich fiel die Tür hinter ihr mit einem Krachen ins Schloss.

Sie trafen sich bei Wellmann im Büro: die 16-jährige Sarah und ihre Mutter, Kruse und der Kommissar selbst. Sarah war brünett, knapp über 1,60 Meter groß und strahlte charmante jugendliche Frechheit und eine angenehme Direktheit aus. Nachdem Wellmann alle einander vorgestellt hatte, standen sie unsicher um den großen Besprechungstisch herum. Sarah eröffnete das Gespräch.

»Ja, wie soll das denn nun alles gehen?«, fragte sie, »was soll ich denn für Sie machen? Sie haben da ja schon etwas angedeutet …«

»Also«, sagte Wellmann, der froh darüber war, dass die junge Frau von sich aus zu fragen begann, »ich erkläre dir das mal etwas genauer. Du sollst für uns den Lockvogel spielen, und das ist nicht ganz ungefährlich. Es handelt sich um die Überführung eines Sexualmörders, und ich muss leider sagen, das ist ein ziemlich brutaler Bursche.«

Sarah schaute Wellmann an, der seinen Arm um ihre Schulter gelegt hatte. Mit dem anderen zeigte er auf den

Tisch. »Du siehst das Gerät da? Das ist ein Peilsender, eine Art GPS, damit können wir dich überall und bei jeder Aktion orten. Du bekommst einen Knopf in die Tasche, und wir sehen dich hier auf dem PC-Bildschirm als roten Punkt. Ganz egal, wo du auch immer bist, wir haben dich hier als leuchtenden Punkt und können sofort bei dir sein. Darüber hinaus wirst du natürlich ständig von uns beobachtet werden. Zwei Beamte sind immer in deiner Nähe. Du wirst sie nicht sehen, aber hab keine Angst, sie sehen dich. Wir haben dich immer im Blick, darauf kannst du dich verlassen. Du bekommst natürlich auch noch eine Sicherheitsweste, die dich vor Angriffen schützt. Im Hintergrund steht auch noch ein Einsatzkommando bereit. Verstehst du das, ist dir das auch ganz klar?«, fragte Wellmann und blickte sie intensiv an. Sarah nickte. »Und denkst du, dass du dich sicher fühlen wirst?«, wollte Wellmann noch wissen.

Sarah sah auf das Gerät: »Ist ja geil … na ja, wird wohl so sein.«

»Wir wollen auf keinen Fall, dass du Angst bekommst«, sagte Wellmann. »Du kannst uns nur helfen, wenn du dich absolut sicher fühlst, sonst merkt der Täter etwas. Aber ich kann dir versprechen, es ist absolut sicher, sonst würden wir niemals ein solches Risiko eingehen. Wenn du auf ihn triffst, dann musst du Selbstbewusstsein ausstrahlen. Er darf auf keinen Fall Verdacht schöpfen.«

Es entstand eine kleine Pause. »Kann so ein Gerät denn nicht auch mal kaputt gehen?«, fragte die Mutter, »einfach mal aussetzen? Was ist dann, wenn es plötzlich mal ausfällt?«

Kruse sah die Mutter nachdenklich an und mischte sich jetzt in das Gespräch ein. »Ich würde da vielleicht einen

Vorschlag machen. Wir können doch zwei voneinander völlig getrennte Geräte einsetzen. Damit ist ein Totalausfall ausgeschlossen.«

»Ja, ich glaube das ist ein guter Vorschlag«, sagte Wellmann und blickte fragend zur Mutter. »Außerdem sind ja auch immer noch die zwei Polizisten in Sarahs Nähe. Die passen schon auf.« Die Mutter nickte zustimmend.

»Ich glaube«, sagte Wellmann, »wenn wir mehr Beamte einsetzen, dann könnte das auffällig sein, zwei Mann scheinen mir genug für die Beschattung. Also lassen wir die anderen etwas weiter hinten. In einem größeren Abstand, ich sage das ganz ausdrücklich noch einmal, es sind natürlich sehr viel mehr Polizisten im Einsatz. Aber, liebe Sarah und liebe Frau Petersen, die zwei sind absolute Profis für solche Situationen. Sie sind extra für den Personenschutz ausgebildet worden. Und, wenn ich mir einen kleinen Scherz erlauben darf, die schleichen so leise wie Winnetou durch das Unterholz, ohne einen Knacks«, ergänzte Wellmann noch, während er sich gleichzeitig fragte, ob Sarah überhaupt wusste, wer Winnetou war. Aber das Mädchen lachte. Dann wurde sie wieder ernst und blickte Wellmann skeptisch an. »Na, verlässt dich vielleicht doch der Mut?«, fragte der Kommissar, »du kannst es ruhig sagen, du musst das nicht machen.«

»Nein, nein, gar nicht«, sagte sie schnell und guckte dabei ihre Mutter an, die ängstlicher zu sein schien als sie selbst.

»Was ist denn das für'n Typ, den ich da treffen soll?«, erkundigte sich Sarah jetzt entschlossen, »sieht er wenigstens gut aus?«

»Ja, er sieht wohl ganz gut aus, aber du musst auch wissen, dass er sehr gefährlich ist. Ich will dir hier keine unnötige Angst machen, aber er hat schon einige Mädchen auf dem Gewissen. Er geht dabei nicht zimperlich vor.«

»Na gut«, willigte Sarah ein und sah Wellmann mit einem betont koketten Augenaufschlag von unten her an, »wenn ihr schön auf mich aufpasst, dann kann ja wohl nichts passieren.«

»Dir kann nichts passieren, das garantieren wir dir und deiner Mutter«, bekräftigte Wellmann.

»Und wann soll die Show losgehen?«, fragte Sarah.

»Na ja, wir hatten vor, heute Abend mal in einem bestimmten Park in Erfurt anzufangen. Wir haben das mit den Kollegen schon besprochen und hoffen, dass er da vielleicht zuschlägt. Wir wollen ihn möglichst schnell festnehmen. Natürlich wissen wir nicht, wie lange das Ganze überhaupt dauern wird. Vielleicht Wochen, vielleicht kommen wir auch schon heute Abend zu einem Ergebnis. Das müssen wir abwarten.«

»Na gut, ich mach's«, sagte das Mädchen und blickte dem Kommissar direkt in die Augen, »gibt ja schließlich auch ein bisschen Kohle dafür, gibt es doch, oder?«

Wellmann nickte.

»Krass! Und die können wir gut gebrauchen, nicht wahr Mama?«

Die Mutter blickte sie liebevoll an.

Wellmann streckte ihr die Hand entgegen. »Na, ich denke, allein wegen der Kohle wirst du es wohl auch nicht machen, nicht wahr? Du hilfst uns, ein für dich und deine Freundinnen äußerst gefährliches Subjekt dingfest zu machen.«

»Ach, das haben Sie aber wirklich schön gesagt, Herr Kommissar«, lächelte Sarah. »Jetzt kann ich ja wohl nicht mehr zurück.«

»Also, liebe Sarah und liebe Frau Petersen«, erklärte Wellmann abschließend, »wir treffen uns dann gegen 19 Uhr. Ich gebe Ihnen über das Handy noch die genaue Adresse durch, oder, viel besser, wir treffen uns hier und fahren zusammen dorthin.

Frau Petersen sah ihre Tochter an: »Ich denke, das finden wir auch viel besser.«

»Gut, dann treffen wir uns hier um 18.30 Uhr und fahren zusammen los«, bestätigte Wellmann. »Sarah, du musst dich natürlich noch etwas aufdonnern, dass kann ruhig ein bisschen verrückt sein.«

»Da sind Sie bei mir an der richtigen Adresse«, Sarah gab ihm ein Kusshändchen. »So etwas liebe ich geradezu. Sie werden staunen.«

33

Schon seit langem fand Büchler den Park auf der linken Straßenseite viel schöner als den gegenüberliegenden. Riesige, alte Bäume und undurchdringliche Büsche wuchsen da, die im Schutz ihrer dunklen Zweige ein tiefes Geheimnis zu verbergen schienen. Er würde ihnen bald ein weiteres liefern. Darüber konnten sie dann ihre dichten, grünen Zweige wachsen lassen wie über ein gut behütetes Grab. Er schaute auf die Uhr. Es war jetzt sieben Uhr, und das Einsetzen der Dämmerung würde nicht mehr lange auf sich warten lassen. Der Park war wie gestern Abend voller junger Leute, die lärmend ihren unterschiedlichen Beschäftigungen nachgingen. Büchler wollte nur still dasitzen und ihnen zuschauen. Er dachte an die Unwiederbringlichkeit der Jugendzeit, die viel zu schnell verging.

»Warum ist man nur so grenzenlos dumm, wenn man noch so wunderbar jung ist?«, überlegte er, »das ist doch alles falsch eingerichtet. »Man ahnt noch nichts von seiner eigenen Vergänglichkeit. Aber wenn man beginnt, sich in seine Jugendzeit zurückzusehnen, ist man schon alt geworden wie der Hans Sachs aus den *Meistersingern* oder die alte Frau Marschallin aus dem *Rosenkavalier*«, träumte er auf der Bank vor sich hin.

Er bot einen friedlichen Anblick, war aber innerlich erregt und angespannt. Schon wieder fielen ihm die jungen Mädchen mit ihren nackten Beinen unter den kurzen

Röcken auf, die kichernde Gruppen bildeten. Was er vernahm, war ein lautes Gezwitscher, jung und laut … viel zu laut. Büchler saß an die zwei Stunden so da und betrachtete das junge Treiben. Er war froh, dass Andrea mit ihrer Freundin unterwegs war und er seine Ruhe hatte. Fast bewegungslos saß er da und starrte in die Dämmerung.

Plötzlich kam auf dem Kiesweg, der an seiner Bank vorbeiführte, ein Mädchen mit einem Hund auf ihn zugelaufen. Sehr bunt, und, wie er fand, fast ein wenig zu frech angezogen. Alle Farben trafen da zusammen: rot, blau, grün und schwarz. »Ein niedlicher bunter Vogel«, dachte er, »aber vielleicht etwas zu auffällig.«

»Ist hier noch frei?«, fragte sie, als sie bei ihm angekommen war, »ich muss mich nämlich erst mal ein bisschen ausruhen, puhhh, bin schon eine Stunde unterwegs, und das alles nur für den Köter, der mir noch nicht mal gehört. Nein, nein, dass Sie das nur nicht falsch verstehen«, lachte sie ihn an, »natürlich alles für das liebe Hündchen. Sie sind doch wohl nicht vom Tierschutzverein?« Jetzt lachten beide.

Als er sie von oben bis unten musterte und dann in ihre Augen blickte, kam in ihm wieder dieses dumpfe, betäubende Gefühl hoch. Ein wunderschönes schwarzes Seidenröckchen hatte sie an, mit Plisseefalten. Unter dem dünnen Stoff zeichnete sich ihr junger Körper ab. Sein Hals brannte, seine Kehle war ausgetrocknet.

»Was ist denn das für ein Hund?«, fragte er dümmlich mit belegter Stimme.

Klar denken konnte er jetzt schon nicht mehr. Sein Herz pochte wild, und es hämmerte wie verrückt in seinem Kopf. Pochte es nicht viel zu laut? Er blickte erschrocken zu dem Mädchen hinüber. So laut, dass musste sie doch hören? Es zertrümmerte ihm ja fast den Kopf, das musste sie doch hören!

»Ach, das sind alle Hunderassen auf einmal«, antwortete sie munter und nickte ihm zu, »eine Promenadenmischung, gehört meiner Kusine, aber niedlich ist er.«

Es war jetzt dunkel im Park, und wie immer begann die Nacht, das Gute und das Böse mit ihrem Mantel zuzudecken.

»Wollen Sie mich das Stück zurück durch den Park begleiten?«, fragte das Mädchen unvermittelt. »Ich muss mit dem Hund noch weiter Gassi gehen, er hat noch immer nicht sein Geschäft gemacht. In der Dunkelheit fühle ich mich aber nicht so sicher, und der Hund, glaube ich, hat im Dunkeln noch mehr Angst als ich«, lachte sie wieder.

Er sah ihr noch einmal in die Augen. »Aber natürlich, ich komme gern mit.«

Gemeinsam gingen sie in die Richtung zurück, aus der sie gekommen war. Das Mädchen hielt sich dicht neben Andreas Büchler. Es war jetzt so dunkel, dass man kaum noch etwas erkennen konnte. Und da im Park nur ganz vereinzelt Laternen standen, die den Weg spärlich erleuchteten, gingen sie langsam und vorsichtig nebeneinander her.

Sarah tastete mit der rechten Hand nach dem Peilsender in ihrer Jacke. Das beruhigte sie und gab ihr Sicherheit. Dann hakte sie sich, mutig geworden, kuschelig bei ihm ein.

Büchler roch ihren Körper und spürte die Wärme, die von ihm ausging. Aber irgendetwas irritierte ihn. Er hatte plötzlich das Gefühl, dass die Situation seiner Kontrolle entglitt. Was ihn warnte, wusste er nicht, aber etwas in seinem Unterbewusstsein hielt ihn zurück. War sie ihm zu bunt, zu auffällig angezogen? Er geleitete sie zum Ausgang des Parks und verabschiedete sich dort schnell von ihr. Dann eilte er nach Hause.

Als er verschwunden war, drückte Sarah den Knopf ihres Senders, und im Nu waren mehrere Polizisten um sie herum. Auch Wellmann und Hansen kamen auf sie zugelaufen.

»Hat wohl nicht geklappt, was? Wo ist er denn hin?«, fragten beide aufgeregt und synchron.

Sarah wusste es nicht, die Dunkelheit hatte ihn bereits verschluckt.

»Na ja, dann versuchen wir es morgen noch einmal.« Wellmann sah das Mädchen an. »Ich konnte den Mann von Weitem nicht richtig erkennen, wie sah er denn aus?«

»Also, ich glaube, er hatte eine gewisse Ähnlichkeit mit dem Foto«, sagte Sarah nachdenklich, »aber beschwören kann ich das nicht. Fotos täuschen ja auch oft. Er schien mir sogar etwas älter als der auf dem Bild. Ich hatte aber das Gefühl, er wollte etwas von mir. Und dann scheint ihn irgendetwas abgeschreckt zu haben. Ja, der war auf jeden Fall älter als der auf dem Bild«, bekräftigte sie noch einmal.

»Gut, dann versuchen wir es morgen wieder«, beruhigte Wellmann, »vielleicht haben wir ja morgen mehr Glück, wenn ich das mal so sagen darf.«

Währenddessen lag Sophie im Bett und dachte mit offenen Augen nach. Ihre Gedanken kreisten um Sebastian. Warum war er immer wieder zu ihr ins Hotel gekommen, und warum hatte er ihr nicht gesagt, wer er wirklich war? Diese Fragen ließen sie einfach nicht los. Sie hatte sein

Gesicht schon im Hotel gesehen, und dann hatte sie ihn auf dem Foto bei der Mutter wiedererkannt. Er hatte sich so sehr verändert, dass sie ihn im Hotel nicht erkannte. Ein hübscher junger, blonder Mann war er geworden, also warum dieses Versteckspiel? Sie hatte schon den Hoteldirektor darüber informieren wollen, dass da häufig ein Mann ohne erkennbaren Grund in der Empfangshalle saß. Wenn das so weiterging, müsste sie ihn vielleicht aus dem Hotel weisen. Aber sie wurde laufend von neu ankommenden Gästen abgelenkt, und plötzlich war er dann auch wieder verschwunden. Gab er sich nicht zu erkennen, weil sie damals mit ihrem Vater weggegangen war? Ein komischer Kerl.

»Das ist doch nicht normal«, ärgerte sich Sophie im Stillen. »Da sitzt er eine ganze Stunde im Sessel, schaut mich an und geht dann einfach wieder. Ich müsste ihn wohl mal mit Büchler bekanntmachen und zu einer Sitzung überreden, oder gleich zu mehreren. Ja«, sagte sie sich, »wenn ich ihn wieder treffe, dann empfehle ich ihm, den Büchler mal aufzusuchen.«

Sophie schloss die Augen. Ihre Erinnerungen gingen weit zurück. »Als es geschah, waren wir wohl fast zwölf Jahre alt. In dem Alter muss es so ungefähr gewesen sein. Als ich 13 war, sind wir ja schon wieder weggezogen. Wie immer lagen wir zuerst in unserem Kuschelbett. Kleine ungelenke Berührungen. Hautversuche. Wir hatten ein schlechtes Gewissen deswegen. Durften wir das überhaupt? Aber eigentlich war doch alles nur ein Spiel, eine Fortsetzung der Kissenschlacht, bei der gelegentlich eine ferne Ahnung aufgekommen war von etwas Unbekanntem. Eines Abends stand Sebastian noch einmal auf und holte sich ein Glas Wasser. Als er zurückkam und sich wieder zu mir legen wollte, starrte er wie hypnotisiert auf das Bettlaken. Ich sah seinen entsetzten Blick und schaute ebenfalls dorthin. Siedend heiß wurde mir, und ich bekam sofort ein schlechtes Gewissen. Das konnte doch nicht sein. War das von mir?

Ein dicker, schwarzroter Blutfleck hatte sich auf dem Bettlaken ausgebreitet. Ekelhaft war das. Jedenfalls für uns Kinder. Wir starrten beide in Panik auf diesen Beweis unserer Schuld. Denn das musste es doch wohl sein. Jedenfalls kam es uns damals so vor.

Sebastian zitterte und wurde blass. Wenn die Eltern das sehen würden …

Dann versuchte er, das Laken mit einem Ruck vom Bett zu reißen. ›Wir müssen es schnell verschwinden lassen. Schnell … schnell … Wie kommt denn dieser Fleck auf das Laken? Ich habe doch gar nichts getan‹, stammelte er. ›Ich habe dir doch nicht wehgetan? Woher kommt das ganze Blut? Wie kann das sein …?‹

Er zerrte noch immer mit aller Kraft an dem Laken herum und bekam es, fest wie es von der Mutter in die Bettränder gestopft war, einfach nicht heraus. Er fing an zu weinen.

›Sebastian‹, sagte ich damals beruhigend. Ich erinnere mich genau daran, dass ich versuchte, einfach die Ruhe zu bewahren. ›Sebastian, da ist wohl bei mir etwas passiert, was bei jedem Mädchen irgendwann passiert. Es ist bei mir heute das erste Mal. Ja wirklich, das erste Mal. Ich kann nichts dafür.‹

›Ja … nein … ja … ja …‹, stammelte er, ›ich habe schon mal davon gehört, aber was machen wir denn jetzt? Was werden die Eltern dazu sagen? Wir müssen das Laken sofort verschwinden lassen. Ekelhaft, dieser rote Fleck.‹

Wir haben uns dann langsam wieder beruhigt und das Bettlaken ausgetauscht. Das verschmutzte haben wir am Morgen in einer Plastiktüte in eine Mülltonne geworfen.

Seit dem Tag haben wir nie wieder zusammen in einem Bett geschlafen, obwohl wir uns beide danach sehnten. Aber zusammen nie wieder. Hatte das damals einen Einfluss auf seine Psyche? Ist er dadurch vielleicht so eigenartig geworden? War das ein Schlüsselerlebnis für sein späteres Leben?«

Sophie öffnete die Augen. Jetzt, wo sie ihn auf dem Foto wiedererkannt hatte und er jeden Moment auch wieder in ihr Leben treten konnte, würde ja alles noch viel komplizierter werden. Das wollte sie nicht, und sie fürchtete sich sogar davor. Sie wollte ihn endlich vergessen und hatte ihn doch schon fast aus ihrem Leben gestrichen. Und mit Büchlers Hilfe würde es ihr doch vielleicht gelingen, sich völlig von ihm zu befreien. Das mit Büchler würde sie durchziehen, das nahm sie sich fest vor. Überhaupt kam es ihr ziemlich verrückt vor, jemanden vergessen zu wollen, mit dem sie doch bisher gar keine intime Beziehung hatte. Das war auch nicht normal.

Unbedingt wollte sie am Morgen wieder bei Büchler anrufen. Während sie daran dachte, überkam sie allmählich ein immer ruhiger werdender erholsamer Schlaf.

Als sie am nächsten Tag im Hotel ihren Dienst antrat, wartete sie bei jedem eintretenden Gast darauf, dass es Sebastian wäre. Verstohlen blickte sie immer wieder zur Drehtür. Am Morgen hatte sie Büchler noch einmal angerufen, aber er hatte ihr, wie sie fand, fast etwas brutal abgesagt.

»Überhaupt keine Zeit«, hatte er gemurmelt und aufgelegt. Er war sicher überlastet. Bei der ersten Sitzung hatte er auf sie schließlich einen nervösen und überreizten Eindruck gemacht. Sie wollte ihn in der nächsten Woche noch einmal anrufen. In Gedanken verloren, sah sie, wie sich plötzlich die Hoteltür wieder drehte, aber es war Herr Dr. Paul, der schon wieder für eine Nacht gebucht hatte. Kein Sebastian kam herein.

34

Andreas Büchler sah noch mal die Erbschaftspapiere durch. Er schüttelte immer wieder den Kopf. »Das ist vielleicht ein Vater. Lässt sich vierzig Jahre nicht sehen und vererbt mir dann sechzigtausend Euro. So ein Arschloch. Hat er sich irgendetwas dabei gedacht? Wohl kaum. Hat wohl egomanisch nur an sich selbst gedacht. Es gibt Menschen, die trampeln einfach über alle anderen hinweg. Ich kann ihn noch nicht einmal hassen, so wenig berührt er mich. Hatte zwei Kinder mit der Herting, Heinrich und Sebastian, meine Halbbrüder. Ja, die Herting war lange Zeit mit ihm verheiratet. Da lernt man doch zumindest die Oberfläche eines Menschen kennen. Das würde mich als Psychiater schon sehr interessieren. Es wäre interessant, sich mit dieser Frau mal zu unterhalten. Ach Quatsch … als Psychiater, ich mache mir da wieder was vor. Es handelt sich ja schließlich um meinen Vater. Mein Vater …, das klingt so fremd und eigenartig. Was für ein Mensch war mein Vater? Will ich mehr über ihn erfahren? Ja, das will ich wohl.«

Sollte er Frau Herting einfach mal einen Besuch abstatten? Das wäre doch völlig ungefährlich. Einen Grund hatte er ja jetzt. Und wenn sie auf Sebastian zu sprechen kam, konnte er ja den Unwissenden spielen. Vielleicht konnte sie ihm etwas berichten, das ihn interessierte, als Psychiater natürlich. Eigentlich konnte er das Wort Vater noch nicht einmal denken, geschweige denn aussprechen. Aber gerade deshalb... Büchler schlug das Telefonbuch auf.

»Herting.«

»Mein Name ist Büchler. Guten Tag, Frau Herting, ich bin ein Freund Ihres Sohnes Sebastian, und ich hätte Sie gern einmal gesprochen.«

»Wie kann man nur so unverschämt lügen?«, dachte er, während er fragte: »Wäre es vielleicht sogar möglich, dass ich Sie heute noch sprechen kann?« Angespannt umklammerte er den Hörer.

»Ach, das ist aber nett von Ihnen. Nein, wo Sebastian sich momentan aufhält, weiß ich auch nicht. Also, dann komme ich um fünf bei Ihnen vorbei. Ja. Herzlichen Dank und bis dahin.«

Pünktlich um 17 Uhr klingelte er bei den Hertings.

»Sie haben mich angerufen«, sagte Frau Herting aufgeregt, als sie die Tür öffnete. »Wie war doch gleich noch Ihr Name?«

»Büchler, Andreas Büchler.«

»Ja, richtig, Herr Büchler, kommen Sie herein und nehmen Sie doch bitte Platz. Wissen Sie, wenn man älter wird, vergisst man schon mal etwas. Was kann ich also für Sie tun. Sie sind ein Freund vom Sebastian? Wissen Sie denn, wo er ist? Er hat sich schon seit Tagen nicht mehr sehen lassen. Ich mache mir jetzt wirklich die größten Sorgen. Als Mutter macht man sich ja immer Sorgen, aber so lange Zeit war der Sebastian noch nie weg, ohne dass ich Bescheid wusste, wo er war. Das bereitet mir mittlerweile schlaflose Nächte.« Atemlos hatte Frau Herting auf ihn eingeredet.

»Ja, das verstehe ich, Frau Herting, auch ich mache mir langsam Sorgen um ihn«, behauptete Andreas Büchler.

»Da wird doch wohl nichts passiert sein?«, fragte sie noch einmal eindringlich, »Herr Büchler, Sie sagten, Sie seien ein Freund von ihm? Sie sollten es doch wissen«, schloss sie etwas hilflos.

»Aber nein, Frau Herting, er wird sich bestimmt bald melden. Ich komme aber heute zu Ihnen, weil Ihre Söhne und ich eine Erbschaftsangelegenheit zu regeln haben. Sie wissen es vielleicht noch gar nicht. Und ich weiß es auch erst seit kurzem. Wir sind sozusagen Brüder, genauer gesagt: Ihre Söhne sind meine Halbbrüder. Sie sehen mich jetzt so erstaunt an, ja, ja, glauben Sie mir, Ihre Söhne sind meine Halbbrüder.«

Frau Herting sperrte vor Überraschung den Mund auf und bekam keinen Ton heraus.

»Also, die Geschichte ist so«, setzte Büchler noch einmal etwas umständlich an. »Ich bin der erste Sohn Ihres vor kurzem verstorbenen Mannes«, und dann erzählte er ihr, was er vom Anwalt erfahren hatte.

»Hat Herr Falk Sie in dieser Sache schon kontaktiert?«, fragte er, nachdem er fertig war.

»Nein, aber mich würde im Moment viel mehr interessieren, wo Sebastian ist.«

»Ich wollte eigentlich nur mal kurz mit Ihnen sprechen, um etwas über diesen Mann zu erfahren. Mir kommt das Wort Vater sehr schwer über die Lippen. Sie verstehen das vielleicht. Aber trotzdem. Wir haben immerhin die gleichen Gene, ob es mir nun passt oder nicht. Was war denn das für ein Mensch, dieser Herting? Ist man überhaupt ein Mensch, wenn man seinen ersten Sohn zur Adoption freigibt, wieder heiratet, noch zwei Söhne in die Welt setzt und dann auf Nimmerwiedersehen verschwindet? Das ist mir unbegreiflich.«

Frau Herting musterte ihn aufmerksam. »Ja, das ist mir allerdings auch unbegreiflich, und davon wusste ich auch gar nichts. Das war wohl noch in seiner Hamburger Zeit. Er hat mir nie etwas darüber erzählt. Überhaupt hat er selten über diese Zeit gesprochen. Es ging eigentlich immer nur um Berufliches. Immer nur um Politisches. Ja, was war er für ein Mann?«, überlegte sie. »Ein Vater war er nicht, das wissen Sie ja nun, und ganz einfach war er auch nicht, für keinen von uns. Er war schon ein schwieriger Brocken. Es gab oft Krach und Streit wegen der kleinsten Dinge. Sehr cholerisch. Die Türen flogen nur so. Aber Karriere hat er ja gemacht. Er verdiente gutes Geld und war auch oft im Ausland. Muss wohl ziemlich linientreu gewesen sein. Oder er tat wenigstens so. Also, viel mehr kann ich ihnen auch nicht erzählen. Das ist ja alles schon so lange her. Ich wüsste nicht … doch, warten Sie mal«, und sie stand auf. »Ich habe einige Zeitungsartikel und Dokumente aufbewahrt.«

Sie ging an ihre Kommode und holte eine silbrige, mit der Zeit etwas blau angelaufene Schatulle heraus.

»Da ist einiges, was ich damals gesammelt habe. Zu der Zeit war er in Rom stationiert und hatte zur dortigen DDR-Botschaft Kontakt. Was dort ablief, war wohl nicht immer ganz koscher. Irgend so ein arabisches und islamistisches Zeug hat er da gemacht. In dieser Papstsache mit dem … wie hieß er doch noch gleich, Ali …«

»Ja, ich glaube Ali Agca hieß er wohl«, sagte Büchler, »Sie meinen doch den, der das Attentat an Papst Johannes II. verübt hat.«

»Ja, genau den. In die Geschichte war er wohl auch irgendwie verstrickt. Das hat man mir jedenfalls erzählt. Hier ist ein Bild von ihm.« Sie hielt Andreas Büchler ein

Schwarzweißfoto hin. Er nahm das Foto und betrachtete es lange.

»Ein gut aussehender Mann«, dachte er, »sieht fast aus wie ein Filmschauspieler auf einer dieser Aufnahmen aus den fünfziger Jahren.«

»Und hier«, Frau Herting kramte immer noch in dem Kästchen, »hier habe ich einen Zeitungsartikel. Allerdings auf Italienisch«. Sie zog die zusammengefaltete Doppelseite einer Zeitung hervor. »Ich verstehe nicht viel Italienisch, aber es war wohl ein Raubüberfall in Rom. Er sollte von italienischen Neofaschisten ermordet werden. Denen war er wohl zu links. Die haben ihm in einer Straße aufgelauert und ihn furchtbar zusammengeschlagen. War wohl eine sehr blutige Angelegenheit. Hier unten steht allerdings, es könne sich möglicherweise aber auch um eine Zuhälterrache handeln. Na ja, so toll hat die DDR wohl auch nicht gezahlt. Wahrscheinlich hat er bei einigen Damen auf Staatskosten anschreiben lassen, und Honi hat ihm dann wohl keinen gedeckten Scheck geschickt. War ja selbst pleite.« Frau Herting schien ihre Sorgen um Sebastian für einen Moment vergessen zu haben, lachte donnernd und wippte in ihrem Stuhl hin und her.

»Also, man weiß nicht so genau, wer es war, aber er hat wohl einen Schaden davongetragen, der ihn berufsunfähig machte. Wie ich erfahren habe, ist er in Rom geblieben. Ich kann Ihnen ja überhaupt nur das erzählen, was man mir über die Jahre berichtet hat. Und nun ist er gestorben, sagen Sie. Na, Friede seiner Asche. Mehr fällt mir dazu nicht ein.« Sie lächelte Büchler an.

»Er ist damals einfach verschwunden, unverschämt, nicht wahr? Mich haben überhaupt die Männer immer verlassen. Ich weiß nicht, warum. So ein Scheusal bin ich doch nun auch nicht, oder? Und gut kochen kann ich auch«, schloss sie lächelnd.

»Aber, aber, liebe Frau Herting. Ich finde Sie ganz reizend«, sagte Büchler jetzt in seinem Patiententon. Und während er das sagte, trat ihm wieder die Szene mit Sebastian in der kleinen Kirche vor sein inneres Auge. »Na gut«, sagte er schnell, um sich von den grauenhaften Bildern abzulenken, »nun weiß ich ja doch zumindest etwas über meinen... na, sagen wir, über Herrn Herting. Ich muss ihm wohl nicht nachtrauern. Nein, das muss ich sicher nicht. Haben Sie also vielen Dank. Ich darf mich dann wieder von Ihnen verabschieden.«

»Ja, lieber Herr Büchler«, sagte Frau Herting, die ihrerseits von ihrem Kummer abgelenkt war. »Sie wissen ja, wo es hinausgeht. Meine Beine..., Sie sehen, ich kann nicht mehr so gut gehen. Kommen Sie gut wieder nach Hause! Sie werden ja sicher mit meinen Söhnen die ganze Angelegenheit noch einmal besprechen, und sobald Sie etwas von Sebastian hören, dann rufen Sie mich doch bitte sofort an, tun Sie das?«

»Ja, Frau Herting. Natürlich. Wir telefonieren.«

35

Andreas Büchler hatte Sophie gestern abgewimmelt. Ihr gesagt, dass er jetzt überhaupt keine Zeit für sie hätte und den Hörer einfach aufgelegt. Er konnte gestern nicht mit ihr sprechen und auch heute nicht, das war ihm klar, als er von Frau Herting zurückkam. Er konnte jetzt keiner Sophie helfen, wo ihm doch selbst jemand helfen musste. Er war doch hier der Kranke. Er wusste, dass von jetzt an alles nur noch auf ein großes, schauerliches Finale zulaufen konnte. Was waren dagegen ihre Probleme? Sie musste sich sowieso von Sebastian lösen. Tot war er. Mausetot. Er existierte nicht mehr. Oder wusste Sophie doch etwas?

»Aber ich lebe«, dachte Büchler. »Auch wenn es mir im Moment dreckig geht. Ich lebe, ja, ich lebe immer noch. Warum lässt mich dieser verdammte Lebenstrieb da unten nicht zur Ruhe kommen? Einfach fürchterlich, dass er nicht mit dem Kopf auszuschalten ist. Selbst ich als Psychiater kann das nicht.« Er ging in seinem Zimmer auf und ab. »Warum habe ich gestern bei dem bunten Vogel nicht zugeschlagen? Wäre doch ganz einfach gewesen, und ich hätte wieder für eine Weile Ruhe gehabt. Sie war niedlich. Wohl auch willig. Jedenfalls schien sie keine Schwierigkeiten zu machen. Sie werden immer jünger und jünger und wissen schon alles. Verkehrte Welt. Na, mir soll's recht sein. Ein bisschen zu bunt war sie schon. Irgendetwas an ihr war zuviel. Zuviel Farbe, zu auffällig. Aber in der Dunkelheit konnte das sowieso kein Mensch sehen. Dumm von mir. Schade, das ließ sich doch eigentlich sehr gut an. Ob ich sie noch einmal treffe? Sie muss doch sicher mit ihrem blöden Hund wieder ausgehen. Na klar, der Köter muss doch wieder pissen gehen.«

Er fühlte es plötzlich wieder, ein dumpfes Feuer, das seinen ganzen Leib zerfraß.

Grauenhaft und zerstörerisch. »Verdammt, ich ein Psychiater, und ich komme nicht mehr los davon. Es peitscht mich immer weiter vorwärts. Ob sie wieder in den Park kommt? Heute muss ich das durchziehen … muss … muss …«, hämmerte es in seinem Kopf. Ermattet legte er sich aufs Bett und war wenig später eingeschlafen.

»Hallo, mein Engel!« Andrea Büchler kam von der Uni zurück, und wie immer krachte die Wohnungstür hinter ihr ins Schloss.

»Kannst du nicht ein Mal die Klinke in die Hand nehmen?«, schrie Büchler sie aufgebracht an. »So machst du die Tür bald kaputt!«

Andrea schaute ihn verdutzt an. Sie hatte ihren Mann lange nicht mehr so erlebt. Sie ging zurück zur Tür, öffnete sie erneut und schloss sie dann betont vorsichtig, so dass es kaum zu hören war. Dann betrat sie sein Arbeitszimmer und lächelte maliziös.

»Ach, ich bin heute ziemlich erschöpft, Engelchen, du weißt, das kommt selten vor, und dann auch gleich noch diese schwere Aufgabe mit der Tür. Uta habe ich auch noch versprochen, mit ihr abends in die Oper zu gehen. Eigentlich habe ich gar keine Lust, aber versprochen ist versprochen. Sei also nicht sauer«, beschwichtigte sie ihn. »Es tut mir wirklich leid. Ich weiß, wir haben schon seit langem viel zu wenig Zeit für uns beide gehabt. Aber«, und sie gab ihm einen kleinen Kuss, »wir werden das ändern. Ich verspreche es dir. Wir machen demnächst wieder den Tannhäuser. Aber so richtig und mit allem Drum und Dran. Die arme Venus, sie hat keine Chance gegen mich. Aber heute bin ich zu müde, da würde sie wohl gewinnen.«

Dann sah sie ihn ernst an. »Ich weiß nicht, aber du scheinst mir schon seit längerem etwas verändert zu sein. So ernst und brummelig. Bedrückt dich irgendetwas? Manchmal denke ich, wir leben nur noch wie Hänsel und Gretel zusammen, oder ist da auch noch was von Romeo und Julia? Du bist so still und blass. Hast du schon wieder über die abendländische Kultur und ihren Untergang nachgedacht? Lass uns, wenn ich aus der Oper komme, mal wieder miteinander reden. Na, Engelchen, wir werden das gemeinsam nach der Vorstellung ändern. Also, trink nicht so viel Rotwein, du weißt, das schwächt den Mann. Wir haben schließlich noch eine ganze Menge vor.«

Sie ging ins Schlafzimmer, um sich für den Abend umzuziehen, und Büchler sackte genervt in seinen Patientensessel.

36

Als langsam die Dämmerung einsetzte, ging Büchler wieder hinüber in den Park. Er setzte sich auf dieselbe Bank, auf der er gestern mit dem Mädchen gesessen hatte. Das Herumgetolle der jungen Leute interessierte ihn jetzt nicht, das war ihm heute völlig gleichgültig. Er registrierte nur, dass es ihm schlecht ging. Sauschlecht sogar. Sein Magen schmerzte schon wieder, und er fand, dass ihm auch sonst alles wehtat. Um sich abzulenken, hatte er die Kopfhörer seines i-Pods in die Ohren gestöpselt und hörte in die Rom-Erzählung des *Tannhäuser* hinein. Je länger er die Musik in sich aufsaugte, desto mehr wurde er selbst zum Tannhäuser. Immer enger fühlte er sich der Titelfigur verbunden.

Er stellte sich vor, wie der Papst in vollem weißgoldenen Ornat und umgeben von den in Purpur gekleideten Kardinälen inmitten der von Kandelabern beschienenen Säulen der schon lange baufällig gewordenen Basilika stand. Es war ein ergreifendes Bild. Seinen Krummstab hielt der Papst in der rechten Hand drohend nach oben, Schwaden von Weihrauch lagen in der Luft, und in dem dämmrigen Kerzenlicht hatte die ganze Szene etwas Gespenstisches und Irreales. Mit heller, strenger Stimme hob der Papst nun an, Tannhäuser zu verurteilen.

»*… hast du so böse Lust geteilt, dich an der Hölle Glut entflammt, hast du im Venusberg geweilt, so bist nun ewig* *du verdammt. Wie dieser Stab in meiner Hand nie mehr sich schmückt mit frischem Grün, kann aus der Hölle heißem Brand Erlösung nimmer dir erblüh'n.*

Da sank ich in Vernichtung dumpf danieder. All die vergangenen Wochen und Monate hatte ich zu Gott gebetet und gebetet, und immer wieder gebetet. Mein sehnlichster Wunsch war es, alle meine Verfehlungen wiedergutzumachen. Die schwere Pilgerfahrt nach Rom, auf der ich mich gegeißelt hatte, und die so viele entbehrungsvolle Wochen andauerte, diese Reise habe ich gerne auf mich genommen, um alles zu büßen. Buße tun und alles wiedergutmachen, das war es, was mir Tag und Nacht nicht aus dem Kopf ging. Wochenlang habe ich kaum etwas gegessen, habe mich kasteit und so gut wie gar nichts getrunken. Auf dem mühevollen Weg haben mich manche Leute erkannt, die mich noch bei meinen früheren Wanderungen in die Fürstenhäuser begrüßten. ›Du bist der Tannhäuser‹, schrien sie zu mir herüber, und jetzt spuckten sie mich an. Müde und ausgezehrt erreichte ich schließlich Rom. Jetzt liege ich hier und flehe den Papst händeringend um seine Vergebung an, und ehrliche Tränen rinnen über mein Gesicht. Aber ohne mich auch nur anzuschauen, dreht der Papst sich nach seinem Schuldspruch sofort wieder um, wobei ihn seine Kardinäle wie ein purpurner Schutzschild umgeben. Alle schreiten sie wieder in den Hintergrund zurück durch die vielen Säulen hindurch, und sie verschwinden langsam und gemessen in den dunklen und etwas verfallenen Teil der Basilika, aus dem sie gekommen sind. Die Weihrauchschwaden verschlucken sie. Der Spuk ist vorbei. Kurz darauf werde ich von zwei Wachleuten brutal hochgezerrt und nach draußen vor die Basilika geschleift. Verächtlich und hasserfüllt stoßen sie mich auf die Steinstufen. ›Ein Menschenleben ist in unserer Zeit nicht viel wert‹, denke ich mir, während von dem Sturz meine Beine schmerzen. Die zwei Wachen bespucken mich auch noch, und ihre ganze Verachtung liegt in ihrem Tun. Ich liege da wie betäubt. Gibt es denn keine Erlösung mehr? Bin ich so schuldig geworden? Ist überhaupt keine Rettung mehr möglich? Um mich herum liegen Tiere faul in der Mittagssonne und blinzeln mich an. Kühe, Ziegen, Hunde, Katzen. Hier oben gibt es kaum Bäume und so gut wie keinen Schatten, was wollen sie also auf dem ausgetrockneten Hügel? Menschen sind bei der Hitze kaum zu sehen. Dafür gibt es überall stechende Mücken. Aber ich spüre nicht, dass sie mich stechen. Ein Kläffen dringt an mein Ohr, und ein streunender Hund streicht wenig später an mir vorbei, jault auf, als er mich sieht. Er fühlt wohl, dass es außer ihm noch andere gequälte Kreaturen gibt. Aber ich verjage ihn, und mit eingezogenem Schwanz macht er sich aus dem Staub. Ich kann mir ja selbst nicht helfen. Habe ich denn überhaupt jemals irgendjemandem geholfen? War mein Leben nicht immer nur Egoismus und Selbstsucht? Alles erleben und alles genießen, ohne Verantwortung tragen zu müssen, das war es doch, was ich immer wollte, und wofür ich heute büßen muss.

Es ist in Rom mittlerweile schwül und heiß geworden. Ich liege in der brütenden Sonne auf den großen Steinquadern vor dem Papstsitz. Wie verwirkt mein Leben ist, das wird mir hier vor der Basilika bewusst. Für mich gibt es kein Auferstehen. Nicht in aller Ewigkeit. Für mich gibt es kein Leben nach dem Tode. Ich bin verdammt. Aber mein Gott, mein Gott, was habe ich denn so Furchtbares verbrochen, dass diese höchste Strafe für mich gerechtfertigt ist? Hätte ich denn leben sollen wie Elisabeth und ihre durch strenge Regeln eingeengte Gesellschaft? Zornig schaue ich zum Papstsitz. Elisabeth, sie hat durch mich nicht viel Gutes erlebt, ja, ich weiß, das hat sie sicher nicht. Aber die Gesellschaft, in der sie lebt, tut stumpfsinnig all das, was ihr Kirchenleute ihnen vorschreibt. Brav und folgsam, angstvoll und eingeschüchtert folgen sie euch wie die Schäfchen ihrem Schäfer. Stumpfsinnig. Genau wie auch Elisabeth immer nur diesen stumpfsinnigen Weg gewählt hat. Den Weg, der von der Kirche vorgeschrieben wird. Höllisch fürchten sie sich davor, etwas zu erleben, was euch Pfaffen und den Nachbarn von nebenan missfallen könnte. Das hat mich nie gekümmert. Ich habe immer ausgelebt was in mir war. *Dir, Göttin der Liebe, soll mein Lied ertönen. … dahin zog's mich, wo ich der Wonn' und Lust so viel genoss, an ihre warme Brust …*

Wollte Gott denn wirklich, dass ich mich selbst auch verleugne wie die braven Bürgersleute? Das kann er doch einfach nicht gewollt haben. Auf den heißen Steinstufen, auf denen ich hier liege, sehe ich mein Leben ablaufen, wie man es wohl sieht, bevor man diese Welt wieder verlässt. Ich blicke in Gedanken zurück in die kleine Stadt, in der wir einst alle gemeinsam lebten. Ich habe es mir nie wirklich eingestanden, aber heute weiß ich es. Ich sehne mich schon seit sehr langer Zeit zurück in die Ordnung dieses Lebens. Ja, ja, ich glaube es ja fast selber nicht, aber es ist wirklich so. Ich sehne mich danach zurück, aufgenommen zu sein in eine Gemeinschaft, die sich Grenzen gesetzt hat. Grenzen, die keiner überschreiten darf. Niemand. Auch ich nicht. Ihr dörfliches Leben ist eintönig, so kommt es mir jedenfalls vor, aber mein anderes Leben war doch genauso eintönig. Den Eros und eine wilde und grenzenlose Sexualität, das war's, was ich wollte. Die habe ich zur

Genüge und überwältigend kennen gelernt. Ich habe den grenzenlosen Rausch gesucht und ihn auch immer wieder gefunden. Ich kam nicht mehr los davon. Aber plötzlich ekelt es mich einfach an. Ich bin aus der Unzucht wie aus einem wilden Traum wieder aufgewacht und sehnte mich nur noch nach völliger Abgeschiedenheit. Nach einem Kloster, nach heiligen Menschen, nach Jesus Christus und nach Gott. Das war's, wohin ich nur noch wollte. Bis in den blauen Himmel und seine silbrigen Sterne hinein wollte ich verschwinden und mich verstecken. Heilig wie der Papst und verkommen wie ein räudiger Hund, so kann der Mensch sein. Heilige und Hure, das kann er alles sein. Ich war nicht heilig, nie, wohl eher ein räudiger Hund. Aber mein Bedauern kommt zu spät.

Lärm weckt mich aus meinen schwitzenden Gedanken, und ich sehe, wie eine kleine Menschenmenge hysterisch und mit lautem Gebrüll auf mich zugerannt kommt. Ich sehe sie dicke Knüppel schwingen. Ich begreife. Ich wühle mich müde hoch und will fliehen, aber von der anderen Seite kommen sie auch. Nun ist es wohl so weit. ›Mein Gott, mein Gott … Heilige Elisabeth, bitte für mich, wenn du vor Gott stehst!‹ Ich bin inzwischen aufgestanden und gehe ihnen ein Stück entgegen. Verwundert sehe ich, dass sie zurückweichen. Feigheit war nie meine Sache. Sie bleiben stehen. ›Was wollt ihr denn von mir?‹, rufe ich ihnen zu. ›Was habe ich euch denn getan? Nur weil ich nicht so gelebt habe wie ihr, wollt ihr mich jetzt erschlagen? Weil ich anders war als ihr? Könnt ihr es nicht ertragen, wenn man eure Ordnung nicht einhält? Im Grunde seid ihr alle verkrüppelte Seelen. Armselige Kreaturen, die sich selbst ihr Leben verpfuschen!‹ schreie ich, gehe noch drei Schritte auf sie zu und zeige mit der Hand auf mich.

›Hier steht ein Mensch und ihr seid Christen. Wenn der Papst mich schon verdammt, dann solltet ihr mir doch wenigstens verzeihen können? Könnt ihr es nicht?‹ brülle ich ihnen wütend entgegen. ›Nein!‹ kommt es wie aus einem Mund zurück. ›Denn du bist ein Mensch, den wir hier nicht wollen‹, rufen sie mir zu. Ich lächle mitleidig. ›Ihr armen verdorrten Seelen. Ihr bedauernswerten, armseligen Geschöpfe‹, pruste ich lachend heraus. ›Wenn ihr wüsstet, wie schön das Leben sein kann.‹ Dann wende ich mich abrupt von ihnen ab und setze mich zurück auf die heißen Steinquader. ›Ach, ihr seid alle langweilige Bestien im Schafspelz‹, sage ich mit leiser erstickter Stimme, denn ich weiß natürlich, was jetzt auf mich zukommt. Mein Ende. Aber das ist auch in Ordnung so. Sie kommen langsam näher und näher, sind schon direkt vor mir… Alle heben sie ihre Knüppel, und …‹«

»Ach, da sind Sie ja«, sagte Sarah zu Andreas Büchler, »kann ich mich vielleicht zu Ihnen setzen?«

Mit einem kleinen erschreckten Schrei wachte Büchler aus seinem Traum wieder auf.

»Ja, natürlich«, stammelte er völlig verwirrt, »natürlich, setzen Sie sich doch bitte, natürlich.« Er strich seine verschwitzten Haare nach hinten und nahm die Stöpsel des i-Pods aus den Ohren. »Entschuldigen Sie, ich muss wohl etwas eingeschlafen sein.«

Sein Körper war beim Träumen auf der Bank ein wenig zusammengesackt, und so setzte er sich erst einmal wieder gerade hin. Sie sah ihn an.

»Das ist aber nett, dass ich Sie hier wiedertreffe. Sie wissen doch noch, ich bin im Dunkeln immer etwas ängstlich. Meine Kusine ist einige Tage verreist, und da muss ich mich um Hugo kümmern.«

»Ach, Hugo heißt er«, Büchlers Stimme klang brüchig und trocken.

Sie setzte sich neben ihn. »Wissen Sie, manche Leute finden, ich sei zu bunt angezogen, finden Sie das auch?«, fragte sie ihn ernsthaft.

»Nein, das ist doch sehr hübsch, gerade für so ein junges Mädchen«, antwortete Büchler, der inzwischen wieder etwas besser sprechen konnte.

»Wenn ich mit der Schule fertig bin, dann will ich in die Modebranche«, redete sie munter weiter, »anziehen tun sich die Leute doch immer. Das hat doch Zukunft, finden Sie nicht auch?« Er nickte. »Ich steh' eben auf so grelle Farben, sieht doch auch gut aus, oder?«

Sie tastete in ihrer Jackentasche nach dem Knopf des Peilsenders. Wellmann hatte ihr noch gesagt, sie solle ihn nur nicht umklammern, wegen der Übertragung. Also ließ sie ihn gleich wieder los. Sicherer geworden, redete sie jetzt weiter auf ihn ein.

»Ich habe ja alle möglichen Modezeitschriften abonniert. Die Designer haben manchmal wirklich was drauf, sage ich Ihnen. Das sind zum Teil richtige Künstler. Aber ich glaube, Sie hören mir gar nicht richtig zu?« Sarah schaute Büchler ins Gesicht. »Sie sehen auch ziemlich käsig aus oder ist das nur das blöde Licht von der Laterne? Sehen Sie, der Hund zieht auch schon wieder an der Leine. Ich muss also weiter Gassi gehen. Kommen Sie wieder ein Stück mit? Es war gestern sehr beruhigend, Sie im Dunkeln dabei zu haben.«

»Natürlich begleite ich Sie«, sagte er tonlos. Sie hakte sich sofort bei ihm ein, und gemeinsam spazierten sie wieder über den Kiesweg, den sie gekommen war. Sarah wurde mutiger.

»Wissen Sie, ich fand es sehr nett, dass Sie mich gestern am Ende des Parks verabschiedet haben. Es gibt ja sicher auch Männer, die etwas anderes versucht hätten. So einer sind Sie, Gott sei Dank, nicht.«

Schweigend gingen sie nebeneinander her, und er fühlte die Wärme, die aus ihrem Körper herüberströmte. Sie schien sich geradezu an ihn zu pressen. Er konnte sich nicht mehr halten. Mit einem Ruck zerrte er sie plötzlich ins Gebüsch. Riss ihr die Unterhose herunter, riss ihr die Beine auseinander, und dann … drei blendend helle Stablampen warfen ihr gleißendes Licht auf die Szene. Sarah schrie vor nachträglichem Entsetzen laut auf und weinte erleichtert, als sie das Licht direkt in ihre Augen traf. Büchler wirbelte blitzschnell mit seinem ganzen Körper herum und blickte mit schreckgeweiteten Augen in ein weißes, blendendes Loch, in dem er nichts erkennen konnte. Er versuchte sofort, das verrutschte Hemd in seine Hose zu stecken und den Reißverschluss seiner Hose zuzuziehen. Dann schloss er die Augen. Er wusste, was jetzt geschehen würde.

Im Gebüsch riefen die Polizisten einander laut Anweisungen zu. Einer riss den Psychiater hoch und legte ihm Handschellen an. Er wehrte sich nicht. Andere Polizisten kümmerten sich um Sarah, die einen Weinkrampf bekommen hatte.

Der Kommissar nahm Sarah kurz in die Arme und streichelte sie beruhigend. Dann übergab er sie ihrer Mutter, die mit den Polizisten in einem Einsatzfahrzeug gewartet hatte. Anschließend baute er sich vor Büchler auf.

»Verdammt noch mal, wer sind Sie denn? Scheiße, so eine verfluchte Scheiße«, fluchte er, »wir haben hier den Sebastian Herting erwartet. Wer sind Sie denn? Sind Sie auch so eine widerliche Drecksau? Dann kommen Sie mal mit, das können Sie uns alles gleich auf der Wache erzählen.«

Wellmann sah dem Täter, den seine Kollegen jetzt abführten, fassungslos hinterher.

»Das verstehe, wer will«, brummelte er in seinen Schnauzbart.

Auf dem Weg zu den Einsatzwagen kamen sie zu einer der Lampen, die den Park diffus beleuchteten. Durch das bisschen Licht konnten Wellmann, Hansen und die anderen Polizisten erkennen, wie ihnen zwei Frauen eingehakt durch den Park entgegengeschlendert kamen. Sie unterhielten sich angeregt und lachend. Und als Andrea Büchler ihren Mann mitten in dem ganzen Tross von Polizisten erkannte, lief sie ratlos und mit ausgebreiteten Armen auf ihn zu.

»Mein Engelchen, was machst du denn hier, ja, was ist denn eigentlich los …?«

37

Der Pfarrer kam mit seiner Frau in Wellmanns Dienstzimmer. Wellmann, Kruse, der Profiler und andere Polizisten standen dort in einer erwartungsvollen, angespannten Stille um den Tisch des Hauptkommissars.

»Also, lieber Herr Herting, liebe Frau Herting, wir haben den Fall ja nun doch noch lösen können«, sagte Wellmann in die Stille hinein. »Wir wollten ja eigentlich Ihrem Bruder und Schwager eine Falle stellen, aber zufällig ist da jemand ganz anderer hineingetappt. Das war für uns eine riesige Überraschung, wie Sie sich wohl vorstellen können. Dieser Jemand stellt sich dann als der Psychiater Ihres Bruders heraus. Später haben wir erfahren, dass es sogar Ihr Halbbruder ist. Mein Gott, was für Verstrickungen«, Wellmann schüttelte den Kopf.

»Ach lieber Herr Pfarrer, es muss schwer für Sie und Ihre Frau sein, das alles zu ertragen. Sie sind ja, wie es aussieht, der einzige Sohn der Familie, der ein anständiges Leben geführt hat. Ihr Halbbruder war ja wohl genauso pervers veranlagt wie Ihr Bruder. Na ja, als Psychiater …« Wellmann setzte sich. »Von denen habe ich noch nie etwas gehalten. Richtig oder falsch, was weiß ich, aber mir gefallen sie nicht. Der Büchler hat dann aber beim Verhör sehr schnell zugegeben, den letzten Mord selbst begangen zu haben. Davor allerdings, und das haben wir doch, Gott sei Dank, alles aus ihm herausbekommen können, hatte er schon Ihren Bruder, der ja sein Halbbruder war, getötet. Als er ihn umbrachte, da wusste er natürlich noch nicht, dass er seinen Halbbruder gerade erdrosselte. Was für eine furchtbare Tat. Und warum?«, fragte Wellmann ein wenig theatralisch seine Zuhörer, »er wollte einfach in der Person Ihres Bruders weiter morden und grenzenlosen Sex haben. Einfach so, man glaubt es nicht. Also, der ganze weitere Dreck, der in Zukunft noch folgen sollte, der sollte auf Sebastian Herting fallen. Aber der war längst tot. Wir haben ihn in der Nähe des Hörselbergs ausgebuddelt. Er wird noch gerichtsmedizinisch untersucht und dann zur Beerdigung freigegeben. Der Psychiater Büchler, Ihr Halbbruder, glaubte wahrscheinlich, wir würden ihn nicht erwischen. Da hat er sich aber geschnitten. Er wollte seinen Sexdreck im Namen Ihres Bruders bis in alle Ewigkeit weiter an unschuldigen kleinen Mädchen praktizieren. Einfach ekelhaft!«

Wellmann stand auf und lief erregt im Raum hin und her. »Dass er Ihren Bruder umgebracht hat, das ist ja nun nicht besonders bedauerlich, wenn ich das so sagen darf. Ihr Bruder hatte ja schon selbst drei junge, unschuldige Dinger auf dem Gewissen.« Wellmann ging ans Fenster und blickte auf die Straße.

Die kleine Lisa und ihre Freundschaft zu seinen beiden Töchtern, der so ein gewaltsames Ende gesetzt worden war, das wollte ihm einfach nicht aus dem Kopf gehen. Er blickte auf die vorbeihastenden Menschen und murmelte etwas durch die zusammengebissenen Zähne. Dann schaute er den Pfarrer an, der mit einer Bewegung andeutete, dass er etwas sagen wollte.

»Lassen sie mal; um es ganz ehrlich zu sagen, für die Gesellschaft ist der Tod Ihres Bruders kein allzu großer

Verlust. Auch Ihr neuer Halbbruder ist ein abscheulicher Verbrecher.«

Der Pfarrer saß die ganze Zeit über stumm da. Er schaute starr nach vorne und rührte sich nicht. Seine Frau saß neben ihm, hatte seine Hand genommen und streichelte sie beruhigend. Nach einer Weile stand der Pfarrer etwas ungelenk auf.

»Ich werde natürlich für das Begräbnis meines Bruders sorgen«, sagte er müde. »Was kann ich sonst schon tun? Um meinen Halbbruder wird sich das Gericht kümmern. Es tut mir so leid, dass die beiden so viel Unheil über uns alle gebracht haben. Gottes Wege sind manchmal völlig unverständlich. Unsere arme Mutter«, er blickte seine Frau an, »es wird ihr sicherlich das Herz brechen.« Seine Frau nahm mit beiden Händen seinen rechten Arm und drückte ihn fest an ihren Körper.

»Übrigens«, meinte Wellmann, »können Sie mir vielleicht verraten, warum Ihr Bruder wochenlang immer den *Tannhäuser* gespielt hat? Immer wieder und wieder. Das war ja doch eine völlig verrückte Marotte von ihm.«

»Nein«, sagte der Pfarrer leise, »ich kann es Ihnen nicht sagen.«

»Schade, das hätte mich interessiert«, Wellmann gab den beiden zum Abschied noch einmal fest die Hand, »wir sind ja überhaupt nur durch den *Tannhäuser* auf ihn aufmerksam geworden. Inzwischen kenne ich ja den *Tannhäuser*«, setzte Wellmann mit einem kleinen Lächeln hinzu. »Ich war vor kurzem in der Vorstellung. Musste doch mal sehen, was da so alles passiert. Da singt doch der Wolfram am Ende das Lied an den Abendstern, *oh du mein holder Abendstern*, das kennen Sie doch sicher auch. Nun ist der Abendstern doch gleichzeitig auch die Frau Venus, ich habe das im Programmheft gelesen. Also kennt der Wolfram doch genau die sexuellen Hintergründe dieser Venus die er gerade so heilig besingt. Unterdrückt er immer nur seine Wünsche? Sind Sie in dieser Familie vielleicht sogar der Wolfram, lieber Pfarrer? Oh, verzeihen Sie mir, ich bin da wohl zu weit gegangen. Aber mir ist einfach nicht ganz klar, was der Grund für all diese furchtbaren Verbrechen gewesen sein könnte. Waren es nur die Gene, oder hatte es noch andere seelische Gründe, das müssten Sie als Pfarrer doch am besten wissen?«

Der Pfarrer schien um Jahre gealtert und ging sehr zerbrechlich und müde zur Tür. Und ohne sich noch einmal umzudrehen, und indem er seinen ganzen Körper plötzlich aufrichtete und straffte, so als wollte er mit einem Ruck alles Abgründige aus sich herausschleudern, sagte er introvertiert und leise: »Es war wohl das Dionysische.«

René Kollo

Ein Kaiserschmarrn

Deutschland
und die Habsburger

192 Seiten
mit Illustrationen
von Bianca Classen

Gebundenes Buch mit Schutzumschlag
ISBN 978-3-941400-31-3

EUR 16,90

Auf humorvolle Weise beschreibt der Tenor René Kollo das tausendjährige »Heilige Römische Reich Deutscher Nation« von 800 bis 1806. Dies alles in Kurzform, als Appetithappen gewissermaßen. Unterstrichen wird das Ganze mit liebevollen Illustrationen. Lesen Sie selbst, wie beschwingt der Autor die Geschichte des Ersten Reiches von den Karolingern über die Ottonen und Staufer bis hin zu den Habsburgern interpretiert. Sie werden erstaunt sein, wie früh in Deutschland bereits das föderale Prinzip herrschte und der Kaiser immer ein Wahlkaiser war. Eine Besonderheit ist auch, wie die Habsburger 1806 ohne Legitimation das »Heilige Römische Reich Deutscher Nation« einfach auflösten und sich mit dem Titel Kaiser von Österreich schmückten. Dabei tauchen spannende Fragen auf, wie: Gab es rechtlich gesehen einen Erzherzog oder hatten die Österreicher das nur erfunden und gab es juristisch gesehen nie einen österreichischen Kaiser?

www.lau-verlag.de

Nachwort

Das hier ist meine vierte Manga-Publikation!

Bisher habe ich immer Anzüge oder Uniformen gezeichnet. Es hat viel Spaß gemacht, jede Menge Outfits zu zeichnen, die mir gefallen!

Um Modemarken und Designer zu thematisieren, benötigt man Geschmack ... davor hat es mir ein bisschen gegraut. Aber ich habe viele schöne Stücke gesehen und viel dazugelernt. Auch in der Hinsicht war es also ein schönes Jahr.

Ich hätte gerne noch mehr Geschichten über die Charaktere gezeichnet. Vielleicht sehen wir die Figuren von *Goodbye Harlequin* ja mal irgendwo wieder. Das würde mich sehr freuen.

Ich möchte mich bei allen, die an der Produktion dieses Buches beteiligt waren, meiner Redakteurin M., der Designerin Tummy sowie allen, die dieses Buch gelesen haben, herzlich bedanken!

31.05.2018

Eichi Shimizu

Alter: 27, Größe: 179, Haarfarbe: Platinsilber
Gefragtes Model. Mehrere Jahre hintereinander in den Top 3 des »Von diesem Mann möchte ich flachgelegt werden«-Rankings. Hält einen Dalmatiner namens Ash, den er in einer Tiersendung entdeckt hat.

Akino Kubo

Alter: 26, Größe: 184, Haarfarbe: Schwarz
Chief Designer bei Gallant Quartz. Ein Genie und Narzisst, der einen Ohrring für jeden gewonnenen Preis trägt.

Terumi Iwasa

Alter: 30, Größe: 180, Haarfarbe: Malve
»Ich trage einfach zwangsläufig die Kleidung, die zu meinem Gesicht passt.« Da er für die Damenmode zuständig ist, sieht er sich in der Pflicht, die Stücke auch selbst zu tragen. Ein ziemlicher Perfektionist. Arbeitet hart für den Erfolg. Hat an einer Fachschule zwei Jahre lang Make-up-Artist und zwei Jahre Mode-Design gelernt.

Jin Haida

Alter: 28, Größe: 175, Haarfarbe: Aschgrau
Creative Director bei Gallant Quartz, der über die Markenstrategie entscheidet. Man sieht es ihm nicht an, aber er ist eine kompetente und bekannte Persönlichkeit in der Branche. Er war ebenfalls Designer und hat zusammen mit Terumi die Fachschule besucht. Seine Mutter ist russischer Abstammung.

Das hier ist meine
vierte Manga-Publikation.
Ich habe viel Liebe hinein-
gesteckt und hatte gro-
ßen Spaß beim Zeichnen.
Es würde mich sehr
freuen, wenn euch die
Geschichte gefällt.

Keri Kusabi

GOODBYE HARLEQUIN

TOKYOPOP GmbH
Hamburg

TOKYOPOP
1. Auflage, 2021
Deutsche Ausgabe/German Edition

Aus dem Japanischen von Diana Hesse

First published in Japan in 2018 by Ichijinsha Inc., Tokyo.
Publication rights for this German edition arranged through Kodansha Ltd., Tokyo.

Redaktion: Lisa Duty
Lettering: Vibrant Publishing Studio
Herstellung: Mathias Neumeyer
Druck und buchbinderische Verarbeitung:
CPI – Clausen & Bosse GmbH, Leck
Printed in Germany

MIX Papier FSC® C083411

Wir achten auf die Umwelt.
Dieses Produkt besteht aus FSC®-zertifizierten und anderen kontrollierten Materialien.

ISBN 978-3-8420-6830-8

www.tokyopop.de